KB058772

Once Upon a Tome

기묘한 골동품 서점

올리버 다크셔
지음

박은영
옮김

RHK
알에이치코리아

책과 사람을 잇는
환상적인 이야기

책을 읽는 내내 키득거리다 종내 숙연해졌다. 『기묘한 골동품 서점』은 희귀한 책들과 그것을 찾는 조금 독특한 사람들에 대한 이야기이지만, 무엇보다 삶과 죽음 그리고 기억에 대한 이야기라는 사실을 뒤늦게 깨달았기 때문이다.

별과 별을 이어 별자리를 그리던 고대의 이야기꾼처럼, 저자 올리버 다크셔는 책과 사람을 이어 환상적인 이야기를 들려준다. 유쾌하고, 사려 깊고, 매력적인 이야기를. 책을 사랑하는 사람에게 권하고 싶은 책이다. 책이라면 지긋지긋한 사람에게는 더더욱…….

금정연 (작가, 서평가)

저자의 직장 상사로서
드리는 말씀

　　소서런 서점은 아주 오래됐다. 1761년부터 전 세계를 누볐으니 오래된 게 맞다. 그렇다 보니 인터넷처럼 사소한 것들의 등장을 우리는 브라키오사우루스의 등에 파리 한 마리가 내려앉은 정도로만 여겼다. 2012년 어느 날 오후 우리도 트위터 계정을 만들기는 했다. 그러나 누군가가 이따금 1874년 당시 근위 기병의 우스꽝스러운 에피소드 따위를 올리곤 했을 뿐 대개의 시간 동안 우리는 트위터의 존재를 잊고 지냈다.

　　그 일이 슬금슬금 이 책의 저자 올리버의 차지가 되어가고 있다는 것을 눈치챈 사람 역시 아무도 없었다. 2018년 말에 그가 트위터를 하고 있다는 걸 처음 알아챈 사람은 나였다. 그가 "이런, 이 트윗을 보내버렸네. 불만 사항이 날아올 수도 있겠어." 같은 의

미심장한 말을 했던 것이다.

소서런의 관리책임자로서 무슨 일인지 알아야 할 것 같아서, 트위터 계정에 접속했다. 그러고는 깜짝 놀랐다. 네 명이던 팔로워가 그새 천 명이 되어 있었던 것이다. 누가 봐도 우리 서점의 지하 저장고에나 있을 법한 장검과 유령에 관한 메시지들이 올라와 있었다. 마음을 다한 열렬한 호소, 박제된 올빼미에 관한 농담들도 있었으며, 심지어 책에 대한 내용도 간간이 있었다.

트윗에 관한 불만 글은 딱히 없어 보였고, 그 세계 안에서는 바야흐로 평행우주가 생성되고 있었다. 이쯤 되면 적어도 생겨나고 있는 평행우주와의 접촉을 놓아서는 안 되며, 계속해서 주시해야 하지 않을까, 하는 생각이 들었다. 올리버는 고서적을 판매하는 평범한 현실에서 기이하고 즉흥적인 다중우주를 만들어내고 있었다. 때때로 현실의 부서진 조각들이 꿈속의 풍경으로 떠오르는 것처럼, 온갖 환상을 관통하는 일상의 이슈들을 다루고, 순간순간 내키는 대로 자신의 상상을 좇아가며 흥미롭게 부풀린 소서런의 이모저모를 세상에 내보이고 있었다. 올리버가 휴가 중일 때는 내가 트위터 피드를 관리하곤 했는데, 마치 게임 스크린 속 슈퍼 마리오의 레벨을 올릴 때처럼 흥분에 들떴고 어떤 열병 속으로 발을 들여놓은 것만 같았다.

무슨 말인가 하면, 우리 트위터의 인기가 고공 행진을 달리고 있었다는 것이다. 이 글을 쓰고 있는 시점에는 팔로워가 4만 명에 이르렀는데, 고서적 판매상으로서는 대단히 이례적인 일이다. 이 수치는 책이라는 세계에 대한 사람들의 관심 수준을 보여주는 데서 그치지 않는다. 올리버가 얼마나 능력 있는 사람인가에 대한 방증이기도 하다. 수많은 이들을 즐겁게 하고 계몽을 선도하는 올리버의 능력이 아니었으면 우리 깜냥으로는 결코 이런 경험을 해보지 못했을 것이다. 이 책의 시작은 트위터 피드에서 비롯되었으며, 디지털로 이루어진 산에서 출발해 실제 러시모어 산의 거대 조각상을 깎아볼 기회를 얻기까지의 여정이라고도 할 수 있다.

사실 현실과 가상 사이의 이 모든 크로스오버가 고서적 판매인으로서는 꽤 많이 불편하다. 나는 여전히 우리가 깃털 펜을 사용해야 한다고 느끼는 사람이기 때문이다. 그러나 세상의 경계가 다시 구축되고 있다는 사실은 부정할 수 없으며, 벽돌과 회반죽으로 세운 서점이 디지털 세상으로 바뀌고, 그러면서도 여전히 실제 책이 나름의 위상을 가지는 것이야말로 현대적인 모습이라고 생각한다. 내연기관이 이에 딱 맞는 예다(가솔린과 디젤로 대표되는 내연기관 자동차가 친환경 자동차로 대체되어 가고 있지만 하나가 다른 하나를 완전히 대체하기보다는 공존한다는 의미로 읽힌다—옮긴이).

그러니, 사랑하는 독자들이여. 이 책을 통해 탐구하고, 발견하고, 독특한 공간을 이루고 있는 소서런과 이곳의 사람들을 만나보시기를. 더러 묘사된 것과 완벽히 일치하지 않는 사건이 몇 있고, 등장하는 인물들의 캐릭터가 서로 섞여서 신화 속 키메라처럼 엉키는 경우도 종종 있으며, 특히 올리버가 20페이지에 걸쳐 나를 '어떤 평행우주에서든 가장 잘생겼고, 음악적 소양이 풍부하며, 영감을 불러일으키는 상사'로 치켜세운 부분은 어쩔 수 없이 직접 나서서 강력하게 항의하여 출간 거부권을 행사했음을 밝혀둔다. 이 책에서 이것들을 뺀 나머지는 모두 진실하다.

2022년 10월

런던 소서런 관리책임자

크리스 샌더스

✦ 차 례 ✦

추천사   5

저자의 직장 상사로서 드리는 말씀   6

책머리에   14

1부   고서적과 일반 서적

1	전문가 제임스	25
2	구경꾼들과 호사가들	32
3	책 수집가들의 부류	37
4	북러너라는 기이한 직업	42
5	초보자를 위한 도서 목록	46
6	고객 서비스와 판매 비결	56
7	미확인 생명체들의 등장	66
8	흉측한 박의 등장	71
9	중고책 수선과 제본업자들	76
10	발레리나와 발레복이라니	84
11	적절한 수습 직원 트레이닝	92
12	스핀들맨과의 승부	98

13	제임스와 폐기물	104
14	백과사전보다 귀중한 것	110
15	독극물에 오염된 책	117
16	예술과 외설의 경계에서	124
17	고가의 책을 팔려면	132
18	소서런의 미스터리한 저주	139

2부   예술과 건축

19	대격변을 맞이하여	151
20	차선의 업무용 책상	157
21	사라진 기록보관소	163
22	오래된 책 보관법	171
23	서점가의 이웃들	182
24	도둑과 도둑잡기	190
25	소서런의 골동품들	197
26	이따금 물이 샐 때도 있지만	202

3부 여행과 탐험

27 영업시간의 규칙   211

28 위험한 저택 방문   216

29 다락방의 초상화   223

30 모자걸이와의 동행   232

31 경매에 입문하려면   239

32 희귀 도서 세미나   244

33 테트리스처럼 책 쌓기   252

34 지하 던전 탐사 기록   256

35 서점 직원의 석사 학위   267

4부 자연사 박물관

36 고서점의 저녁 파티   277

37 서점을 덮친 싸움꾼들   283

38 더욱 불유쾌한 소란   291

39 책 수집가가 배우자라면   297

40 온갖 사연의 편지들   304

41 참을 수 없는 인간들   310

5부 현대 초판본의 세계

42	일인용 옷장 밖으로	321
43	보건 안전 검사관의 방문	325
44	다시 돌아온 스핀들맨	332
45	더 연결된 세상으로	337
46	런던 서점 냄새 투어	343
47	세상 모든 책들의 가치	347
48	고서점의 마감 세일	353
엔딩	영원한, 소서런의 제임스	359

부록	362
감사의 글	366

책머리에
고서점 수습 직원이 된 날

입간판에 무슨 사달이 난 모양이었다. 입간판이 바로 설 수 있게 떠받치는 땅딸막한 다리 중 하나가 빠진 채(언젠가 일어난 길거리 사고의 여파였을 것이 분명하다) 세 다리로 비틀거리며 서 있었다. 게다가 페인트까지 큼직하게 벗겨져 있었다. 어렵사리 서점 이름을 읽어냈다. '헨리 소서런 사. 중고 서적 및 인쇄물 취급.' 나는 그 앞을 두 번 지나치고 나서야 서점을 발견했다. 문제의 서점이 누구라도 찾기 힘들 정도로 골목 안쪽에 콕 박히듯이 조용히 자리 잡고 있었기 때문이다. 새크빌스트리트는 새벽부터 저녁까지 수많은 우산들과 자동차 경적으로 북새통을 이루는 피커딜리와 리젠트스트리트 근처에 위치했다. 하지만 퇴화해버린 꼬리의 흔적처럼 이 두 거리에 간신히 붙어 있는 형태로, 상업적으로는 막다른 지경에 이르렀다는 소리를 듣는 거리였다. 그래서 어떤 사업체가 새크빌스트리트로 옮겨가면 사람들은 망할 때가 된 것이라고들 했다. 추운 11월의 어느 아침에 내가 서점 앞에서 느낀 약간의 불안감도 그런 데서 비롯된 것이었을까.

내가 새크빌스트리트에 간 이유는 일자리 면접을 보기 위해서였다. 사람들은 종종 소서런 같은 서점에 취직하려면 어떻게 해야 하느냐고 물어오곤 한다. 사실 런던에 사는 많은 젊은이가 그렇듯이 나 또한 불투명한 직업적 전망에 헛되이 기댄 채 하루하루를 보내고 있었다. 원하던 일자리가 잡힐 듯하다가 마지막 순간에 손가락 사이로 빠져나가 버리는 일이 허다했다. 더없이 암울한 기분에 빠진 채로 인터넷을 이리저리 살피던 어느 날 모니터 한쪽 구석에서 어느 서점의 수습 직원 구인 광고를 보게 되었다. 딱히 끌리는 광고는 아니었다.

급여는 빅토리아 시대 수준이었고, 무슨 일을 하게 되는지도 모호했으며, 전체적으로 기대할 만한 게 없는 분위기였다. 그나마 위안은 경력자를 뽑는 것이 아니라는 점뿐이었다. 며칠이 지나지 않아 나는 면접을 보러 오라는 매니저의 전화를 받았다.

면접 날, 나는 일자리를 구하면서 늘 그랬던 것처럼 예정 시각보다 일찍 도착했다. 그러고는 당당한 걸음걸이로 성큼성큼 걸어가 양쪽으로 된 여닫이문을 기운차게 밀었다. 누구든 그 자리에서 곧바로 나를 고용할 수밖에 없으리라는 듯한 기세로 밀어붙인 것이었다. 그러나 문은 움직이지 않았다. 요란하게 덜컹거릴 뿐이었다. 나는 문을 확 잡아당겼다. 여전히 문은 열리지 않았다. 안에 있던 사람들의 눈길이 내게 쏠리는 게 느껴졌다. 그림자 같은 형상의 사람들이 나의 무모한 난입 시도를 싸늘한 눈길로 쳐다보고 있었다. 나는 그들의 눈길을 버텨내면서 오른쪽 문을 밀었고, 마침내 비틀거리는 걸음으로 안으로 들어설 수 있었다. 내키지는 않았으나 일단 사과해야겠다 싶어 중얼중얼하는데, 눈앞에 펼쳐진 디오라마가 기껏 나오려던 사과의 말을 삼켜버렸다.

맨 먼저 강렬하게 다가온 것은 냄새, 벨리코어*Vellichor*(중고 서적을 다루는 서점 특유의 애틋한 분위기-옮긴이)였다. 헌책들이 모여 있는 장소에서 풍기는 아련한 그리움의 정서. 각각의 책들이 세계적으로 대히트를 칠 기회를 놓쳤다는 사실을 어렴풋이나마 알고 있는 것마냥 희미하게 불만족이 어린 냄새. 이어서 알록달록한 서가들, 뭔지 모를 신문 기사들이 높이 쌓아 올려진 탁자들, 비뚤비뚤한 가구들, 아무렇게나 놓인 문구류들이 눈에 들어왔다. 고서점과 알록달록하다는 말이 어울릴까 싶지만, 적어도 내가 아는 고서점은 예외 없이 컬러풀했다. 삐걱거리는 지붕을 떠받치는 높은 기둥들이 매장 바닥을 온통 가리고 있어서 서점 제일 안쪽까지 가려면 위태롭게 쌓인 고전문학 서가들 사이로 기민하게 움직여야 할 것 같았다. 그늘진 것처럼 어둑어둑한 매장 안을 사람들이 슥슥 움직이며 다녔고, 문이 열리고 닫히는 기척이 간간이 느껴졌다. 들리는 것이라고는 삐걱대는 책장, 누군가의 발걸음, 아무도 받지 않아 계속 울리는 전화벨 소리뿐이었다.

거기 서서 그 모든 것들을 몸으로 받아들인 시간이 얼마나 길었을까. 마침내 누군가가 나를 무아의 상태에서 건져내 주었다. 은발에 등이 좀 굽은 채로 대걸레를 들고 선 친절한 사람, 바로 매니저인 앤드루였다. 지금껏 나는 앤드루만큼 불편한 상황을 진정시키는 탁월한 재능을 지닌 사람을 본 적이 없다. 언젠가 사람들이 서점을 싹 다 불태워 버리겠다는 태도로 들이닥친 적이 있었는데, 앤드루와 얘기를 나누고서 삼 분 뒤 그들은 나중에 저녁이나 함께하자는 얘기까지 하면서 책 한 권을 사 들고 서점을 나섰다. 처음에 왜 붉으락푸르락하면서 서점에 들어왔었는지는 까맣게 잊은 듯한 얼굴이었다. 소서런은 작은 매장이었고, 그런 곳의 매니저라면 낯설고 접근하기 어려운 사람일 거라고 생각했던 내 편견은 한순간에 허물어졌다.

매장 한복판에 있는 커다란 계단을 따라 아래층으로 안내받았다. 포스터와 삽화, 그 외에 혼이 쏙 빠질 정도로 산만하게 늘어놓은 놀라운 물건들로 가득 찬 인쇄물 갤러리를 지나쳐, 문헌학 관련 참고 서적들을 잔뜩 쟁여 놓은 곁방으로 들어갔다. 앤드루는 그 잔해 더미에서 의자 두 개를 빼내 보려고 애썼지만 잘되지 않자 미안해하는 표정을 지어 보였다. 이윽고 문이 닫혔다. 사방이 고요해졌다. 빽빽한 책장들이 바깥 소음을 막아주고 있었다. 그리고 이것이 희한하게도 서점을 주변 도로의 교통 상황에서 분리된 장소로 만드는 효과까지 내고 있었다. 대도시에서 일을 하거나 생활하는 사람들, 특히 런던 같은 곳에 익숙한 사람들은 자동차와 엔진이 내는 배경 소음이 영혼까지 잠식해 들어온다는 것을 알고 있다. 끊임없이 들리는 거리의 소음에서 달아날 수 있는 곳은 거의 없다. 그나마 몇 안 되는 장소 중 하나가 서점이다.

작은 방 안에서 의자에 걸터앉기는 했지만, 두 사람이 있기에는 아주 비좁았다. 앤드루는 오래된 책 판매용 광고 잡지들 쪽으로 몸을 좀 더 물리다가 장소가 얼마나 협소한지를 그제야 깨달은 눈치였다. 그는 이곳이 카탈로그 룸이라고 했다. 그러면서 이 방의 용도에 대해 고백했는데 대충 이런 뜻이었다. '달리 둘 데를 찾지 못한 물건들을 두는 곳'. 런던에서 일자리를 구하려고 헛되이 몇 달을 보내고 나자 이상하게도 이 표현이 스스로에게도 그럴싸하게 느껴졌다.

앤드루가 사람들을 편안하게 하는 재능을 발휘한 데는 멀찍이서도 사람을 읽어내는 매의 눈 역시 한몫했다. 제대로 된 서적상이라면 반드시 갖춰야 할 자질이기는 했지만 앤드루는 그중에서도 전문가였고, 지금도 그렇다. 앤드루는 십 초도 안 되어 나를 파악한 것 같았다. 그는 면접의 나머지 시간 동안 최근 들어 믿을 만한 직원을 찾기가 어려워졌다는 등의 이야기를 느슨한 태도로 늘어놓았다. 생각 외로 솔직한 이야기에 내가 움찔하자 그가 고백 아닌 고백을 했다. 해마다 전도유망한 젊은이들을 고용했고 서점 측에서는 학위와 자격을 갖춘 떠오르는 이 샛별들이 완벽한 책 판매인이 될 거라고 기대했으나, 안타깝게도 그 인재들은 6개월 정도가 지나면 어김없이 보수(그리고 햇빛을 쬘 시간)가 더 풍요로운 예술계라는 아득한 성층권으로 빠져나갔다는 것이다. 그런 이유로, 이번에는 다른 식으로 사람을 찾겠다고 앤드루는 말했다. 머무르고 싶어 하는 사람, 오래갈 사람을 찾겠다는 뜻이었다. 직원들은 매년 새로운 인물의 이름을 익혀야 하는 데 지쳤고, 이 외에도 연관된 모든 업무들이 아주 불편해졌다고 했다. 그리하여 그가 제시한 조건은 이랬다. '수습 직원은 유능한 고서점 직원으로 변모하기 위한 교육 계획에 따라 최소 2년간 재직해야 하며, 그 이후 정식 직원으로 고용한다.'

　독자들께 털어놓자면, 그때 나는 공연장에 불려 나온 물개처럼 고개를 끄덕였다. 수습 직원의 월급이 1840년에 문을 연 『오래된 골동품 상점 *Old Curiosity Shop*』(찰스 디킨스의 소설, 1840년부터 연재를 시작했다-옮긴이) 시대에 붙박인 것처럼 느낀 건 사실이지만, 나는 그보다 적은 월급에도 이미 익숙해져 있었다. 게다가 당시의 나는 작은 칸막이 안에 비참하게 웅크리고 있는 악몽을 되풀이하여 꾸고 있어서, 그에 비하면 이 일이 생명줄 같기도 했다. 사실, 서점의 역사가 어린 귀중한 유물들이 위태롭게 놓인 채 눈앞을 가로막고 있어서 그것들을 다 치워 버리겠다고 으름장이라도 놓지 않는 한 달리 옴짝달싹할 수 있는 상황도 아니었다.

면접은 거의 시작하자마자 끝난 듯했다. 그날, 면접을 완전히 망쳤다고 생각했던 기억이 난다. 일이 어떻게 되어 가는지 미처 파악하지도 못한 채 우왕좌왕했기 때문이다. 앤드루는 유쾌하게 웃으며 "며칠 내로 연락드리죠"라는 말과 함께 나를 집으로 돌려보냈다. 낭패였다.

그런데 그날 오후 세 시쯤, 채용되었다는 전화가 걸려왔다. 정말로 이해가 되지 않았다. 그들이 행운의 바퀴를 돌린 후 다트를 던져서 결정한 게 내가 아닐까 하는 의심이 가시지 않았다. 아니면 단순히 다른 사람과 나를 헷갈린 상황인데, 그게 아니라고 말할 타이밍을 놓쳐버린 것일 수도 있었다. 그러거나 말거나, 며칠 후에 나는 적잖이 낡은 양복을 입고 새로운 목적의식을 가다듬으며 양쪽 여닫이문을 향해 걸어가고 있었다.

돌이켜 보면 나의 여정이 이처럼 간단히 시작되었다는 게 재미있기만 하다. 별 성의 없이 만든 광고 하나를 온라인에서 우연히 발견하고, 슬쩍 면접을 보고, 빠른 속도로 구두를 닦고 나니(그 날 한 번뿐이었지만), 나는 희귀 서적 판매인이 되어 있었다.

고서적과 일반 서적

서적 판매업으로의 입문,
일반적인 일상 속 사건들,
문학에 관한 오해와 고백

놀랍게도 우리 매장의 재고 중 높은 비율을 차지하는 것은 사실 책이 아니다. 전통적으로 소서런의 서가에서 문학은 '고서적 및 일반 서적'이라는 부문으로 분류되어 잡다한 난센스와 소소한 장식품들과 섞인 채 뭉뚱그려져 있다. 요컨대 이것들로 무얼 해야 할지 정확히 아는 사람이 한 명도 없었다는 말을 예의상 에둘러 한 것이다. 그래서 할 줄 아는 것이 아무것도 없는 수습 직원(이는 나중에 관련 기술을 보유하지 않은 서적 판매인이라는 경력으로 남게 된다)에게 이 무질서하게 뻗쳐 있는 부문을 정리하는 일을 돕는 임무가 맡겨질 참이었다. 참고로 소서런이 제공하는 별난 것들의 대부분이 여기에 속했다. 고서적 및 일반 서적에 어떤 것들이 포함되어 있는지 전부 파악하기란 불가능에 가깝다. 하지만 다행스럽게도 고객들이 찾는 웬만한 것들은 다 이 부문에 있었다. 오스틴을 찾고 싶다고? 어렵지 않다. 아마 앨버트 왕자의 흉상 근처, 우리가 한 번도 옮길 엄두를 못 냈던 다소 못생긴 바이런 흉상 위쪽의 캐비닛 안에 있을 것이다. 그리고 한쪽 구석에는 흔들흔들하는 걸상에 걸터앉아 커다란 찻잔을 감싸 쥐고 있는 사람이 보일 텐데, 그가 바로 제임스다.

출처가 불분명한 골동품 박.
바람직하게도 빅토리아 여왕의 초상이 대담하게 새겨져 있다.

1

전문가 제임스

새 직장의 면접이 실제로 일하게 될 매장에서 진행됐으니 함께 일하게 될 동료들에게 기대할 만한 부분들이 있지 않을까, 이런 저런 아이디어를 얻을 수 있지 않을까, 했던 생각은 나의 착각이었다. 매장에 출근한 첫날 내가 만난 동료는 매니저인 앤드루 단한 사람이었다. 그는 차분하고 밝은 태도를 지닌 사람이어서 상대를 진정시키는 힘이 있었으며, 이후로 고서점에서 일한다는 것의 진짜 의미를 가리키는 본보기로 내 마음속에 각인되었다. 늘혼돈과 맞닥뜨려 악전고투하는 나와는 딴판으로 그는 애쓰지 않고도 평온을 유지하는 힘을 타고난 듯한 사람이었다. 숭고하기까지 한 그의 태도는 어쩌면 팔만 뻗으면 닿을 거리에 스트레스의 잠재적 원천(이를테면 실수투성이의 수습 직원 같은)을 둔 탓에 자연히 길러진 게 아닐까 싶었는데, 아니나 다를까 결국 나는 앤드루를 떠나 제임스에게 보내져 트레이닝을 받게 되었다.

앤드루가 조용히, 참을성 있게 매장의 혈액을 순환시키는 심장 역할을 한다면 제임스는 매장이 곧게 서도록 떠받치는 척추였다. 큰 키에 살짝 구부정한 자세의 제임스는 햇볕에 아주, 아주 오래 세워 둔 허수아비 같은 느낌을 풍겼다. 전등이 흐릿하게 비치는 매장 한구석에 놓인 그의 책상은 종이 뭉치로 가득했다. 거기서 그는 여러 해 동안 멜빵바지 차림으로 소매치기, 좀도둑, 나쁜 징조를 풍기는 새들을 쫓느라 길러진 특유의 통찰력으로 책들을 살피고 지켜왔다.

나는 첫해를 거의 제임스의 지도하에 보냈는데, 그는 여러 가지 면에서 이전 시대를 압축해 놓은 것 같은 사람이었다. 이 책에서 그를 화석으로 묘사하는 것은 무례한 일일 수 있겠지만, 그가 끝없는 애정으로 보수해 낸 것들이 서점에 흔적을 새겨 넣었으며, 이 흔적이 다시 그라는 사람을 형성해 냈다고 나는 생각한다.✦

✦   여기서 나는 '보수'라는 말을 거리낌 없이 사용하는데, 그가 이런저런 사물을 보수하는 데 기울인 선의의 노력이 좋은 열매를 맺었기 때문이다. 삐걱거리는 문이라든가 어긋난 선반, 책장 등 그가 한번 고치고 난 것들은 다시는 같은 문제를 일으키지 않았다는 뜻이다. 제임스는 온갖 일들을 독학으로 익힌 만능 수리꾼이었고, 나머지 직원들은 웬만한 문제는 망치로 뚝딱 해결하는 남자와 길게 논쟁하는 일이 현명하지 않다는 걸 알 정도의 분별력을 지닌 사람들이었다.

그는 책이라면 사족을 못 쓰는 회색빛 늑대처럼 경중경중 다니며, 매장의 온갖 자질구레한 일들을 도맡았다. 누구도 떠안고 싶어 하지 않는 수습 직원을 지도하는 일이 그의 손에 맡겨진 연유였다. 몇 년 동안 살펴본 바로는, 제임스를 제외하고는 누구도 매장의 폐기물들이 어디로 가는지, 그것들이 도착하는 장소는 차치하더라도 누가 치우고 가져 가는지, 그래서 그것들이 어떻게 되는지 알지 못했다. 다른 사람들에게 그것들은 '그냥' 사라질 뿐이었다(사실 그렇게 된 것은 제임스가 아무도 모르기를 바라서였다. 그 이유는 차차 밝혀진다).

　내가 알기로 제임스는 한때 배를 건조하는 곳(조선소가 아니다. 이 둘을 구별하는 일이 그에게는 유난스럽게 중요했다)에서 수습 생활을 했으며 그 후 어찌어찌 헨리 소서런 사에 들어오고 나서는 일절 이동 없이 붙박이장처럼 남아 있었다. 그러니 그가 아는 모든 것들(그리고 그는 정말 모든 걸 알았다)은 수십 년 동안 오전부터 땅거미가 질 때까지 줄곧 서점에 머물러 있으면서 얻은 지식들이었다. 지나고 보니 첫 몇 개월 동안 그가 나를 돌봐준 게 대단히 감사할 일이었지만, 당시에는 고마움을 느낄 만한 마음의 여유가 전혀 없었다. 그가 여닫이문 앞쪽, 먼치킨 *Munchkin*(《오즈의 마법사》에 나오는 난쟁이-옮긴이)용으로 나온 것 같은 작은 책상에 나를 앉혀 두었기 때문이다. 이야기를 들어보니 그 책상은 원래 빅토리아 시대의 숙녀들을 위해 설계된 것이라고 했다. 나처럼 180센티미터가 넘는 거구의, 모든 게 서투른 신출내기가 쓰기에 알맞지 않다는 뜻이었다. 그런데도 제임스가 그 자리에 나를 배치하는 바람에 이후 몇 년 동안 나는 그 끔찍한 여성용 안장에 올라앉아야 했다. 그 후로도 오랫동안, 책을 판매하면서 온갖 이유로 내 몸집에는 턱도 없이 작은 책상들 뒤편에 앉거나 서 있었지만, 이 첫 번째 책상은 그중에서도 최악이었다.

조그만 책상에 앉아 아무 일 없이 며칠을 보내고 난 후, 나는 내가 정말로 아무 일도 하지 않았다는 사실을 깨달았다. 그전에는 법률사무소에서 서류 작업을 했는데, 정말이지 바쁜 곳이었다. 나는 끔찍할 정도로 그 일에 서툴렀으며, 그들이 해고할 시간도 주지 않고 곧장 달아났다. 그러나 환경이 바뀌자 그 반대도 껄끄럽기는 마찬가지였다. 소서런에서는 놀랍게도 아예 전화벨이 울리지를 않았다(몇 시간 간격으로 올 때도 있기는 했지만). 사람들은 저마다 조용히 자기 책상에 앉아 뭔가 특이하고도 비밀스러운 일을 했는데, 그게 뭔지 도무지 알 수가 없어서 그렇구나, 하는 표정조차 지을 수 없었다. 이따금 누군가 일어나서 서성거리면 제임스가 서까래에서 휙 내려와 그 사람을 올바른 서가 앞으로 데려다주었다. 옆 책상에 앉은 매니저 앤드루만이 이따금 나에게 괜찮은지 친절하게 물어봐 주곤 했는데 그럴 때면 예, 다 괜찮아요,

라고 대답할 수밖에 없었다. 무얼 해야 할지 아예 감이 안 잡힌다는 대답을 차마 할 수 없어서였다. 결국 내 쪽에서 먼저 할 일을 물어보지 않으면, 언젠가 나는 책상을 껴안은 채 뼈만 남은 유해가 되어 어리둥절해하는 고고학자들에게 발견될 게 분명했다. 그러나 이런 생각을 한 지 얼마 지나지 않아 제임스가 그늘진 구석에서 책 상자 하나를 들고 나타났다. 그리고 내게 '목록' 작성하는 법을 가르치기 시작했다.

물론 할 일이 생긴 거야 기뻐할 일이었지만, 나는 목록 작성이란 게 무엇을 의미하는지 전혀 알지 못했으므로 갑자기 벌어진 상황에 순간 당황했다. 일단 이상한 단어를 써서 책을 설명하는 일이 맡겨진 것 같았는데, 적어도 엄지를 비비 꼬며 앉아 있는 쪽보다는 시간을 보내기에 훨씬 더 좋아 보였다.[+] 내가 다룰 책들은 희귀 서적들이 아니라 제임스가 여러 차례 몰래 매장으로 들여오려고 시도한 끝에 마침내 성공한 중고 서적들이었다. 비밀에 싸인 동료들이 제각기 무슨 일을 하는지 도무지 이해하지 못하고 있는 신입 직원에게는 그야말로 완벽한 실습 교재가 아닐 수 없었다. 웬만큼 큰 실수를 저질러도 아무도 모를 거라는 여유가 생

[+] 이 암울한 기술에 대해 알고 싶으면 '5. 초보자를 위한 도서 목록'을 참고하시면 된다.

긴 셈이었다. 그러나 이 때문에 직원들 사이에서 고서적 판매인이 된다는 것의 의미에 대해 의견이 갈리게 되었다.

　언뜻 보기에는 다 똑같아 보일지 모르지만 중고 서적이라고 해서 다 희귀한 것은 아니며 희귀 서적이 다 고서적인 것도 아니다. 제임스는 책과 관련된 모든 일에 전문가였지만, 판매인으로서는 중고 서적을 다루고 싶어 했다. 저마다 자동차에 물건을 싣고 와서 판매하는 자동차 벼룩시장에서 발견한 책들, 지하실에서 찾아낸 책들, 혹은 출판사의 재고 상자에서 회수한 책들을 종류에 상관없이, 큰길을 벗어나 골목으로 접어든 이들 누구에게든 묶음당 10파운드에 팔곤 했다.

　그는 컴퓨터에는 관심이 없었고, 희귀 서적의 목록을 만드는 일에도 흥미가 없었다. 그가 책의 값을 매기는 방식은 딱히 불법적이지는 않지만 긴가민가한 의심을 불러일으켰다. 마치 골목으로 쑥 들어와서는 산 책을 탈것에다 바리바리 싣고 가던 시절로 되돌아간(나도 들은 이야기다) 듯한 판매 방식이었다. 그는 사람들이 덜 까다롭던 시절을 서정적으로 채색하는 일을 무척 좋아했으며, 책 판매의 '현대적', '기술적'인 방법들은 쓸데없이 거들먹거리는 것으로 치부했다. 팔리지 않는 책을 십 년 동안 깔고 앉아 있어야 한다고 해도 그는 그렇게 할 사람이었다. 그에 따르면 책에는 반드시 임자가 있기 마련이기 때문이었다. 그가 생각하기에 책을 구매하는 이의 참된 정신은 '나중에 뭘 먹지?', '월세는 어떻게 내나?' 같은 사소한 일들에 흔들리지 않아야 했다.

대다수의 다른 직원들은 고가의 희귀 아이템들을 취급하는 쪽을 선호했다. 귀한 책들을 열성적인 수집가나 권위 있는 기관에 안전하게 전달해주는 일에서 성취감을 찾았다. 그러나 제임스는 단순히 책을 팔고 싶어 했다. 무슨 책이든 상관없었다. 그걸 위해 그는 매일 삐걱거리는 자전거에 중고 추리소설 또는 1990년대의 기차 안내서 등으로 꽉 찬 상자를 싣고 와서는 서점 안으로 들여놓았다. 나의 수습 시절은 주로 이런 책들을 '세탁'하는 일들로 채워졌다. 제임스는 일단 그 책들을 내게 건네 무슨 책인지 익히게 한 다음 매장 뒤쪽으로 치워놓곤 했다. 어물거리다가는 "그 흉측한 온갖 책들을 어디로 가져가는 거죠? 지금 당장 이리 가져오세요"라는 앤드루의 잔소리를 듣게 되기 때문이었다.

2

⚬⚬⚬⚬

구경꾼들과 호사가들

잠깐, 중요한 사항이므로 고서적 판매인들이 고객과 복잡한 관계를 맺게 되는 배경부터 설명하겠다. 내 경우에는 아무런 준비도 없이 서점에 들어왔는데, 극도로 무지했던 게 오히려 천만다행이었다. 안 그랬다면 뒤도 돌아보지 않고 달아났을 테니. 이 책에서 자주 '고객'이라는 말을 쓰게 될 텐데, 달리 대신할 더 나은 어휘가 없기 때문이기도 하지만 서점 입구를 서성이는 사람들에게 가장 적당한 표현이기도 하기 때문이다. 사실 고서점에 발을 들이는 사람들 중 일부만이 책을 구매할 의사가 있는 사람들이다.

　이제 말하지만 나는 타고나기를 사교적인 사람이 아니다. 유아 때는 다른 아이들과 좀 더 놀게 해줘야겠다는 말을 들었고, 십대 때는 남에게 고약하게 구는 아이들은 그냥 혼자 있게 내버려

뒤야 한다는 말을 들었다.[+] 태도가 나쁘고, 고등 교육을 받지 않은 스무 살짜리에게 열려 있는 일자리는 거의 없었다. 있다고 해도 대부분이 어떤 형태로든 일반 대중을 상대해야 하는 것들이었다. 돌이켜보면 내가 희귀 서적이라는 세상에 이끌린 이유 중에는 낯선 이들 또는 부랑자들과의 불편한 만남이 슈퍼마켓 키오스크 담당보다는 낫지 않을까, 하는 공상에 가까운 순진한 생각이 깔려 있었던 것 같다.

고서점 매장을 관찰해 보면 길을 지나가다 조심스럽게 발을 들여놓는 사람들이 의외로 종일 꾸준히 이어진다. 젊은 사람, 나이 든 사람, 안경 쓴 사람, 문신한 사람 등. 그들 대부분은 그냥 둘러보거나 질문을 던지거나 하는 데 그치며 책을 사는 사람은 극소수다. 안타깝게도 누가 책을 살 사람인지 한눈에 알아보는 건 정말 불가능하므로, 우리로서는 그들 모두를 언제든 금괴가 가득 든 커다란 가방을 꺼내 서점을 통째로 사버릴 수 있는 사람처럼 대접할 수밖에 없다. 겉보기에 아주 추레한 방랑자가 구텐베르크

[+] 네 살 난 올리버가 혼자 앉아 노는 걸 그만두게 해야 한다고 선생님이 말했을 때 어머니가 나를 일으켜 세웠는데, 다음 순간 그 불쌍한 선생님을 향해 내가 엉덩이를 내보이고 말았다. 이 일은 어머니가 하도 자주 이야기해서 잊으려야 잊을 수 없는 일이 되었다. 나는 구석에 있는 독서용 자리로 가 있으라는 벌을 받았지만 그런 벌은 조금도 나를 낙담하게 만들지 못했다.

성경을 가지고 있는 사람일 수도 있다. 언제 무슨 일이 일어날지 는 아무도 몰랐다.

소서런의 프런트 데스크 뒤쪽에 자리를 배정받았을 때, 내게 주어진 사명은 고객의 어떠한 요구에도 가능한 한 정중하게 응대 해야 한다는 것이었다.[+] 소서런의 직원 매뉴얼에 명시된 조항이기 도 했으며, 제임스의 철칙이기도 했다. 하지만 우리는 그가 종종 오래된 런던 지도를 자세히 들여다보면서 이제는 없어진 시설물 을 누군가에게 짚어 보이거나, 쥐 떼가 들끓는 건설 현장을 지나 가는 길을 사람들에게 일러주는 모습을 의도치 않게 보게 되곤 했다. 또한 그는 비 오는 날이면 매장 우산대에서 우산을 꺼내 고 객들 손에 쥐여주곤 했는데, 우산을 받아 들고 사라졌던 이들에 게 물건을 도난당하지 않은 유일한 경우는 우산에 커다란 구멍이 나 있었을 때뿐이었다. 제임스는 완벽한 신사이면서 동시에 공공 의 적이었다.

서점에는 특유의 편안함이 있다. 사람들이 서점을 사업장이 라기보다 제2의 집이나 호텔처럼 여기는 이유일 테다. 매장으로

[+] 다행히 우리가 처리해야 하는 일상적인 요구들은 대부분 악성이 아니었으며 시간 이 지나면 해소되는 종류들이었다. 제임스에게 금고 열쇠를 달라고 요구하는 무뢰한이 없었다는 게 정말 천만다행이었다.

성큼성큼 걸어들어오는 사람들 중에는 누가 봐도 책과는 거리가 먼 물건들을 찾는 이들이 늘 있다. 스테이플러, 프린터, 숟가락 등등. 그들은 이를 드러낸 큼직한 미소로 무장한 채 버젓이 걸어 들어와 자신들이 필요로 하는 물건들의 위치를 일러줄 마음씨 좋은 베테랑을 찾는다. 물론 이런 물건들을 갖춘 서점들도 분명히 있으므로, 우리 서점에서는 명백히 팔지 않는 물건들을 요구하는 사람들이 끊임없이 유입되는 것일 터였다. 나는 안내 문구를 대량 인쇄해 나눠주면서 종종 나이 지긋한 아주머니들에게 구글 맵의 사용법을 알려주었다. ("아, 그림이 움직이네요, 그렇죠? 다른 것도 해보세요. 우리 집은 어디에 있으려나?") 또한 길거리에 나가 길을 헤매는 나이 많은 신사분들에게 '왔던 길로 되돌아가세요'라는 의미의 몸짓을 필사적으로 해 보였다. 이분들은 카르타고가 몰락한 까마득한 옛날에 살다 왔나 싶을 정도로 세상 물정에 어둡다. 이 모든 일들이 평범한 책 판매인의 흔한 일과였다. 내가 상상했던 책 판매인의 위상은 모든 지식의 신비로운 수호자로, 고객들이 우리를 지상으로 내려온 지니처럼 대하는 것이었다. 적어도 곰팡내 나는 낡은 호주머니 밑바닥에서 어떤 문제에 대해서든 답을 끄집어내는 사람들로 여기길 바랐다.

소서런에서 꽤 오랫동안 논쟁의 핵심이 되어 왔던 두려운 질문이 있다. 십중팔구는 미안해하는 듯한 찡그린 얼굴을 하고서 이렇게 물어온다. "화장실 좀 써도 될까요?" 이 정도는 별로 무리가 없는 요청이 아닌가 생각하실 수 있다. 게다가 소서런은 늘 지하실 근처 매장 뒤편에 널찍하고 잘 갖춰진 화장실을 구비하고 있었으니까. 그렇다 보니 대개의 런던 쇼핑객은 1마일 떨어진 지점에서부터 어떻게 알고 꼬박꼬박 우리 매장을 찾아왔으며, 고서적 소매점인 우리 매장은 자연의 부름에 응답하려는 방문객들로 곧잘 붐볐다. 그러다가 2014년의 어느 사건으로 인해 더는 화장실을 모두에게 개방할 수 없게 되었다. 끔찍한 사건의 자세한 내용은 심약한 사람들을 위해 생략하겠다.

3

책 수집가들의 부류

대개의 일반 고객이 의문스러워하는 지점은 애초에 왜 이 많은 서점들의 운영이 가능한가 하는 것이다. 가능한 이유는 바로 책 수집가들 덕분이다. 이따금 미운 오리 새끼가 황금빛 거위로 변하는 것처럼, 우연히 찾아든 구경꾼이 수집가로 진화하는 경우가 있다. 이러한 변화를 촉매하는 게 무엇이라고 콕 집어 말할 수는 없다. 원초적으로 지니고 있던 수집가의 충동이 내면에서부터 불타기 시작하다가 어둠이 깔린 어느 날 돌이킬 수 없는 선택을 해버리는 것일 수도 있다. 어느 순간 오래된 책 한 권을 사게 되고, 그것이 시작점이 되는 식이다. (딱히 누군가에게 해로운 일은 아닐 수도 있겠지만) 바로 이것이 훗날 책으로 가득 찬 집에 드러누워 "감사할 줄 모르는 요즘 아이들은 도서관을 좋아하지 않는다"며 불평을 늘어놓는 구십 세의 책 수집가이자 은둔자가 되기까지의 여정에서 밟게 되는 첫 번째 계단이다. 책 판매인으로서 도대체 어떤 연유로 한 사람이 평범한 상태에서 다른 상태로 변모하는지 알아내기 위해 잠 못 드는 밤들을 보내기도 했지만, 미스터리는 여전히 풀리지 않고 있다. 아무튼 이 수집가들이 서점 수입의 대부분을 도맡는데, 그건 그들이 절대로 만족할 줄 모르기 때문이다.

'책 수집가'라는 기치 아래 별나고도 멋진 사람들이 모인다. 종이로 된 보물을 획득하고 그 보물 더미 위에 올라앉는 것에 집착한다는 공통점으로 뭉치는 이들이다. 그들 중에는 정기적으로 서점에 직접 방문하는 사람들이 있고, 우편으로만 연락하는 사람들이 있으며, 해외에서 대리인을 보내는 사람들도 있다. 이 대리인들은 대략 일주일 정도에 걸쳐 그들이 지참한 비밀 목록에 적혀 있는 임무를 수행한다. 수집가들은 아주 특별한 관심사와 요구를 지닌 경우가 많다. 만약 이 사람들과 계속 거래를 하고 싶으면 그들의 관심사와 요구가 무엇인지, 이미 소장하고 있는 책들은 어떤 종류인지를 비롯해 온갖 세부적인 사항들을 기억하고 있어야 한다. 그러다가 그들이 등장하면 판매인들은 어디선가 홀연히 나타나 가장 적절한 아이템들을 잔뜩 내밀 수 있어야 한다. 언뜻 보기에 초감각적인 지각을 지녀야 가능해 보이는 이런 행위는, 실제로 수십 년 동안 주의 깊게 지나칠 만큼 꼼꼼히 메모하는 습관에서 비롯된다.

주의하여 관찰해야 할 수집가들은 다음의 두 부류다. 숙련되지 않은 관찰자들은 곧잘 다른 부류도 있지 않겠나 하고 생각하지만, 그렇지 않고 정말로 단 두 부류만 존재한다.

첫째는 스마우그Smaugs(판타지 소설 『호빗』에 등장하는 탐욕스러운 용-옮긴이)들이다. 이름에서 느껴지듯이 이 사람들은 자신들의 은신처를 귀중한 아이템들로 가득 채우고 싶어 한다. 부유한 이들도 있기는 하지만, 대부분은 이곳저곳 다니며 자신의 수집벽을 발휘하기에 불편하지 않을 정도로만 생계를 영위한다. 이 사람들의 주요 특징은 박학다식하다는 것이다. 따라서 책을 50권 산다고 하면 주제가 제각각일 때가 많다. 자신의 소장 목록을 정확히 파악하지 못하는 경우가 종종 있으며, 혹시나 잃어버릴 경우를 대비해 같은 책을 아예 세 권 사기도 한다. 상상할 수 있듯이 이들의 등장은 책 판매인들에게는 아주 반가운 일이다. 서가에 아무리 독특한 책이 꽂혀 있어도 조금만 기다리면 스마우그들이 반드시 알아봐 주기 때문이다. 중세 건물의 화장실에 관한 책을 보여주어도 스마우그들은 절대로 비웃지 않는다. 언젠가 스마우그들이 세상을 떠나 각자 일궈 놓은 서재의 잠금을 해제해야 할 때가 오면, 오랫동안 쌓아 놓은 용의 보물들은 다시 거대한 홍수처럼 세상으로 풀려나와 작은 골드러시를 이끌게 된다.

둘째는 드라큘라들이다. 이 사람들은 특정 분야에 아주 특별한 관심을 보이며, 그것이 이 그룹을 유지하는 힘이다. 이들의 수집 역시 특정 분야를 중심으로 이루어진다. 희귀 식물, 고딕풍 식탁 장식, 캘리그라피 등. 자신의 관심 분야와 연관된 책은 무엇이든 손에 넣으려 하므로 이들에게 책을 팔 가능성은 그 책을 얼마나 그들의 관심 분야와 가깝게 보이도록 설명하느냐와 정비례한다. 그러므로 이 사람들을 서점으로 불러들일 때는 그들이 솔깃해할 만한 책을 확보해두는 수고를 해야 한다. 요즘 세상에 특정 분야에서 전문성을 가지고 헌신하는 사람을 찾아보기가 쉽지 않으므로 애쓴 만큼의 보상은 주어진다. 게다가 누군가의 두뇌가 필요할 때 이들은 흔쾌히 자신의 지식을 공유한다. 심지어 자신의 책을 빌려주거나 집으로 불러 새롭게 발견한 책들을 살펴보게 해주기도 한다. 우리가 고객과 끈끈한 유대관계를 맺고 있다고 할 때는 이 특화된 수집가들 부류와 수십 년에 걸쳐 길러낸 관계를 뜻하는 경우가 많다.

　책 수집가라면 반드시 이 두 기치 아래에 있게 되므로, 현명한 책 판매인은 가능한 한 빨리 그들을 식별하는 법을 익혀야 한다. 드라큘라에게 관심 영역 바깥의 책들을 거듭 권하면, 이들은 어둠 속으로 자취를 감췄다가 자신들의 기호를 더 잘 이해하는 다른 서점으로 옮겨가고 말 것이다. 반대로 스마우그에게 한정적으로 엄선한 책만 보여주면 금세 싫증을 낼 것이다(더 나쁜 일은,

아예 지갑을 닫아버리는 것이다). 이처럼 수집가의 기대와 욕구를 관리하는 일이 희귀 서적 비즈니스의 핵심이다. 또한 남들보다 조금 덜 사회적이고 제각각 내면의 햇볕 알레르기가 있는 사람들이 상호 이익을 위해 공생하는 특별한 방식이기도 하다.

오래된 서점들이 수집가에게 의존해 영업을 유지해 나가는 데는 단점도 있다. 부유한 고객 중에는 심야에 하필 정말 난감한 요구를 하는 경우가 있어서 괴로운 밤을 보낼 때가 적지 않다. 고객을 유지한다는 것(이 사람들을 경쟁 서점에 뺏기지 않는다는 것)은 이들의 우선순위를 판매인의 우선순위로 받아들여야 함을 의미한다. 억만장자인 고객이 찾아와 금속제의, 온통 칼로 뒤덮인 의례용 미술품을 건네주면서 뉴질랜드의 작은 남쪽 섬에 있는 자기 집으로 보내달라고 요청하면, 그렇게 해야 하는 것이다. 우체국에서 웬만해서는 칼을 안 받아준다는 것, 즉 테러 조직으로서 블랙리스트에 이름을 올리지 않고서는 세관 양식에 '도검류의 유물'을 적어넣을 수 없다는 것, 혹은 애초에 누구도 그 위태로운 물건을 손으로 잡을 수 없다는 것 등은 일절 염두에 두지 말아야 한다.

4

북러너라는 기이한 직업

서점의 성가신 일 중 한 가지는, 한 권의 책이 팔리면 즉시 다른 책으로 그 자리를 메꿔야 한다는 것이다. 그런데 새 책을 파는 서점과 달리 우리는 저 먼 어딘가에 있을 희귀 서적을 온라인에서 몇 권 더 주문하는 식으로 간단히 메꿀 수가 없다. 더구나 다른 딜러에게서 책을 사들이는 일은 이문이 너무 적어서 아예 엄두도 낼수 없다. 그렇다 보니 사실상 정말 가치 있는 재고들은 일반적인 거래의 외부에, 방목 형태로 존재한다. 서점이 꽤 많은 수입을 얻는 지점도 여기다. 책 판매인들은 마치 셰에라자드*Scheherazade*(잔인한 왕에게 천 일 동안 이야기를 들려주면서 목숨을 구했다고 하는 『천일야화』의 왕비-옮긴이)라도 된 것처럼 회사의 신용카드를 손에 쥐고서 이리저리 뛰어다니며 새로운 책을 획득하기 위해 가능한 모든 방법을 구사한다. 이 모든 책의 출처(나중에 다른 경우들도 다루기는 하겠지만) 중 우리가 의례적으로 상대하는 가장 독특한 출처를 꼽으라면 북러너일 것이다.

북러너들과의 거래는 기억할 수 있는 시점을 넘어선 아득한 과거부터 내려온 전통이라 할 수 있다. 북러너는 멀리 떨어진 교구나 헌책방을 훑어 싼값의 책들을 찾아낸 다음 경쟁이 치열한 도시로 가져와 이윤을 듬뿍 남겨 넘기는 일에 정통한 개인을 가리킨다. 고객 목록을 확보하고 있을 뿐 아니라 지역별 오프라인에서 나름의 세력을 발휘하고 있는 서점들은 이들이 가져온 책을 사들여 합리적인 가격을 책정한 다음 판매 목록에 올린다. 그렇게 모두가 행복하게 제 갈 길을 가는 것이다.

북러너의 세계에 공동체 같은 건 없다. 내가 알기로 북러너가 되는 방법을 가르치거나 지시하는 사람도 없다. 그런데도 그들은 그냥 고서점 주변에 특별한 징후도 없이 때를 맞춘 것처럼 나타난다. 어찌나 나타나는 시기가 적절한지 자연의 법칙처럼 느껴질 정도다.

북러너는 쉬운 (혹은 인기 있는) 일이 아니며, 그 때문에 서점들 사이에서는 이 사람들의 호의를 얻기 위해 어느 정도 소리 없는 경쟁이 이루어진다. 결국 그들이 좋은 물건을 가져오기를 원해서인데, 가령 이들이 가져오는 책을 한 권도 사지 않는다고 하면 다음번에는 경쟁 서점으로 먼저 가버릴 위험성이 커진다. 물론 그 반대도 위험하기는 마찬가지다. 내키지 않는 책을 너무 많이 사버리면 은퇴하거나 죽을 때까지 해마다 서가에 앉아 자신이 저질러 버린 실수를 응시하는 나날을 보내야 할 수도 있기 때문이다. 호손 부인의 경우가 그랬다.

호손 부인의 남편은 세상을 떠나면서 정원 가꾸기에 관한 훌륭한 장서들을 남겼으며, 부인은 이 책들을 몇 년에 걸쳐 우리 서점에 팔았다. 그러던 어느 날 책 재고가 바닥이 났다. 부인은 새 책들을 사서 원래부터 컬렉션에 있던 것들인 양 몰래 끼워넣기 시작했다. 고정적인 수입에 너무 길들여져 있던 탓이었다. 시간이 흐르면서 우리는 책이 원래의 장서에 포함된 게 아니라는 사실을 눈치챘다. 어느덧 호손 부인은 소유하고 있던 장서를 판매하는 것이 아니라 책을 사서 되파는 북러너로 진화(포켓몬이 우아하게 숄을 걸친 채 책장을 넘기는 모양새다)했던 것이다. 게다가 그녀의 개인적인 책 취향이 쓸모없는 책 쪽으로 기울지 않았으면 그나마 나았을 텐데.

호손 부인은 단념할 줄 몰랐으며, 남의 충고를 받아들일 줄 아는 사람이 아니었다. 우리로서는 넌지시, 이제부터는 판매할 수 있는 책들을 찾아보면 어떻겠느냐고 일러줄 수밖에 없었다. 하지만 그녀는 눈도 깜짝하지 않았다. 우리가 이런저런 책들을 찾고 있다고 대놓고 목록을 제시해도 기록하는 법이 없었으며,

서점으로 무작정 책 꾸러미를 끌고 들어오는 행위를 그만두지 않으면 거래를 중단하겠다는 은근한 협박도 먹히지 않았다. 지금까지도 그녀가 어떤 식으로 그 일을 꾸려왔는지는 명확하지 않다. 단지 그녀가 자신의 작고 오래된 정원을 거짓 위에서 유지하는 억센 (솔직히 말하면 지독한) 강인함을 보여주고 있다는 것만 알 뿐이다. 시간이 흐르고, 몇 주가 몇 달이 되면서 소서런이라는 벌집에서 웅웅거리기만 하던 벌들은 최선의 결론을 내렸다. 우리가 내린, 유혈 사태를 피할 수 있는 유일한 방법이자 우리의 정신 건강도 지킬 수 있는 결론은 이렇다. 소서런은 앞으로도 호손 부인에게서 언제까지나 책을 구입할 것이며, 그 책들은 어두컴컴한 서점 구석 어딘가에 자리하게 될 것이며, 거기에 드는 비용은 평화 유지라는 이름의 필요 경비로 처리할 것이다.

사실, 웬만한 서점들은 모두 호손 부인과 비슷한 부류의 북러너들과 거래한다. 또한 북러너들에게는 어딘가에 정착하지 않고 이곳저곳으로 책 꾸러미를 운반하며 다니는 삶을 선택한 남모를 이유가 다 있다. 참 희한하게도 그들이 없으면 런던의 책 거래가 한순간에 중단돼 버릴 텐데, 그들의 존재를 정확히 알고 있는 사람은 거의 없다.

5

∞∞∞

초보자를 위한 도서 목록

"별쇄 삽화*Extra-illustrated*(해당 도서와 관련이 있는 삽화나 인쇄물을 다른 데서 추가로 수집하여 삽입한 것-옮긴이)라고 해, 친구. 그렇게 부르면 돼." 제임스는 목록 작성을 위해 내게 주었던 책들을 세트별로 모으고 있었다. 그는 그중 한 권을 집어 페이지를 주르륵 넘겼다. "약간 해졌군… 아니지… 해진 게 아니야… 부드러워진 거지… 책등이 약간 부드러워진 거야." 나는 열심히 받아 적었고, 그는 계속했다. "더 매력적으로 변한 거야, 내가 보증하지." 그는 내 어깨 너머로 그때까지 내가 적은 내용들을 들여다보았다. "아니지, 봐봐. 책 색깔이 다 제각각이라고 하면 안 돼. 그렇게 해서는 팔 수가 없지. 보자…" 그는 곰곰이 생각하더니 "'할리퀸*harlequin*(이 말에는 어릿광대라는 뜻과 더불어 다채롭다는 의미가 들어 있다-옮긴이) 세트' 어때?"라면서 눈을 찡긋했다. "얼추 됐군."

그는 일이 잘 마무리된 걸 기뻐하며 다시 자기 책상으로 눈길을 돌렸다. "이제 알겠지, 젊은 친구. 음, 이걸 뭐라고 하지, 게오르크? 기업가 정신이라고 하면 되나?"

서가 뒤쪽에서 게오르크의 투덜거리는 소리가 들렸다. "그런 걸 허튼소리라고 해, 제임스."

게오르크는 짧은 기간에 서너 명의 책 판매인들을 씹어서 뱉어낸 전적을 자랑하는 '여행 및 탐사' 부문을 맡고 있는 사람으로, 전임자들을 내쫓은 불경한 힘에 자신은 전혀 압도당하지 않았음을 완벽하게 증명해 보이며 근무 중이다. 그가 종종 서점 밖에서 서성이는 모습이 눈에 띄는데, 제일 아끼는 가죽조끼 차림으로 새크빌스트리트의 도로 경계석에 앉아 담배를 피우며 커피를 마시곤 했다.

혹시 작은 새들이 날아올라 더 큰 동물들을 잡아먹는 자연 다큐멘터리를 본 적이 있는가. 그렇다면 나와 게오르크의 공생 관계에 대해서도 충분히 짐작할 수 있을 것이다. 그는 단지 가까이 가는 것만으로도 컴퓨터를 망가뜨리는 재주를 가진 사람이다. 이 말인즉 내가 그의 책상에 앉아 도대체 무슨 이유로 시스템이 녹아내렸는지를 알아내는 데 꽤 많은 시간을 써야 한다는 의미다. 나의 애매한 컴퓨터 실력에 대한 보답으로 게오르크는 지혜로운 조언을 제공해 주는데, 툭하면 궁지에 몰리는 수습 직원에게는 꽤 훌륭한 협상 조건인 셈이었다.

'여행 및 탐사' 부문을 운영하다 보니 게오르크는 전 세계 방방곡곡을 다루는 책들을 취급한다.[+] 나는 게오르크가 그 책들을 한 권도 빠짐없이 다 읽었으리라고 강하게 추측한다. 그렇지 않고서야 그의 입에서 희한한 이야기들이 마르지 않는 샘처럼 계속해서 흘러나올 수는 없기 때문이다. 어찌나 사람을 홀리는 방식으로 이야기하는지 나로서는 들을 때마다 그가 하는 말은 전부 믿지 않을 수가 없다. 물론 회고록과 역사에 관한 한 진실은 상대적일 수밖에 없겠지만 말이다. 여행기, 일기, 재미있을 만큼만 부정확한 고지도 등등, 그는 이것들 모두에 정통했다. 단어가 지닌 가장 진정한 의미로 볼 때 그는 '석학'이 맞다.

도서 목록을 적절하게 작성하는 법을 배우는 일은 책 판매업의 필수적인 부분이다. 다만 '적절하게'가 정확히 무슨 뜻인지 누구에게 물어보느냐에 따라 달라질 수 있다. 수습 직원으로서 나는 동료들로부터 목록 작성의 복잡한 과정을 배웠는데, 상자를 끌어다 옮기거나 게오르크의 컴퓨터를 고치는 사이사이의 틈새 시간이 나의 수업 시간이었다.

[+]　그는 자신이 수집가는 아니라고 주장한다. 그저 책을 사서 그중 일부를 집에 보관할 뿐이라고.

옛날, 그러니까 공룡과 호손 부인이 지구를 지배했던 시절에 책 판매인들은 컬러 사진을 활용한다든가 수집가에게 보낼 책 사진을 대량으로 인쇄하는 것 같은 사치를 누리지 못했다. 판매 수법이라고 해봐야 재고가 확보된 최신 도서에 대한 정보를 가득 실은 거대한 판매 책자를 이용(지금도 어느 정도는 그렇다)하는 정도였다. 아주 작은 활자로 인쇄된 이 책자들이 전국의 수집가들 집으로 배송되었으며, 수집가들은 더 영양가 있는 보물을 찾아내기 위해 한 줄 한 줄 이 잡듯이 스캔하면서 열렬히 책장을 넘기곤 했다. 그러나 여기서 책 판매인들은 유난스러운 도전에 직면했다. 특정 책의 견본에 관해 가능한 한 자세하게 기술하는 것이 판매 책자의 기본이었는데, 수집가들이 워낙 까다로워서 이 특별한 책의 단점, 장점을 빠짐없이 낱낱이 전달하면서도 잉크와 공간을 최대한 적게 쓰는 기술을 발휘해야 했다. 따라서 목록 작성 시 용어와 약어, 비유 등을 최대한 끌어와 실제 이미지에 의존하지 않고도 책의 그림을 그려내는 기술이 필요하다. 지금도 책 판매인들은 아무 때고 머리를 책더미에 파묻고서 미간을 찡그린 채 이 일을 하는 모습을 연출하곤 한다.

이 작업은 '구매'부터 '서가에 보관 중'이라고 이름 붙이는 단계까지 책을 획득하는 전 과정에 걸쳐 방대하게 이루어진다. 판본을 식별하고, 손상 정도를 확인하여, 광고 문구를 작성하고, 이

모든 사항들을 낡은 컴퓨터 시스템에 기록하여 나중에 참고할 수
있도록 하는 작업도 포함된다. 가장 힘든 부분은 시간의 풍화 속
에서 어떤 방식으로 책이 살아남았는지를 정확하게 기록하는 일
이다. 책과 관련된 용어의 전체 어휘 목록은 정확히 이 목적을 위
해 수백 년에 걸쳐 진화해왔다. 이 말은 일반적인 관찰 방식과는
하등 관련이 없다는 뜻이다. 책에 관해 기술할 때는 다음의 두 가
지 이유로 바로크 양식의 언어를 쓰는 전통이 있다.

　　첫째는 책 거래에 쓰이는 전문 언어가 수백 개의 단어를 동
원하지 않고도 정확성과 정밀성을 담보해 준다는 것이고, 둘째는
우아한 언어를 쓰는 데서 오는 타격감의 완화 효과 때문이다. 희
귀 도서에는 대개 사소한 결함들이 있기 마련이지만 이것이 책을
무례하게 대해도 된다는 뜻은 아니다. 누군가에게 책이 볼썽사납
게 얼룩덜룩해졌으며, 좀비 영화에 등장했더라면 진작 솎아내어
비참한 상태에서 벗어나게 해주었을 것이라고 말하는 쪽보다는
'변색되었다'고 하는 편이 훨씬 더 호감 가는 말이라는 식이다. 이
런 관례에 따라 양가죽 장정을 '콘'이라고 부르며, 송아지 가죽으
로 만든 피지를 '벨럼'이라고 한다. 책이 '정교하다'라고 말할 때
는 그 책에 누군가 손을 대 변조 및 위조했거나 '초판처럼 보이기
위해 엄청나게 공을 들였다'는 걸 알지만, 책의 역사적 가치를 감
쇄하기보다는 '더한다'고 생각한다는 의미다. 즉, 그런 걸 특징이

라고 여길 뿐 결함으로 보지 않는다. 이처럼 알맞은 용어를 사용하는 일은 안목 있는 고객을 유혹하기 위해 서점 측에서 수행하는 정교한 의식, 비밀스러운 악수 같은 퍼포먼스다.

내가 어느 정도 배우고 나자, 제임스는 책을 무더기로 내 책상에 쌓아 놓았다. 나는 존 카터가 쓴 『책 수집가를 위한 ABC*ABC for Book Collectors*』+로 단단히 무장하고서 책을 한 권, 한 권 식별하는 작업에 들어갔다. 고가의 책이 아니고, 수습 직원용의 무난한 책도 아닌 일반적인 책들이었다. 솔직히 말하면, 그저 책등과 본문만 있으면 무조건 내 책상행이었다. 내가 헷갈려 하는 눈치를 보이면 누군가가 어슬렁거리며 다가와 이해 못 할 용어를 버럭 내지르듯 일러주곤 했다. 나는 개념을 익힐 때까지 충실하게 받아 적고 또 받아 적었다. 기초를 다지기 전까지 배워야 할 게 너무 많았기 때문에 기본을 파악하는 데 시간이 걸릴 수밖에 없었다. 표지가 붉은 책을 단순히 빨강 책이라고 하면 될까? 뭐, 그렇게 말할 수도 있다. 그러나 그 책은 사실 머룬*maroon*(고동색, 적갈색, 밤색 등─옮긴이)일 가능성이 높았다. 혹은 버건디*burgundy*(적포도주색─옮긴이)거나. 그러면 장정은? 딱 봐도 가죽이다. 그런데

+ 희귀 도서 용어를 다루는 유용한 입문서일 뿐만 아니라, 저자가 워낙 괴팍해서 사람들을 싫어했으며, 자신이 그렇다는 걸 너무 분명히 밝힌 사람이라서 주목받는 책이다.

종류가 뭐지? 아니, 암소가 아니고, 양피다. 얼룩덜룩하다고 하면
안 되고, 가벼운 변색이라고 해야 한다. 또한 하프 모로코*morocco*
(모로코산 염소 가죽을 줄여 부르는 말-옮긴이)가 아니라 쿼터 모로코
다. 나라 이름과는 아무 상관이 없다. 염소랑 상관있는 말이다(장
정의 반 정도를 염소 가죽으로 채우면 하프 모로코, 4분의 1을 염소 가죽
으로 채우면 쿼터 모로코라고 한다-옮긴이).

　서적 판매인들은 온갖 헷갈리는 용어들 중 필요한 단어들을
가려 뽑아 책을 기술한 다음 상태에 대해 간단히 의견을 덧붙이
기도 한다. 예를 들어 '이 책은 상태가 좋습니다' 또는 '이 책은 상
태가 양호합니다' 같은 식이다. 두 가지 모두 뚜렷한 결함이 없는
책을 묘사하기에 합리적인 방식의 코멘트가 아닌가, 하고 생각할
수 있다. 그러나 이 두 표현은 맥락상 완전히 다르다. '좋다*Fine*'
라는 표현은 최근 그 책이 천사 같은 사람의 품에서 안전히 보관
되어 있었을 때만 쓸 수 있으며, '양호하다*Good*'는 내심 '엉망진
창'으로 보이는 불쏘시개 신세나 될 법한 책에나 쓰는 표현이다.
또한 '리딩 카피*Reading Copy*(중고 서적 중 소장본으로서의 가치보다
는 읽을 만한 책으로서의 가치가 더 있다는 의미의 용어-옮긴이)'라는
말을 덧붙이는 일은 꿈에서도 떠올려서는 안 된다는 것이 철칙이
다. 나는 언젠가 한 번(정말 딱 한 번) 이 코멘트를 시도한 적이 있
었는데, 제임스가 손가락 관절이 하얗게 변하도록 내 코멘트가

쓰인 책을 꽉 움켜쥐고 계단을 걸어 내려왔다. 그는 조용한 목소리로 내가 다시는 그 표현을 쓰지 말 것을 명확하게 주문했다.

　어느 분야든 마찬가지겠지만, 목록 작성법을 배우는 일에 결코 엔딩은 없다. 재료에 대한 이해가 깊어질수록 점점 더 진화해나가는 과정이기 때문이다. 반면에 다른 분야와 달리 도서 목록 작성은 예술성이 있다고 보기도 힘들고, 과학이라고 하기는 더욱 어렵다. 제대로 표준화되지 않은 채 여기저기서 산발적으로 타오르는 불꽃이라고 보는 게 맞다. 이제야 밝히지만, 책 판매인의 90퍼센트는 주어진 맥락에서 각 단어의 의미를 직업적으로 해석하는 자신만의 방법을 지니고 있다.

　이제 상상해 보시라. 마치 교회의 강연대 위에 놓인 성경이라도 되는 것처럼, 양팔을 펼친 것보다 더 큰 책이 내 책상에 편안하게 놓여 있고, 내 역량 밖에 있는 그걸 멍하니 들여다보며 멀뚱멀뚱하는 모습을. 제임스가 지나치면서 책 크기를 보더니 "2절판(전지를 반 자른 크기의 책. 책 중에서 가장 크다-옮긴이)이군." 한다. 명칭이 뭐든 커다란 책, 내게는 그게 전부다. 아무튼 2절판이라는 거지? 그런데 펜을 집어 들기가 무섭게 이번에는 게오르크가 와서 내 필기를 들여다본다. "2절이 아니지. 페이지가 배열된 방식을 보면 실제로는 4절판이라는 걸 알 수 있잖아." 그런 뒤 그는 또 누군가 한마디 해주러 오기 전에 어슬렁거리며 다른 볼일을 보러

간다. 그 뒤로도 "엄밀히 말하면 임페리얼 옥타보*Imperial Octavo* (8절판 중에서 크기가 가장 큰 판형-옮긴이)야"라고 말하는 사람들이 줄을 잇는다. 의견이 분분해지자 결국 모두가 단검을 뽑듯이 자를 꺼내 들고 모여들기 시작한다. 이리저리 팀을 이루어 한바탕 즐거운 전투를 벌인다. 신랄한 의견들이 난무하면서 작업장은 일제사격의 포화를 맞는 것처럼 어지러워지고, 그러는 동안 문제의 책은 목록 작성에서 멀어진 채 덩그러니 놓여 있다. 사실 이 의견 불일치는 근본적으로 해소될 수가 없다. 기술적으로 누구도 틀리지 않기 때문이다. 논쟁은 모두가 지쳐 떨어질 때까지 계속될 수밖에 없으며, 그 책은 '문제가 있는 책' 더미에 던져졌다가 '나중에 고민해 볼 대상'으로 마무리된다.

　책 판매인이 한 명 이상인 대부분의 서점에는 하우스 스타일*House Style*(회사마다 지닌 고유의 규칙-옮긴이)이 있는데, 책 판매인들이 내부적으로 준수해야 하는 사항을 가리킨다. 다만 이 스타일은 개별 책 판매인의 재량에 따르기도 하는데, 소서런의 경우는 해석의 자유를 폭넓게 부여하는 편이다. 그런 의미에서 나 올리버를 위해 눈물을! 왜냐하면 시간이 흐를수록 (점점 더 많은 이들이 관여하게 되면서) 소서런의 책 판매인들이 과연 내가 적절한 교육을 받고 있는지 판단하는 근거가 바로 내가 쓰는 언어였기 때문이다. 그들은 제각기 내가 자신의 언어를 받아들여 쓰고 있는지 확인하는 데 열성적이었고, 자신의 방식과 일치할 때만 내가 제대로 교육받고 있다고 생각했다. 지금까지도 나는 여기에 마침표를 찍어라, 저기에 쉼표를 넣어라, 하거나 아포스트로피(영어에서 생략이나 소유격을 나타내는 기호-옮긴이)가 잘못 쓰였다며 집단 중재에 나서는 이 사람들의 등쌀에 시달리고 있다.

6

∞∞

고객 서비스와 판매 비결

처음 서점에 출근해 조그만 책상에 걸터앉고서 첫 주가 지났을 무렵, 앤드루의 두개골 뒤쪽에서 희미한 불빛이 새어나와 몇 시간에 걸쳐 천천히 전두엽으로 흘러 들어가는 것이 보였다.[+] "계약이 필요하다고 들었는데요. 이미 해결된 것 아닌가요? 아니라고요?" 이런. 앤드루가 어디로 연결되어 있는지 알 수 없는 책상용 전화기 중 하나를 집어들고 지하층에 있는 누군가에게 전화를 걸었고, 사무장 에벌린이 소환되었다.

에벌린은 겉보기에는 무섭지 않았고 실제로도 그렇게 행동

[+] 앤드루는 매사 곰곰이 생각하는 스타일이었는데, 이런 업무 방식은 많은 시간을 버리게 되는 업무들을 쳐내는 데 아주 좋은 행정 전략이었다. 말하자면, 두 차례 혹은 세 차례까지도 알림을 해 놓고도 당장 처리하지 않는 일이 있다면, 그리 중요하지 않으므로 처음부터 성가시게 신경쓸 필요가 없다는 게 그의 철학이었다.

하지는 않았다. 친근한 표정에 사근사근한 말투를 지닌 그녀는 아이들이 잘 따르는 따스한 이모의 전형 같은 사람이었다. 그런데 그녀는 정작 소서런 안에서는 쓸데없이 개기지 말라는 듯한 포스를 은근히 풍겼다. 알프스를 넘어온 한니발이 마침내 은퇴를 결심하고서 작은 서점에서 취미 삼아 서기 일을 하고 있다고 상상하면 될 것이다. 물론 그녀가 우리의 장기를 적출하여 창자로 복도를 장식하리라고 믿을 근거는 전혀 없지만, 그렇다고 그 일이 확률의 영역을 벗어나 가능성이 아예 없지는 않다는 것 또한 사실이다. 그렇기에 소서런 안에서 그녀의 이름을 언급할 때는 그만큼 공손함이 끼얹어졌다(지금도 마찬가지다). 에벌린은 '세세한 항목'들을 도맡아 처리하는 사람처럼 보였으며, 실제로 그랬다.

　　소서런 같이 오래된 희귀 서적 판매점을 운영할 때도 결국 돈이라고 하는 불유쾌한 사업적 이슈로 귀결될 수밖에 없다. 그나마 책 판매인들은 자신들의 판매 행위에 따른 결과를 직접 처리하지 않는 것이 원칙처럼 되어 있다. 까다롭고 난처한 재무 관련 세세한 일들은 모두 고객과 도서 공급업자 양쪽과 일정 거리를 유지하면서 비밀스럽게 움직이는 회계 부서에서 처리한다. 비밀번호를 기억하지 못하는 사람들(책 판매인 포함)이 기웃거리는 것을 방지하기 위해 회계팀 사무실 문에는 잠금장치가 설치되어 있으며, 여기에 누구도 예외는 없다. 소서런의 회계 팀은 전통적으로, 한 쌍의 슬리퍼나 비버 부부처럼 2인 1조로 움직인다. 또한 청구서를 들이밀 기회를 호시탐탐 노리는 이들을 피하기 위해 되도록 사람들의 눈에 띄지 않는다.

소서런의 재무 업무는 대단히 심각한 상황이 벌어지지 않는 한 웬만해서는 새로운 기술을 받아들이지 않고 기존 방식을 고수한다. 그렇다 보니 들어 올리기도 힘든 아주 커다란 장부 원장을 사용하는 일도 업무에 포함된다. 이 원장은 직접 적은 사람 외에는 누구도 해독할 수 없는 편리한 속기록의 형태를 띠고 있다. 재무 기록이 담긴 서류철들이 캐비닛과 상자에 가득 담겨 겹겹이 쌓인 채다. 나름대로 수십 년 전 맞춤형으로 만들어진 논리 구조에 따라 배열되어 있으며, 이것들만 있으면 고리짝 시절부터 내려온 재정적 분쟁에도 너끈히 맞설 수 있다. 달리 말하면, 이곳이야말로 돈이 나오고 들어가는 곳이라는 이야기다. 그 외는 회계 담당자들만 알고 있는 비밀사항이다. 게다가 그들은 결코 입을 열지 않는다.

에벌린은 여기에 더해 매장으로 도착하기는 하지만 책 판매인들이 관심을 두지 않는 서류들도 처리했다. 사실은 서류 전부라고 해야 할 테지만. 원래 업무는 사무장 역할이지만 그녀가 보이지 않는 곳에서 따로 조용히 처리하는 모든 일 중 절반 정도라도 우리가 파악할 수 있을지는 의문이다. 그녀의 조그만 사무실은 계단 아래, 눈에 잘 띄지 않는 곳에 있다. 사무실 안은 수십 년 전부터 전해 내려온 서류들이 깔끔하게 파일로 정리되어 차곡차곡 쌓여 있는데, 저마다 특별한 목적을 지닌 채 보관되다가 시간이 지나면서 점차 그녀의 기억에서 희미해져 어느 날부터 사무실 풍경의 한 부분으로 굳어졌다.

내가 계약서를 받기로 한 날에도 이 서류들 중 하나가 필요했다. 그녀는 똑같이 생긴 파일들의 더미 사이로 헤치고 들어갔는데, 내 눈에는 알게 모르게 상황을 즐기는 듯한 표정이 엿보였다. 온갖 서류가 이리저리 날렸다. 각종 문서 양식과 기밀 정보들의 뭉치가 산더미처럼 쌓이기 시작했으며, 그녀 앞에서 홍해처럼 갈라진 먼지투성이 바인더들의 어두운 바다가 점차 그녀의 모습을 시야에서 가렸다. 나는 굳이 도와주겠다고 나서지 않았다. 기껏해야 피상적인 제스처에 그칠 터였고, 천재가 하는 일에는 나서서 방해하지 않는 게 상책이었다. 마침내 그녀가 혼전 속에서 모습을 드러냈다. 그녀의 손에는 백지 계약서와 '최근', 즉 1990년대에 제임스가 업데이트해 놓은 '소서런 직원 매뉴얼' 사본이 꽉 쥐어져 있었다. 타이프로 친 매뉴얼에는 책 판매인의 고객 응대 시 준수 사항들이 적혀 있었다.

소서런 직원 매뉴얼은 일 년쯤 내 책상에 놓여 있었다. 내가 짬을 내어 제대로 읽어볼 시간이 날 때까지 일 년이 걸렸기 때문이다. 내가 알기로 단 한 부 보관되고 있는 사본이었다. 거기에는 최고의 희귀 고서적 판매점이라는 위치를 유지하는 데 필요한 조언 일체가 담겨 있었는데, 하나같이 모두 제임스가 시도하고 시험해본 것들이었다.

지금껏 늘 할인받았다고 말하는 고객에게 절대로 주눅 들지 말 것.

실제로 가장 귀중한 조언이다. 왜냐하면 소서런 전체 고객의 절반 정도가 할인받을 권리가 있다고 주장하며 우기려 들기 때문이다. 주인과 아는 사이다, 자기는 타인에게 신장 기증을 한 사람이다, 임원들과 혈맹 같은 관계다 등등. 책 판매인들은 이런 상황에 맞서 단단히 버티고 서서, 마치 농담이라도 들은 것처럼(농담인 경우는 없지만) 그들의 어떤 요구도 의연하게 웃어넘겨야 한다.

집단으로 방문하는 이들은, 단 두 사람일 때도 경계를 늦추면 안 된다. 한 사람이 소동을 일으킬 때 나머지 한 사람이 몰래 돌발 행동을 할 수도 있다.

'소동'이라는 말의 올바른 사용 예로서, 아주 적절한 표현이다. 제임스는 매장을 둘러보는 사람들 그룹을 따라다니는 게 습관이 된 사람이다. 그는 마치 발톱을 쭉 뽑은 채 급습하려는 맹금류처럼 사람들 뒤에서 퍼덕거린다. 내가 보기에는 제임스 때문에 오히려 사람들이 이상하게 굴게 되는 것도 같은데, 제임스는 그들 모두가 부정한 이득을 취하려 모인 공모자들이라고 확신했다. 제임스의 의심은 그들이 현금과 책을 교환함으로써 그런 사람이 아님을 증명해 보여야 풀렸다.

　　도둑들은 매장에 지나치게 오래 머물면서, 직원이 지쳐서 자신을 지켜보는 걸 포기하게 만드는 전략을 구사하기도 한다. 절대로 경계를 늦추지 말 것.

　　이 정도면 편집증이 아닌가 싶기도 하지만 일리는 있다. 서점에 들어와 몇 시간씩 머무는 사람이 적지 않은데, 그 시간 내내 그들을 쳐다보고 있기는 사실상 힘들다. 자칫하면 그들의 존재를 잊어버리게 되기 때문이다. 내 경험으로는 10분 정도가 지나면 집중력이 흐트러지기 시작한다.

　　앉은 자세로 고객에게, 특히 여성 고객에게 말을 걸면 안 된다.

기각.

절대로 바지 주머니에 손을 넣은 채 고객과 대화하지 말 것.

내 주머니에는 이미 줄자, 잉크가 새는 펜들, 거대한 열쇠 꾸러미들이 가득 차 있어서, 어차피 턱없는 이야기다. 우리의 근무 환경을 너무 긍정적으로만 보는 게 아닌지.

바쁘게 서두르는 고객은 놓치기 쉽지만, 마음먹는 데 시간이 너무 오래 걸리는 고객도 마찬가지다. 상냥하고 신중하게 설득하는 게 중요하되, 결국은 타이밍이다.

앉아서 말하지 마라, 주머니에 손 넣지 마라, 같은 애매한 말들도 있지만, 이것만큼은 제임스의 진정한 전문성을 발휘하는 조언이다. 제임스는 고객이 책 한 권을 살펴보고 있으면 시간을 얼마만큼 주어야 할지를 정확히 알았다. 딱 그 시간이 지나면 그는 다시 고객에게 가서 그가 그 책을 사도록, 말하자면 '옳은' 방향으로 유도하는 말을 건넸다. 그는 희귀 서적이 일종의 사치품이며, 그 누구도 식품이 필요하거나 집이 필요할 때처럼 책을 필요로 하지 않는다는 사실을 우리 중 누구보다도 깊이 이해하고 있었다.

그리하여 제임스는 행복이 무엇인가를 논할 때 자기 자신의 마음보다 중요한 물질적 요소는 없다는 주장으로 고객을 설득하는 데 능숙해졌다. 또한 (해를 거듭하는 오랜 연습을 통해) 그는 책을 뒤지기 시작하여 고객이 그의 노고를 의식할 때쯤 찾은 책을 내놓곤 하는데, 그 시점을 아주 정확하게 판단했다. 이를테면 30분 내내 서가를 뒤져 고객의 손에 한 권의 책을 건네는 경우다. 이미 책을 찾느라 30분을 써버렸는데 고객이 책을 사지 않는다면, 결과적으로 시간을 버리는 게 되지 않나?[+] 그런 다음 그는 차분히 생각할 수 있게 고객을 조용한 공간에 남겨두고 잠시 물러난다. 잠시만 물러났다가 다시 나타나는 이유는 적어도 예의를 차리는 사람이라면 자신을 돕기 위해 그렇게까지 애쓴 판매인에게 양해도 구하지 않고 서점을 나서지는 못하기 때문이다.

바람직한 대안이 여럿 있을 때, 고객 대부분은 우리가 제시하는 첫 번째 의견을 반사적으로 거절한다. 그리고 두 번째 의견에 대해서도 자주 의심을 표한다.

[+]   나중에 이를 '매몰 비용 오류Sunk Cost Fallacy(개인이 일단 어떤 행동 코스를 선택하면 그것이 만족스럽지 못하더라도 이전에 투자한 시간이 아까워서, 혹은 그것을 정당화하기 위해 더욱 깊이 개입해 가는 의사 결정 과정-옮긴이)'라고 한다는 걸 알게 되었다. 제임스는 이것을 놀랍도록 정확하게 응용했다.

마침내 그가 다른 책 한 권을 들고 다시 나타난다. 고객이 상당히 마음에 안 들어 했던 첫 번째 책과 연관된 책이다. 고객은 이때쯤 첫 번째 책을 돌려주면서 사지 않겠다고 양해를 구할 준비를 한 상태지만, 두 번째 옵션의 등장 때문에 상호 의무라고 불리는 그물에 갇히고 만다. 가련한 고객은 서점을 나가지 못하고서 이 두 번째 책을 첫 번째 책 때와 마찬가지로 면밀히 살펴보는 척하면서 또 그만큼의 시간을 머무를 수밖에 없게 된다.

…세 번째는 쉽게 받아들여진다(고객은 자신이 선택의 힘을 사용하고 있다고 판단한다). 그러므로 정말 팔고 싶은 책은 세 번째에 내놓아야 한다.

제임스는 고객의 조급함이 슬슬 끓어오르려 할 때쯤 세 번째로 등장한다. 고객은 이유가 뭐는 첫 번쌔와 두 번째 책 모두 거절하기로 마음먹은 참이다. 그런데 고객이 몇 마디 말을 내뱉기도 전에 제임스가 급소를 찌르며 들어간다. 앞서 보여드린 두 권보다 훨씬 훌륭한 책을 찾았다면서 세 번째 책을 내놓는 것이다. 이번에는 어딘가로 사라지지 않고 잠시 시간을 내어 이번 책이 왜 특별한지, 이게 얼마나 드문 기회인지, 명확한 설명도 덧붙인다. 동시에 그 자리에 버티고 서서 결제할 준비를 한다. 이쯤에서 대다수 고객은 압력에 굴복한다. 마치 파티용 모자를 쓴 회색곰이 덤벼들 때나 나올 법한 께름칙한 표정과 휘둥그레진 눈으로 책을 받아들이기로 한다. 참으로 특이한 사실은, 몇 주가 지나면 제임스가 정확히 예측한 상황이 일어난다는 것이다. 어느덧 그 고객은 모든 경험이 자발적이었으며, 자신의 훌륭한 안목이 책 구매를 촉발했다고 스스로 확신하게 된다. 결국 고객은 두 번째로 서점 방문을 감행하게 되며, 같은 과정이 반복된다. 이 과정은 고객이 스톡홀름 증후군과 같은 특이 변종에 완전히 사로잡힐 때까지 계속된다.

　…그렇다고 해서 진공청소기처럼 모든 것을 빨아들이는 유형의 판매술을 쓴다는 뜻은 아니다.

7

미확인 생명체들의 등장

내가 처음으로 서점 크립티드cryptid(목격담은 있으나 확인되지는
않은 생명체들-옮긴이)를 본 것은 매섭게 추웠던 어느 오후였다. 지
금도 선명하게 남아 있는 그 날의 기억에 따르면 뭔가가 선반 뒤
쪽에서 서성거리다가 슬슬 다가오는 기척이 느껴졌다. 처음에는
수집가들 중 드라큘라인 줄 알았는데, 다음 순간 그녀가 걷는 방
식에 모골이 송연해졌다. 긴 치마가 발을 가려서 그녀가 마지 바
닥에 닿지 않고 여기저기로 미끄러지듯 다니는 것처럼 보였다.
그녀는 무서울 정도로 또렷하게 기억나는 낮은 목소리로 내게 전
에 만난 적이 있는지 물었다. "아니요, 그런 적 없는 것 같습니다"
라고 나는 가능한 한 예의 바르게 대답했다. 그녀는 미소를 지어
보였다. 상대를 안심시키기에는 치아를 좀 많이 드러낸 미소였
다. 그러고는 자기 노래를 듣고 싶으냐고 물었다. 노래하는 자신

의 목소리가 아름답다고 우기면서.

크립티드를 식별하는 기준은 세 가지다. 여기서 크립티드는 (소름 끼치지 않는) 평범한 이유로 서점에 들어오는 사람들과 완벽히 반대되는 사람들을 가리킨다.

1. 그들은 한 번도 책을 산 적이 없으며, 이는 시간이 지나거나 친밀감이 쌓인다 해도 변하지 않을 속성이다.
2. 그들은 실재하는 존재인지 의문이 들 만큼 특이하다. 혹은 한 번도 발견된 적이 없을 수 있는데, 이 경우에도 그들이 지나갔다는 증거를 목격하는 일은 자주 있다.
3. 그들은 유혹에 이끌리듯 범행 현장으로 반복해서 돌아온다.

소서런은 오래된 서점인 만큼 온갖 크립티드들이 찾아주시는 축복을 누리고 있지만, 크립티드들이 서점 입구에 어두운 그림자를 드리우는 일이 잦지는 않다. 그들에게도 그 정도의 품위는 있다.

'스핀들맨*The Spindleman*(〈필라스 오브 이터니티 2: 데드파이어 *Pillars of Eternity 2: Deadfire*〉에 등장하는 기이한 상인 캐릭터-옮긴이)' 은 지푸라기 같은 머리카락과 룸펠슈틸츠헨*Rumpelstiltskin*(룸펠슈틸츠킨으로도 알려진 독일 전래동화 속 난쟁이. 자신의 이름을 알아맞

히지 않으면 아기를 데려가겠다는 무리한 요구를 한다-옮긴이) 같은 성
정을 지닌 수수께끼의 방문자다. 좀 덜 자주 왔으면 좋겠다 싶은
데, 툭하면 수레를 가득 채울 만한 분량의 책을 끌고 나타나 조금
이라도 관심을 보이는 사람 누구나 붙잡고 책을 팔려 든다. 슬프
게도, 스핀들맨을 대할 때는 함께 저녁을 먹자며 따라오라는 요
정을 대하듯이 경계할 수밖에 없다. 그에게 어떤 형태로든 동의
한다는 의미의 말을 뱉는 순간 그 말은 강한 구속력이 있는 것처
럼 취급된다. 그가 늘 일곱 겹의 외투 아래에서 중얼거리듯 말하
기 때문에 우리는 자신이 무슨 말에 동의한 건지도 확인할 방법
이 없다. 스핀들맨에게 책을 빌린다는 생각은 하지 말아야 한다.
예외 없이 그가 내키지 않는 일을 청하러 다시 돌아올 것이기 때
문이다.

'고대인 *The Ancient*'은 대부분 고령층이다. 한겨울에 보행 보
조기에 의지해 서점에 오는데, 뭘 제공해 드리려 하든 나 단호하
게 거절한다. 매번 어떻게 서점까지 나오는지가 의문인데, 그도
그럴 것이 그분들이 서점 문지방을 넘어 안으로 들어오는 데만
삼십 분이 걸리기 때문이다. 우리는 그분들에게 조금이라도 책과
관련해 의미 있는 도움을 드리려 애썼지만, 최선의 노력을 다했
어도 한 번도, 단 한 번도 성공하지 못했다.

'리슬스티그 *The Ristlestig*'는 지하 포장 창고에 사는 온갖 것

들에게 내가 붙인 이름이다. 나무상자, 종이상자, 궤짝, 폐기된 버블랩들의 바다 한가운데서 때때로 바스락거리는 소리가 들리는가 하면 으스스한 냉기가 감돌기도 한다. 어쩌면 지하실이 아주 깊지 않아서 거리의 바람이 갑자기 새어 들어오는 것일 수도 있다.

'정장 신사들*The Suited Gentlemen*'은 해마다 나타나는데, 잘 어울리는 정장을 멋지게 차려입고 아인 랜드*Ayn Rand*(1905~1982, 유대인 러시아계 미국인 작가. 객관주의라는 철학적 시스템을 발전시킨 것으로 유명하다-옮긴이)에 대한 자료가 있으면 좀 보여 달라는 등의 요청을 한다. 대개 커다랗고 검은 선글라스로 얼굴을 가리며, 소리를 내지 않고 움직인다. 반드시 둘이 쌍으로 다닌다.

때때로 이 존재들은 그다지 특별할 게 없는 일에도 갑자기 요란한 웃음을 터뜨리기도 하는데, 나름대로 인간을 흉내 내는 게 아닌가 싶기도 하다.

크립티드가 나타나면 거리를 두고 싶은 게 솔직한 마음이지만, 시간이 지나면 그러려니 할 수밖에 없게 되기는 한다. 나는 그들이 나라는 존재를 서점 공간을 누리는 데 방해가 되는 장애물로 여길 거라고 생각한다. 왜냐하면 내 쪽에서도 그들을 난감한 존재로 여기기 때문이다. 이를테면 너는 거미가 무섭다고 하지만 거미도 너를 무서워해, 라고들 하는 것과 비슷하다고 할까. 물론 객관적인 수준에서야 그렇다는 걸 안다. 그러나 감정적인 수준에서 우리는 갑자기 나타난 거미를 컵으로 덮어 가두고 싶어 한다. 당신도 그렇지 않을까.

　순간 노래하는 크립티드가 와락 웃음을 터뜨려서 화들짝 정신이 들었다. 결국 노래를 불러주지 않기로 한 모양이었다. 나에겐 그럴 가치가 있는 기운이 느껴지지 않았던 것이다. 그녀는 다음에 기회가 되면, 이라고 말하고는 근대 소설의 초판본들이 있는 서가 쪽으로 미끄러져 갔다. 오늘도 그녀는 책을 사러 온 게 아니었다. 그녀가 확인해 주었듯이 그녀는 그냥 '보기'만 하는 존재였다.

　마침내 그녀는 알 수 없는 이유로 필요하다면서 비닐 봉투 다섯 매를 집어 들고는 서점을 나섰다. 다시 오겠다는 말을 남기면서.

8

흉측한 박의 등장

누군가 토막 난 식물의 사체를 부둥켜안고 소서런의 문턱을 넘는 일도, 매일은 아니지만 분명 발생한다. 조용하고 화창했던 문제의 어느 날 오후, 나는 뭔가 잘못되어가고 있다는 걸 전혀 눈치채지 못하고 있었다. 내 작은 책상은 볼 때마다 분노를 자아내기는 했지만 몇 가지 좋은 점도 있었는데, 그중 하나가 앤드루와 아주 가까이 있다는 것이었다(예사롭지 않은 북러너들이 수시로 자신들을 즐겁게 해주는 앤드루를 찾아왔기 때문이다).

그날 물건을 팔아 보겠다고 찾아온 신사분에게서는 거리 마술사의 필사적인 분위기가 풍겼다. 그는 가져온 배낭에 손을 넣어 탐탁지 않은 책 몇 권을 빠르게 뒤적거리더니 마침내 바닥에서 뭔가를 찾아낸 모양이었다. "여기 박이 있군!"이라고 그가 불쑥 던지듯 말하면서 비장의 무기를 화려하게 소개했다. 그때 앤

드루의 얼굴은 그 상태로 조각하여 사자 몸에 얹어도 괜찮을 듯
했다. 왜냐하면 얼굴만 봐서는 그가 어떤 생각인지 전혀 알아챌
수 없을 정도로 무표정했기 때문이다.

　그 몸집이 작고 빼빼 마른 남자는 앤드루의 표정에 굴하지
않고 둘러메고 온, 동굴처럼 생긴 배낭에서 물건을 꺼내 들어 보
였다. 그는 경건한 태도로 그 귀중한 것을 책상 위에 올려놓았는
데, 물건이 버블랩으로 꽁꽁 싸매져 있어서 허겁지겁 포장을 푸
느라 벌써부터 다소 품위 없는 광경이 연출되기는 했다. 그는 한
걸음 물러서서 물건을 깊이 감상하는 자세까지 취해 보였다. 그
물건이란 누군가가 농구공 크기의 완벽하고 무결한 박을 하나 가
져다 바싹 말린 후 그 가련한 존재에 빅토리아 여왕의 얼굴을 새
겨 넣은 것이었다. 적어도 그렇게 보였다.

　여왕의 얼굴은 칼날이 넓은 마체테로 새겼을 때나 만들어질
법한 형상이어서, 방향을 반대로 돌려놓아도 나를 향해 찡그리는
표정을 짓는 것처럼 보였다. 그런 뒤 그는 휙 소리를 내며 박을
둘로 분리해서는[+] 박 속이 비었으며, 반대쪽에도 얼굴이 새겨져
있다는 사실을 드러내 보였다. 반대쪽 얼굴은 역사적으로 중요한

[+]　이제 나는 이따금 그 박을 '박들'이라고 부른다. 둘로 나뉜 이 물건의 속성을 표현
하기 위해서다.

인물인 것 같았는데, 나는 한 번도 이름을 들어본 적이 없으며, 알고 싶은 마음도 생기지 않는 신사였다. 다만 누군지 모를 그 인물의 유산이 쪼그라든 식물의 조각에 팬 자국으로 축소되어 남아 있구나 싶었다. 그는 이 박을 벽에 걸어둘 수도 있다고 제안했다. 누가 뭐래도 수집가의 아이템이라는 것이었다. "나름의 포부를 지닌 서적 판매인치고 이런 물건을 놓칠 사람이 있을까요?"

흉측한 박을 사는 대가치고는 금액이 너무 크다고 나는 생각했지만, 앤드루는 그 박에 눈에 보이는 것 이상의 뭔가가 있다는 듯한 눈빛을 하고 있었다. 그는 내가 모르는 무언가를 더 알고 있었던 걸까? 혹은 박과 관련하여 수집 가치가 있는 모종의 비밀이 있는데 내게는 밝힐 수 없었다거나? 그것도 아니면 책 수집이라는 명목 아래 존재하는 다른 세상이 있는 건지도 몰랐다. 그랜드 바자르Grand Bazaar(카파르 차르쉬라고도 불리며, 이스탄불의 대규모 재래시장. 세계에서 가장 큰 시장 중 하나로 알려져 있다–옮긴이)를 무색하게 만들 정도의 거대한 암시장에서 부자와 힘 있는 이들이 조각을 새긴 식물들만 거래하는 그런 세상 말이다. 결국 앤드루가 콧수염 신사와 거래를 맺으면서 문제의 박을 서점에 재고 품목으로 들여놓았고, 그 즉시 잘 포장해서 목록에 올렸다.

그 후 겨울이 왔다가 갔다. 우리는 수시로 고객들에게 박을 보여주었다. 그러나 웬만하면 열렬한 반응을 보이는 후원자들이 박을 직접 보고 나서는 누구 할 것 없이 갑자기 태도를 바꿔 정중한 사양의 말을 늘어놓곤 했다. 박의 위치는 점차 책상에서 서가로, 서가에서 상자로, 상자에서 바닥으로 바뀌어 갔으며, 끝내 우리의 눈에서도 마음에서도 자취를 감추었다.

세월이 얼마나 흘렀을까, 잘못해서 책상 근처에 놓여 있던 물건을 밟게 된 일이 있었다. 우지끈, 하는 소리가 서점에 크게 울렸다. 순간 안 봐도 뭔지 알 것 같았다. 조심조심 발을 들어 올렸더니 먼지와 버블랩 사이로 비난의 눈초리로 나를 올려다보는 빅토리아 여왕의 뒤죽박죽된 얼굴이 보였다. 내 구두가 새로운 안식처를 찾으려는 그녀의 꿈을 영원히 박살냈고 이제 그녀는 끝나지 않는 연옥에 갇히는 신세가 된 것이다. 비통한 마음으로, 이걸 메꾸려면 비용이 얼마나 들지를 잠깐 고민하고 나서 (말해 두지만 깨진 물건은 내 봉급보다 비쌌다) 조각들을 하나하나 모아서 다시 이어 붙이는 작업에 나섰다.

그리하여 완성된 물건은 얼추 원상복구된 것처럼 보이면서도 딱히 빅토리아 여왕이라고는 할 수 없는 형상이 되었다. 나는 선택 가능한 옵션을 몇 가지 생각했다. 그중에는 여왕을 몰래 서점 밖으로 내보내는 것도 포함되어 있었다. 시체를 유기할 때처럼 조각을 몇 등분하여 런던 전역의 자치구에 있는 쓰레기통들에 나눠 버리는 것이었다. 그러나 양심의 가책 때문에 결국 나는 시간이 모든 걸 해결해줄 때까지 기다리기로 했다. 그러려면 누구도 문을 연 적 없는 서랍을 찾아야 했다. 거기에 넣어 두면 산산조각 난 박이 다시 빛 속으로 나오기 전에 내가 먼저 죽음을 맞으리라는 희미한 희망이라도 품을 수 있을 것 같았다.

9

중고책 수선과 제본업자들

박을 넣어둘 곳을 찾기 위해 지하 선반을 뒤지던 중 내 손끝에 축축한 무언가가 스쳤다. 본능적으로 움츠러들면서(그러느라 오래전에 내가 던져버린 게 확실한 수습사원 검토 서류 무더기를 넘어뜨리면서), 나는 비명을 지르고 싶은 걸 참고 회중전등을 찾으러 갔다.

불빛을 비출 수 있는 물건들로 무장한 채 돌아온 나는 좀 더 깊이 조사해보겠다고 마음먹고 범인을 색출하기 위해 책들을 한쪽으로 옮기기 시작했다. 얼룩덜룩한 디킨스의 전기, 호손 부인이 기증한 식물학 입문서 두 권, 마술사들에 관한 서적 목록(1861~1878) 등이 손에 잡혔다. 그리고 그것들 뒤에, 눈에 띄지 않으려고 선반의 동료 물품들 뒤로 슬쩍 빠져 있는 듯 보이는 녹색 상자가 하나 있었다. 전등을 비추어 보니, 원래 녹색이었던 게 아니라 온통 곰팡이로 뒤덮여서 그렇게 보였던 것이었다. 감염이 근처의 다른 책까지 번지지는 않아 보였는데, 사실 왜 다른 데로 안 번졌는지는 알다가도 모를 일이었다. 어쨌거나 나는 이런 경우를 대비하여 서랍에 넣어둔 지저분한 천을 이용하여 재빨리 상자를 다른 책에서 떨어뜨려 놓았다.[+] 뒷벽을 따라 습기가 차 있어서 안에 다른 희생된 제물도 있어 보이기는 했지만 그나마 참고용 도서는 아닌 것 같았다. 누군가 맞춤형 하드커버를 만들어 보려고 노력한 흔적이 엿보였는데, 이 말은 그 물건을 재고로 확보하려 했다는 뜻이며, 나아가 특정 고객을 염두에 두고 만들어졌다는 뜻이기도 했다. 나는 고고학자가 된 기분으로, (세상에서 가장 자기 일을 내켜 하지 않는 고고학자이기는 하겠지만) 넝마를 이용해 상자를 좀 더 닦아 보았다. 마침내 옆 부분에 금박으로 찍힌 이름이 나타났다. '에드윈 드루드'.

결국 상자를 열어보고 싶은 호기심이 꺼림칙한 느낌을 이겼다. 상자 안에는 이미 부패가 오래 진행되어 썩어가는 파란색과 흰색의 소책자들이 한 무더기 들어 있었다. 세상에, 그건 어두운 방 건너편에서도 한눈에 알 수 있는, 고서적 판매인이라면 몰라보려 해도 그럴 수 없는 찰스 디킨스의 소설 초판이었다. 디킨스

[+] "넝마는 빨아서 써야지, 올리버"라고 내게 훈계할 수는 있겠지만, 그렇게 작업 환경을 청결하게 관리하면 페니실린의 발견 같은 일은 일어나지 않았을 것이다.

가 끝내지 못한 마지막 소설 『에드윈 드루드의 비밀*The Mystery of Edwin Drood*』 여섯 권이 모두 들어 있었다. 당연히 학술적인 참고 도서가 아닐 수밖에. 재빨리 검색해봤으나 결과가 나오지 않았다. 이 말은 이 책이 엉뚱한 곳에서 10년 넘게 방치되고 있었다는 뜻이며, 습기 때문에 부패가 진행되지 않았으면 얼마나 더 오래 그러고 있었을지 모른다는 뜻이 된다. 일단 책자들을 꺼내 비닐로 감쌌다. 달리 보관할 적당한 방법이 떠오르지 않았다. 이 책들을 구원해줄 누군가가 나타나리라고 생각했다. 물론 그럴 수 있는 사람은 단 한 명이었다.

만들어질 때는 똑같게 탄생하지만 그 후 유난히 고난을 겪는 책들이 있다. 우리는 좋은 시절이 다 지나간 책을 입수하면 아래층으로 내려보내 '퍼비싱*Furbishing*(닦고 문지르다, 갱생시키다의 의미─옮긴이)'이라는 작업을 한다. 원래의 상태로 복원시키는 것이 아니며 눈속임을 위해 뭘 하는 것도 아니고 굳이 말하자면 그 중간이라고 할 수 있다. 스티븐이라는 활기 넘치는 작은 남자가 우리 서점의 퍼비싱을 맡고 있으며, 태곳적부터 그 일은 그의 담당이었다. 그는 입가에 비뚜름한 미소를 띤 채 알겠다는 듯한 표정을 하고서 접착제와 희망, 마법을 실험적으로 조합하여 온갖 책을 가능한 한 내놓을 만한 상태로 만드는 번거로운 일을 수행한다. 그날따라 무슨 바람이 불어오나 싶은 날이면, 계단 아래에서 책더미에 파묻혀 잘못된 페이지를 수선하거나 떨어진 면지를 붙이는 그의 모습이 보였다. 그는 사무장과 공간을 함께 썼는데 각자 아늑한 구석을 찾아 웅크려 앉곤 했다. 두 사람 사이에는 조용한 교우가 이루어지고 있었다. 나는 오랫동안 그에게 시체나 다름없는 책을 수없이 갖다 안겼지만, 스티븐이 일감을 맡지 않겠다고 하거나 도저히 어찌해볼 수 없겠다고 말하는 걸 한 번도 본 적이 없다.

나는 퍼비싱 작업자가 되면 재미있겠다는 생각을 늘 했지만, 문제는 손재주가 없었다. 퍼비싱은 그야말로 환상을 다루는 일이다. 가능한 한 외부 간섭을 최소화하여 책을 딱 알맞은 정도로만 손봐서 멀쩡한 상태로 만들어야 한다. 언젠가 한 번은 스티븐이 교묘한 방법으로 책의 찢어진 페이지를 아무런 티가 나지 않게 완벽하게 수선하는 걸 본 적이 있다. 새 면지를 가져다 교체해서 붙인 것인데, 누구도 면지가 원래부터 있던 게 아니라는 사실을 알 수 없을 정도였다. 물론 책을 판매할 때는 이런 사실을 모두 밝히게 되어 있지만 정말 마법을 부린 것처럼 감쪽같다고밖에 할 수 없었다.[+] 퍼비싱 기술자가 되려면 어떻게 해야 할까? 알 수 없

[+]   실제로 책 수선이 마무리되는 걸 내 눈으로 보았는데, 수선된 책일 리가 없다고 우기는 고객과 두어 차례 논쟁을 벌인 적도 있었다.

었다. 스티븐은 아무 말도 해주지 않았고, 온라인을 아무리 뒤져도 이들이 어디서 탄생하는지는 밝혀져 있지 않다. 매년 이들이 커다란 회의장에서 모임을 가지는 비밀 조직을 형성하고 있는 게 아닐까 싶지만 진실은 알 수 없고, 확실한 건 이들이 필요한 순간에 메리 포핀스처럼 딱 나타난다는 것이다. 스티븐이라면 박을 고쳐줄 수 있을 거라는 생각이 잠깐 들었지만, 시간이 더 지나서 범행의 흔적이 지워진 후에 부탁하기로 마음먹고 뒤로 미뤘다.

만약 책이 너무 해져서 아예 손을 댈 수 없고 따라서 퍼비싱을 할 수도 없는 상태인데, 그래도 판매해야 할 경우가 생기면(원고 상태이거나 책의 겉모습과 상관없이 가치를 인정받을 만한 서명이 있을 경우), 제본을 다시 하거나 하드커버를 입히는 작업에 들어가기도 한다. 여기에는 책을 제본업자에게 보내는 일도 포함된다. 책 표지를 제거하고 가죽으로 교체하는 일을 하는 곳이다. 특별한 소, 예쁜 염소 혹은 고객이 원하는 가죽이라면 어떤 것으로든 가능하다(이쯤에서 독자들이 물어볼 게 뻔하므로 미리 대답하자면, 사람의 가죽으로도 장정할 수는 있다. 어디까지나 기술적으로 그렇다는 뜻이다. 그런 건 눈살이 찌푸려지는 일이라는 말을 덧붙이겠다). 하지만 책 제본은 사양길에 접어들었다. 한때는 인기가 폭발했지만 고객들이 점차 책의 원래 표지에 보존 가치가 있다고 생각하게 되면서 수요가 줄었다. 많은 서점(소서런을 포함하여)이 자체적으로 제본실을 운영하던 시절도 있었다. 사실 소서런은 (직원 중 누군가가 나서서 지나가던 사람에게 제본 도구들을 팔아넘기기 전까지) 아주 최근까지도 제본 도구들을 보관하고 있었다. 나는 차라리 잘됐다고 생각한다. 구매자들이 적어도 그것들의 용도를 찾아준 셈이니까. 아마 마상 경기용 도구 또는 집 장식에나 쓰이게 되겠지만.

　제본업자들의 쇠락이 가져온 가장 불유쾌한 결과는 필요할 때 믿고 맡길 만한 업체가 없어졌다는 것이다. 믿고 맡긴다는 것은 금액에 합당한 결과물을 얻는다는 뜻이다. 믿고 맡기지 못하게 되면서 제본업자들과 밀고 당기는 흥정을 벌이다 보면 그들이 난데없이 자발적 난독증에 걸리는 희한한 현상을 보게 되기도 한다. 8개월을 꼬박 기다린 끝에 되돌아온 책에서 화려한 금박 글씨로 'Great Expactions(찰스 디킨스의 『위대한 유산Great Expectations』의 오기-옮긴이)' 또는 'Little Dorito(역시 찰스 디킨스의 『리틀 도리트Little Dorrit』의 오기-옮긴이)'라고 새겨진 제목을 발견하게 되는 식이다. 그들이 요구하는 금액을 지급하는 게 최선이라는 사실을 빠르게 학습하게 되는 순간이다. 제본을 맡기고 싶어 하는 사람들의 대기자 명단은 길다. 배관공을 구할 때와 비슷하다고 생각하면 된다. 시간 여유가 있어서 바로 작업해 주겠다는 제본업자는 조심해야 한다.

　아주 드물기는 하지만 유능한 제본업자를 두고 과열 경쟁이 벌어지기도 한다. 구십 대 연배에 이르러서도 작업을 이어오던 제본업자(자신의 분야에서 상당히 명성을 날렸다)가 있었다. 이분이 나이가 들면서 자연스럽게 작업 능력이 저하되었는데, 사람들은 머지않아 그가 삶의 번민을 내려놓고 제본업자들이 세상을 떠나면 가게 되는 어딘가로 사라지게 되리라 생각하고는 앞다투어 일감을 맡기기 시작했다. 정작 노인은 가죽을 빼앗긴 소들로 붐비는 천상의 들판에서 사과하러 다니느라 바쁠 수도 있을 텐데. 아무튼 사람들은 이 가련한 노인을 깃발 빼앗기 게임을 하듯 쫓아다녔고, 그중에는 관심을 끌기 위해 이분의 옆집으로 이사하는 사람까지 있었다고 들었다. 이제 노인은 세상을 떠났고, 오랜 고생도 끝이 났지만 내게는 이 일이 이솝 우화 식의 경고로 내내 남아 있다. 아흔 살 나이에 납치되어서 탐욕스러운 책 판매인의 지하 감옥에 갇힌 채 책 만들기를 강요당하지 않으려면 절대로 일을 지나칠 정도로 잘하지 말자는 것이다.

　예상할 수 있듯이 책 제본 작업에는 비용이 많이 들고, 그럴 가치가 있는 책은 몇 없다. 애초에 제본을 다시 해야 할 정도로 손상이 많이 된 책이라면 더욱 그렇다. 어떤 책이 퍼비싱을 할 수 없을 정도로 손상되어 있는데 다시 제본할 정도의 가치가 없다면 어떨까? 처치가 곤란해진다. 그런 책이 어찌어찌 우리 서점으로 들어오게 되면 인쇄물 부서로 내려보내 해체해서 삽화만 건질 수 있을지 알아보곤 한다. 지금까지는 그렇게 한 결과가 다행히 괜찮았다. 무언가를 싹 다 폐기하는 것보다는 일부라도 구제하는 쪽이 나으니까. 그런 식으로, 우리는 주목할 만한 작품을 외과적 수술을 하는 방식으로 보존하기도 한다. 우리가 이렇게 하는 중요한 이유는 이 다음에는 누구도 말조차 꺼내기 싫어하는 단계가 기다리고 있기 때문이다.

결국 책이 모든 가치를 상실하고 더는 보관할 수 없는 때가 온다. 그럴 때는 폐기하거나 재활용 또는 (공간 여유가 있을 때) 자기만족을 위안 삼아 보관해야 한다. 내가 사람들에게 이런 얘기를 하면 대개는 충격받은 표정으로 나를 쳐다본다. 마치 내가 스톤헨지를 헐어서 그 돌로 슈퍼마켓을 짓자고 말한 것처럼. 그러나 현실적인 문제는 대부분의 책이 금전적 가치가 전혀 없다는 사실 위에서 희귀 도서 산업이 생존해 나간다는 것이다. 우리가 하는 거래의 본질은 대개의 고서가 순수하게 재정적 관점에서는 보존 가치가 없다는 데 있다. 이러한 도서 거래에서 앞으로 나아가려면, 일찍부터 마음을 단련하여 헌책방이나 자선 서점에 책을 넘길 때 그것들의 애처로운 울부짖음에 귀를 기울이지 않는 법을 배워야 한다.

10

ⓒⓧⓧⓐ

발레리나와 발레복이라니

누가 윌러비 씨를 우리에게 추천했는지 확실하지는 않지만, 전화가 걸려 온 시간이 썩 좋지는 않았다. 나는 '고대인'이라고 불리는 크립티드가 서점을 나설 수 있게 돕느라 애쓰는 중이었다. 알다시피 그분은 문지방을 넘는 데 유난히 시간이 오래 걸렸고 한 발짝씩 뗄 때마다 보행 보조기구가 이상한 각도로 틀어져 꼼짝달싹도 하지 못했다. 어쩌다 다른 고객을 잠시 응대하고 돌아오면 고대인은 그새 어떻게든 문에서 도로 물러나 엉뚱한 방향에서 비틀거리면서 아무도 서점에서 내보내 주지 않는다고 불평을 늘어놓았다. 이 과정을 삼십 분 넘게 반복하고 있을 때 뒤쪽에서 새된 소리로 전화벨이 울리기 시작했다.

　다른 일을 하고 있을 때는 대개 걸려오는 전화를 그냥 내버려 둔다. 자동응답기가 작동하겠거니 싶기도 하고,[+] 다시 걸겠지

싶기도 해서다. 그런데 이번에는 전화가 끊기지 않고 계속해서 울렸다. 성가시기는 했지만 하는 수 없이 고대인을 잘 보이는 곳에 서 있게 하고서 내 책상까지 성큼성큼 걸어갔다.

서점 전화 응대에서 중요한 지점은 경쾌하면서도 중립적인 태도를 보여야 한다는 것이다. 만약 조금이라도 중립성이 떨어지는 기색이 보이면 상대방이 반드시 응분의 대가를 받아 간다는 사실을 기억해야 한다. 서점에서 오래 일하려면 중립적인 어조를 갈고닦아서 언제든지 꺼내 쓸 준비가 되어 있어야 한다는 뜻이다. 그런 의미에서 크리스는 한꺼번에 세 가지 일을 처리하는 중에도 정중함을 표현하는 완벽한 모델처럼 고객 응대를 할 수 있는 사람이다. 또한 제임스는 임기응변할 수 있는 문구 목록을 엄청나게 외우고 연습해서, 남들은 그가 대화하는 상대가 오랜 친구라고 믿어 의심치 않게 만드는 재주를 지니게 된 사람이다. 나역시 한동안은 제임스가 친한 지인과 통화하는 중이라고 짐작했으니까. 안타까운 점은 내 기본 어조가 대립을 유발해서 대개 다른 이들보다 쓰라린 시련을 더 자주 겪곤 한다는 것이다.

"안녕하세요." 나이 지긋한 목소리가 전화선을 타고 들렸다.

<hr>

\+ 사실 자동응답기가 울릴 일은 없다. '11. 적절한 수습 직원 트레이닝'을 참고하시길.

물론 지금까지의 사례로 보면 전화로 들리는 목소리와 실제 인물은 예상과 어긋날 때가 많았다. "제가 책을 좀 갖고 있는데 관련해서 말씀드려도 될까요?" 이렇게 시작하는 경우 아주 긴 설명이 이어지기 마련이라서 나는 자리에 앉았다. 고대인이 보복이라도 하려는 듯 보행 보조기를 서가 사이의 통로로 억지로 밀어 넣는 게 보였다. 그는 이야기를 시작했고, 나는 꼼짝없이 앉아서 들어야 했다. 그가 인생 스토리를 죄다 풀어놓고 싶어 한 데다 처음 5분 정도는 아예 숨도 쉬지 않는 듯 이야기를 이어갔기 때문이다. 누군가의 인생 전체의 이야기를 들으면서 조금도 마음이 끌리지 않기란 어렵다. 나는 윌러비 씨에 관한 세부 사항을 받아적고는 좋은 결과가 나올 수 있게 돕겠다고 약속했다. 그의 용건을 요약하면 자신은 유명한 무용 연구소의 사서인데, 처분하도록 지시받은 책들이 많다는 것이었다.

　나는 본인이 제법 똑똑하다고 생각하면서 이 일을 다른 사람에게 떠넘겼다. 앤드루가 공연예술 관련 책을 다뤄본 경험이 있다는 생각이 떠오른 것이다. 윌러비 씨가 연배에 비해 놀라울 정도로 기력이 좋아서 당장이라도 방문할 것 같았기 때문에(그가 무용업계 종사자라는 사실은 완전히 잊었다) 앤드루에게 윌러비 씨가 책 판매 문제로 상담하러 올 거라고 곧장 전달했다. 그런 뒤 일을 만든 것이 살짝 미안하기는 해서, 나는 다른 층에서 바빠 보이는 일거리를 찾아다니며 앤드루와 부딪힐 일을 피했다. 어느 정도 상황이 정리되었다고 생각되자 나는 다시 모습을 드러냈으며, 앤드루가 친절하게도 윌러비 씨를 만나는 자리에 나도 참석하도록 자리를 안배해 놓았다는 사실을 알게 되었다. 더구나 상황은 아주 좋지 못했다. 윌러비 씨 쪽 건물, 적의 소굴에서 만나기로 한 데다 약속 시간은 이른 아침이었다. 인과응보인 셈이었다.

이번 비즈니스가 통째로 망했다는 것은 건물 앞에서부터 이미 느껴졌다. 굶주린 괴물이 웅크리고 있다가 금세라도 지나가는 행인을 낚아챌 것만 같은 공포감이 느껴지는 유리 건물이었다. 제정신을 지닌 고서적 전문가라면 거대한 유리판으로 지어진 건물에 희귀 자료를 보관하는 서가를, 적어도 자발적으로는 만들지 않을 것이었다. 여름의 일상적인 열기만으로도 전체 컬렉션이 뒤틀리고 연기 나는 누더기로 변해버릴 수 있었다.

건물 앞에 도착하자 아주 비싸 보이는 양복을 입은 안내인이 나를 저지했다. 그는 나를 훑어보더니 어느 모로 보나 무용수일 수는 없다는 사실을 파악한 뒤 마지못한 듯 나를 통과시켜 주었다. 게다가 나는 문지방에 발이 걸려 비틀거림으로써 누가 봐도 책 판매인이라는 사실을 다시 한번 확인시켜 주었다.

나는 극도의 뒤틀림을 포착한 순간 속에 갇힌 우아한 사람들의 사진이 늘어선 벽 앞에서 주눅 들지 않으려고 허둥지둥 복도를 지나갔다. 방 안에 들어서자 움직일 때마다 사람들의 엉덩이가 따라다니는 것 같은 느낌이 들었다. 거기 있는 사람들은 하나같이 너무 바쁘고 화려한 사람들이라 희귀 서점같이 어두침침한 곳으로는 발길을 하지 않을 것 같았다.[+] 마침내 앤드루와 월러비 씨가 보였다. 내가 지각을 하는 바람에 우리의 호스트에게 가장 두려운 퍼포먼스를 시작할 빌미를 만들어주고 말았다. 바로 책들의 뒷이야기였다. 나는 그 이야기를 두 번째로 들어야 했다.

　월러비 씨가 마침내 준비를 끝내자 우리는 유리로 된 엘리베이터에 올라탔다. 지친 여행자를 지상으로부터 10피트 높이로 올려주는 게 유일한 용도지만, 사실은 웅장한 장식품이 아닌가 싶은 엘리베이터였다. 도서관은 건물의 중심부에 자리 잡고 있었다. 월러비 씨는 듣기 좋은 말을 계속해가며 우리를 안으로, 안으로 데리고 들어갔다. 도서관은 한 칸짜리 커다란 방으로, 창고에서나 볼 법한 무거운 선반들로 꾸며져 있었다. 각 선반에는 꼼꼼하게 라벨이 붙어 있었고, 잘 구획되어 있었다. 그 정돈된 방식을 보니 아주 조금 마음이 누그러졌다. 바닥에는 액자 포스터들이

[+]　나는 사람들이 인생에서 한 번에 단 하나의 취미만을 가질 수 있다는 믿음을 오랫동안 품어 왔다. 온통 마음을 빼앗긴 취미는 그렇다는 뜻이다. 하루 중 7시간을 댄스 스튜디오에서 보내는 사람이 지하실에서 고서적을 뒤지거나 뜨개질을 할 수는 없기 마련이다.

널려 있었다.

그가 이야기하는 동안 앤드루와 나는 방을 둘러보았다. 도서관을 살펴볼 때는 한 바퀴 돌아 보면서 주목할 만한 희귀 서적들이 있는지를 조용히 따져봐야 하며, 혹시 곧장 달아날 필요가 있는지도 판단해야 하므로 퇴마에 관한 책 따위가 잔뜩 쌓여 있는지도 살펴봐야 한다.

문제는 금세 드러났다. 윌러비 씨가 흥분해 늘어놓은 이야기 중에 고백처럼 털어놓은 대목 때문이었다. "내가 자원해서 여기 온 겁니다"라고 그가 신나게 떠들어댔다. 무용 도서관에 조금이라도 관심을 보이는 사람이 달리 없었다고 했다. "처음에는 이보다 훨씬 작았어요." 그는 여러 해 동안 한 점 한 점 끌어모아 도서관을 일구어온 과정을 자세하게 설명했다. 도서관은 아무런 예산 지원 없이 순전히 그의 재량에 맡겨졌다(이 말은 온갖 자질구레한 물건들을 그의 돈으로 사야 한다는 뜻이기도 했다). 그는 조심스러워하면서도 마음에 드는 물건들을 무작위로 수집했으며, 그러다 보니 원래 맡은 업무에서 크게 벗어나기도 했던 듯하다. 그는 발레복 몇 벌을 보여주었다. 발레복은 실제와 같은 자세를 취한 마네킹에게 입혀져 있었는데 파는 물건은 아니라고 했다. 그러면서도 그는 발레복 이야기를 계속했다. 우리는 서가를 살펴보면서 그의 이야기를 대충대충 들었다. 발레복 한 벌 한 벌이 고인이 된 유명

무용가들의 것이었다는 이야기가 귀에 들어왔다.

웬만하면 앤드루와 눈을 마주치지 않으려고 애썼다. 어차피 뻔한 눈치만 주고받을 것이기 때문이었다. 책의 대부분은 현대 유명인의 전기, 잊힌 연극에 대한 리뷰 또는 그저 손상된 물건들이었다. 돈 될 만한 것은 전혀 없어 보였다. 적어도 이것들 전부에 관해 목록을 작성하는 데 드는 시간을 상쇄할 만하지는 않았다.

나는 이런 불편한 이야기는 앤드루가 해주었으면 해서 입을 꾹 다물고 기다렸다. 윌러비 씨는 도서관을 축소하라는 지시를 받은 이유가 속물근성에 젖은 동료들 탓이라며 불평을 늘어놓고 있었다. 잠시 후 윌러비 씨는 바인더들을 꺼내 각 선반에 정확히 책이 몇 권 꽂혀 있는지, 그게 어떤 책인지, 어떤 순서로 꽂혀 있는지 끈기 있게 공들여 설명하기 시작했다. 시간 절약을 위해서라고 했지만, 그의 표정에서 읽히는 이야기는 전혀 달랐다. 표정만 봐도 그가 얼마나 책을 사랑하는지 알 수 있었던 것이다. 그 순간 우리는 패배를 선언했다. 도저히 그를 상대로 이길 수 없었다. 그 책들이 1페니의 값어치도 없다는 사실은 그에게 아무런 문제가 되지 않았다. 좀이 슬거나 너덜너덜할 정도로 해진 상태도 상관이 없었다. 그는 오랫동안 천천히 소신 있게 도서관을 채우고 정리했으며, 오직 그 사실만이 중요했다. 그는 이 컬렉션이 재활용품 코너로 떠밀린다는 생각을 참을 수 없어 했다. 하지만 실상 이 책들을 합리적으로 처리하는 유일한 방법이 그것이었다.

월러비 씨의 책을 모두 포장하는 데 꼬박 하루가 걸렸다.[+] 세심하고 주의 깊게 정리하고 배치한 선반의 내용물을 다 끌어모은 뒤 엄청난 비용을 들여 거대한 밴에 실었다. 밴은 도시를 가로질러 달려가 외딴 지하 저장실에 책들을 부려놓았으며, 그 책들은 지금까지도 고스란히 거기에 있다.

[+]   이 순간 희한하게도 앤드루는 다른 장소에 모습을 드러낸다. '34. 지하 던전 탐사 기록'을 참고하시길.

11

적절한 수습 직원 트레이닝

오후 5시 30분, 고객 한 명이 나를 붙들고 긴 숫자들의 나눗셈을 가르쳐보려고 갖은 애를 쓰고 있었다. 물론 소용은 없었다. 내가 지나가는 말처럼 수학에 젬병이라는 말을 한 것이 화근이었다. 고객은 이 말을 개인적인 도전으로 받아들였으며, 나를 붙들고 수학을 가르치는 친절을 발휘하기 시작했다. 그러나 나는 그녀가 나를 이해시키기 위해 필사적으로 써 내려간 숫자들을 멍하니 쳐다볼 뿐이었고, 그녀는 이내 무기력한 절망감에 빠져들었다. 나는 크리스에게 구원을 바라는 눈길을 보냈다. 자연사 부문을 관리하는 크리스는 서점에서 가장 똑똑한 사람으로 지목되는 걸 다소 지겨워하는 눈치였다. 크리스는 동료들 가운데 가장 흥미로운 고객 목록을 보유하고 있는 사람이었고, 아주 값비싼 책을 잘도 찾아내 고객에게 제안하는 판매인이었다. 나는 그가 어떻게 해서

든 명석한 두뇌를 바쁘게 굴려야 하며, 그러려면 가능한 한 새로운 분야를 계속해서 개척해 나가야 한다고 생각한다. 기하학, 현미경, 진화학 등등. 유일한 문제는 그가 순전히 자신이 흥미 있는 분야 위주로만 일한다는 점인데(내 보기에 그렇다는 뜻이다), 아무튼 나로서는 그가 곁에 있다는 것이 참 좋다. 그에게 찾아갔을 때 흥미진진한 볼거리들이 없는 경우는 결코 없었기 때문이다.

　애석하게도 그는 수학 강의에 붙들린 나를 구원해줄 생각이 없어 보였다. 당연히 그도 누군가를 대신해 나눗셈 풀이를 듣고 싶지는 않았을 것이다. 고객은 해외 여행 중에 서점에 들른 것이라고 하니, 나름대로 힘들게 찾아왔을 텐데 어쩌다 보니 내가 예기치 않은 방식으로 그녀를 낭패에 빠뜨리고 있었다.

　서점 입장에서 나 같은 수습 직원을 고용하는 게 부담될 수밖에 없는 요인 중 하나는 이런 식으로 난처한 상황에 자주 빠진다는 것이다. 그래도 좋은 소식이 없지는 않았다. 늘 넉넉지 못한 서점 살림을 꾸려나가던 앤드루가 꾀를 내어 나를 정부가 후원하는 수습 직원 제도에 등록했다. 소서런이 내게 장사를 가르치고 있다는 걸 증명하기만 하면 내 월급 일부를 정부에서 지원하는 제도다. 그러나 내 생각에는 앤드루가 착각하고 있었다. 1761년 이후 '도제'의 정의가 바뀌었으며, 이 정책은 주로 배관공, 전기기술자, 미용사 그리고 그 외 사회에서 실용적인 기능을 수행할 다른 이들을 위한 것이었는데, 앤드루가 거기까지는 생각하지 않은 듯하다. 그래도 이미 내게 조그마한 책상이 배정되었고 마이크, 피터, 존 등 잘못된 이름이 새겨지기는 했지만, 몇 개씩이나 이름표까지 주어진 상태여서 되돌아가기에는 길이 너무 멀었다.

　일을 시작하고 얼마 되지 않아, 선의로 가득한 정부 지원 기관 '적절한 수습 직원 트레이닝 센터'에서 서점으로 전화를 걸어와 내가 잘해나가고 있는지 묻기 시작했다. 처음에는 기관 이름만 듣고 모두가 장난 전화라고 생각했고, 무시하면 될 일이라며 딱히 관심을 기울이지 않았다. 그랬더니 정말 전화가 걸려 오지 않게 되었다.

　결국 다른 조치가 행해졌다. 아마 전화를 걸 때마다 들려오는 듣기 싫은 삐 소리에 당황해서 달려온 게 아닌가 싶다.[+] 그렇게 카일리가 서점에 들어섰다. 그녀는 바인더 묶음, 테이크아웃 커피, 노트북 가방을 들고 업무에 대한 자신감으로 중무장하고 있

[+]　소서런에도 자동 응답 전화기가 있었다. 그러나 하루나 이틀 만에 어김없이 작동이 중지되었다. 하룻밤 간격으로 재설정을 해야 하는 전화기였는데 그걸 아무도 하지 않은 것이다. 사실 그 일은 수습 직원인 내 담당이었는데 나로서는 도무지 손에 익지 않았다. 결국 자동 응답 전화 기능을 아예 사용하지 않는 방향으로 퇴보한 데는 내 책임도 크다고 해야 할 것이다. 나중에 전화기를 교체하면서 새 단말기가 설치되었는데, 우리가 다룰 수 있는 능력을 넘어서는 최신 자동 응답 시스템이 적용된 바람에 결과는 마찬가지였다.

었다. 그녀 역시 소서런에 처음 오는 사람들이 하는 행동을 그대로 재현했다. 쥐 죽은 듯한 조용함에 놀라서 얼어붙은 것처럼 멈춰 서 있다가 마침내 서점 안의 조명에 적응하고서 휴먼을 찾아나서는 것이다. 잠시 후 그녀와 서로 자기소개를 하기는 했지만, 당연히 이야기를 나눌 자리 같은 건 없었다. 카일리와 나는 카탈로그룸의 어둑어둑한 구석으로 찾아 들어갔다. 비밀회의를 할 건 아니었지만 그 목적이라면 안성맞춤인 장소였다.

미팅은 순조롭게 시작되지 않았다. 제임스가 카일리의 커피를 치워버리고 싶어서 들락날락한 게 주된 원인이었다. 그는 그냥 넘어가기에는 커피가 지닌 위험 요소가 크다고 설명하면서 커피 한 잔이 불안정한 동위원소라도 되는 것처럼 굴었다. 결국 문제의 위험 요소는 제거되었고, 우리는 눈에서 멀어지고 마음에서도 밀려난 책들이 산더미같이 쌓인 공간 한복판에서 겨우 프라이버시를 허락받았다. 그다음은 그녀가 노트북의 전원을 연결해야 한다고 해서 플러그 소켓 찾기 소동이 벌어졌고, 탁자 밑에 숨겨진 바닥에서 그동안 본 적 없던 소켓을 발견하는 결과로 이어졌다. 이 과정에서 내가 케이스 하나를 두드려 열었으며, 그 속에서 엄청나게 큰 바그너의 금속 데드마스크가 튀어나왔고, 이 물건이 이상할 만큼 화음을 길게 끌며 웅웅거리는 바람에 도로 집어넣고 입구를 쾅 하고 닫아야만 하는 일이 있기는 했다.

　　이때쯤 카일리는 열병에 걸려 정신이 혼미한 사람의 얼굴로 나를 보고 있었다. 물론 그녀는 자기 살을 꼬집어 꿈인지 아닌지 알아보거나 비명을 지르며 문 쪽으로 내달리지는 않았다. 예의가 있는 사람이었다. 그러나 그녀가 기대한 것과 거리가 먼 상황이라는 것은 내 눈에도 뚜렷이 보였다. 그녀는 정신을 가다듬은 뒤, 수습 트레이닝 확인 과정을 완료하는 데 필요한 서류를 끄집어냈다. 그리고 차례대로 질문의 답을 차근차근 채워나가기 시작했다. 컴퓨터와 금전등록기에 관한 질문들에는 고개를 젓거나 "여기 그런 건 없어요." 정도로 간단하게 답했다. 도서 목록 작성에 관해서는 나름대로 설명해 보려고 애썼지만, 당연하게도 무표정한 반응만 돌아왔다. 그나마 무표정을 유지했던 그녀가 거의 제정신을 잃을 뻔한 것은 저녁에 폐기물들이 어디로 사라지는지 정말 아무도 모르며, 그래서 수습 직원이지만 내가 그 일을 하지는 않는다고 설명했을 때였다. 이런 식으로 우여곡절을 겪은 끝에 마지막 질문에 이르렀다. 그녀는 지친 듯 한숨을 내쉬며 고객 응대에 대해 배운 걸 보여줄 수 있는지 물었다. 그녀가 이번만큼은 긍정적인 답을 얻을 수 있으리라는 희망을 품고 있는 게 느껴져서, 나는 스핀들맨을 빗자루로 막아내는 광경이 뇌리에 섬광처럼 떠올랐지만 애써 그 생각을 지웠다. 그녀에게 더는 실망을 안겨주지 않아야 했다. 나는 그럼요, 라며 그녀를 안심시켰다. "고객 응대는 문제없어요." 그녀는 새로 솟아난 이 필사적인 열의를 움켜쥐고 다시 기운을 차리는 것처럼 보였다. 과연 내가 잘 해낼 수 있을까?

나는 매장으로 돌아가 고객을 응대하는 모습을 카일리가 뒤쪽에 앉아 지켜봐야 한다고 앤드루에게 (당황스러울 만큼 길게) 설명했다. 카일리는 걸상 하나를 찾아 들고 매장 뒤쪽으로 물러나 앉아 클립보드를 꺼내 들었다. 우리는 고객이 문을 열고 들어오기를 기다렸다. 두 시간이 지났다. 카일리는 서서히 지쳐가는 표정이었다. 지금 당장이라도 고객이 서점 문지방을 넘어 들어올 것이라는 아스라한 희망이 오히려 버거워 보이기 시작했다. 그녀는 무슨 말을 해야 할지 정말 모르는 것 같았고, 나는 그녀를 위로할 말이 떠오르지 않았다.

그때 앤드루가 나서서 수습 직원을 채용한 일에 대해 모든 것이 괜찮고 다 잘되고 있다는 설명을 아주 사랑스러운 문장으로 써서 카일리에게 건네주었다. 내게도, 카일리에게도 천만다행이었다. 그녀는 이 '상장'을 꼭 쥐고 나를 한쪽으로 데려가더니 최대한의 위엄을 갖춰 평가가 끝났다고 선언했다. 전반적으로 만족스러웠으며, 추가로 작성할 서류 몇 가지를 남겨둘 테니 채워 넣어 보내달라고 했다. 나는 그것들을 내 서류 일체를 보관하는 책상 옆의 쓰레기통에 넣어 두었다. 그날 저녁, 서류들은 사라졌다.

12

스핀들맨과의 승부

오후 3시 30분, 스핀들맨이 이를 부득부득 갈아대며 내 책상에다
온통 침을 튀기고 있었다. "그보다는 더 가치가 있단 말이오"라고
우겨대면서. 그는 눈을 부릅뜨고 발을 질질 끌며 성가시게 이리
저리 왔다 갔다 했다. "그 정도 가치가 있다고요. 더, 더 이상이지.
그럼요." 그는 책 묶음을 책상 너머 내 쪽으로 밀었고, 나는 고개
를 저으며 부드러운 태도로 책이 내 무릎 위로 떨어지는 걸 막아
보려 했다. "안 됩니다." 나는 그를 더 이상 자극하지 않기 위해 의
도적으로 느리고 차분한 목소리로 말했다. "우리 서점에 맞지 않
아요. 적어도 현재로서는요. 감사합니다." 스핀들맨은 욕설인지
바람 새는 소리인지 모를, 그 중간쯤 되는 소리를 냈다. "희귀하다
니까요." 그는 계속 재잘댔다. "이 이상은 없어요. 없다고요." 나는
안경을 닦으며 스핀들맨에게 뭐가 문제인지 설명하려고 애썼다.

그는 어떤 오래된 시대의 도자기 세트에 대한 세부 사항을 자세히 설명하는 카탈로그로 구성된 책 더미를 가져왔다. 대단히 무거웠다.

나는 책을 펼쳤다. "그렇군요. 찾기 힘든 책이에요." 나는 인정했다. 스핀들맨은 환호했다. 마침내 이겼다고 생각했는지 가볍게 폴짝 뛰기까지 했다.

당연한 말이지만 자신이 가진 희귀 서적으로 누군가의 관심을 끌고 싶을 때 첫 번째로 넘어야 할 장애물은 '드물어야' 한다는 것이다. 찾기 힘들어야 한다. 희귀 서적 판매자로서 말하면, 사람들은 다른 데서는 구할 수 없는 물품에 돈을 지불하게 되어 있다. 우리가 희귀 서적에 적절하게 높은 가격을 책정할 수 있는 이유 중에는 남이 모르는 비밀을 알고 있다는 듯한 어조로 "그럼 다른 대단한 걸 찾아보시죠"라며 눙치는 능력이 포함되어 있다.✚ 우리에게 책을 가져와 파는 사람들이라면 어느 정도 사업의 이러한 부분에 대해 알고 있고, 어떻게 작동하는지도 이해한다. 시장에 풀린 권수가 많은 책이라면 원하는 만큼 금액을 받을 수 없다. 사실 희귀 서적을 찾아내기는 어렵지 않다. 존재의 희귀성만 가지

✚   제임스가 가장 좋아하는 오락거리다.

고 통계적으로 이야기하자면, 20세기의 잔재물들 주변을 뒤져서
나오는 책은 거의 다 희귀하다.

"그러나 중요한 게 그것만은 아니지 않습니까?" 내가 말을 이
었다. 그는 내가 입을 열기도 전에 무슨 말을 하려는지 알아차린
듯 눈살을 찌푸리며 고개를 삐딱하게 기울였다. 스핀들맨은 이
바닥에 오래 있었던 사람이다. 그날 그는 경험이 부족한 직원에
게 우격다짐으로 책을 슬쩍 넘겨보려 한 것이다. 나는 책을 뒤집
어 보였다. "여기 보시면 책등에도 손상이 있지요? 게다가 색이
바랬어요. 상태가 좋지 않아요."

사람들이 혹하게 되는 지점이 바로 '책 상태 좋음'이다. 어떤
공급업자가 『조지프 앤드루스의 모험기 *The History of the Adven-*
tures of Joseph Andrews』(영국 극작가 H. 필딩이 쓴 첫 번째 소설로
1742년에 출간되었다-옮긴이)를 들고 왔는데, 책에서 두 번째 판본
(등장인물 패니가 나쁜 소식을 전해 듣고 기절하는 장면이 포함된)이 빠
져 있다는 걸 알게 되면 나로서는 흥분하지 않을 수 없다.[+] 수천
파운드의 값어치가 나갈 수 있는 책이 한순간에 한 푼의 가치도

[+]   나는 『조지프 앤드루스와 친구 에이브러햄 애덤스의 모험기 *The History of the
Adventures of Joseph Andrews and of his Friend Mr Abraham Adams*』에 나름의 애착이 있
다. 영어로 쓰인 초기 소설이라는 이유만은 아니며(당연히 이런 이유도 있다), 작가가 전
적으로 동시대의 다른 작가들을 풍자하기 위해 쓴 책이기 때문만도 아니다(당연히 이런

없는 책으로 전락하는 것이다.

종종 사람들은 책 상태에 따라 가치가 균등하게 결정된다고 생각하지만, 사실은 이보다 훨씬 더 복잡하다. 상태가 '좋은' 책은 프리미엄을 받을 가치가 있지만, 상태가 절반으로 저하되었을 때 값도 절반으로 책정되는 것은 아니다. 상태가 나빠지면 사실상 가치는 '없다'의 수준이 되어버린다(기억하시라. '양호'는 곧 '불쏘시개'다). 책 판매인들은 책값이 왜 그렇게 책정되는지에 대해 집 나간 소가 돌아올 때까지 논쟁할 수 있지만 기본적으로 고서 비즈니스는 수집가들의 영역이며, 이 수집가들도 다른 분야의 수집가들과 동일한 원칙의 지배를 받는다. 즉 자신이 사는 품목에서 가능한 최상의 버전을 원한다는 것. 책의 경우 이 점이 특히 더 중요한데, 책은 단 한 권만 존재할 가능성이 거의 없으므로 여러 권 중에서 가장 상태가 좋은 책만 관심을 끌기 때문이다. 간단히 말해서 책은 여러분이 생각하는 것 이상으로 원래 상태에 가깝게 유지되고 있어야 살 사람의 마음에 확신을 심어줄 수 있다.

스핀들맨은 약간 부루퉁해졌지만, 그 정도 준비도 하지 않고

이유도 있다). 더 큰 이유는, 영주와 레이디 부비 등 대개 관대하지 못한 인물로 묘사되는 캐릭터들이 등장하고, 하인 출신인 주인공 조지프의 영원한 연인 패니가 끊임없이 납치되는 흥미로운 전개 때문이다. 책의 초기 버전은 잦은 불법 복제로 인해 꽤 많이 난잡해진 상태지만 그렇다고 이 책을 읽지 않겠다고 한다면 절대 반대한다.

찾아온 건 아니었다. "개중 양호한 책이에요." 그가 말했다. 어쩌면 그 말이 맞을 수도 있다는 걸 나는 알았다. 더러 이것과 같은 책 세트가 나타나기는 했지만, 기껏해야 비슷한 수준의 상태였으므로 이번에는 내가 궁지에 몰린 셈이었다. 나는 비장의 무기를 꺼내 들었다. 내가 할 수 있는 최후의 요구를 하게 될 텐데, 스핀들맨 입장에서는 내킬 리가 없었다. 더구나 그는 이미 고만고만한 책들을 담아온 카트를 풀어서 내 작업 공간 전체에 쌓기 시작한 상태였다.

나는 그가 책을 내려놓으려는 곳에 손을 얹어 그를 제지했다. 그와 손이 닿지 않도록 조심했다. 그와의 스킨십은 현명하지 못한 일이 될 터였다. "제 생각에 정말 문제가 되는 것은…" 나는 서적 판매의 핵심인 황금률을 표현할 적당한 단어를 찾으려 애쓰면서 말을 꺼냈다. 누구도 듣고 싶어 하지 않으며, 따라서 웬만해서는 입 밖에 내지 않게 되는 이 말은 한 권의 책이 한 푼의 값어치도 지니지 못하게 되는 지극히 단순하고 결정적인 이유다. 닭의 이빨만큼이나 희귀하고 그야말로 완벽한 상태를 유지하는 책이라고 해도 말이다. 그건 바로 나의 결정권이다. 온전히 주관에 따르며, 전적으로 책 판매인에게 주어지는 재량. 여기에는 논쟁의 여지가 없다. "여기를 보세요." 나는 스핀들맨에게 말했다. 그의 얼굴에서 표정이 사라지기 시작했다. "제 말은 이 책에 관심을 보이는 사람이 없을 거라는 겁니다."

그날 늦은 오후, 우리는 스핀들맨이 보낸 기다란 항의 편지를 읽고 있었다. 그는 한 페이지 반에 걸쳐 서점 서비스에서 불만족스러웠던 부분을 콕콕 집어 설명하면서, 다시는 우리 매장에 오지 않겠다는 부분을 강조하느라 많은 공을 들였다.[+] 내가 걱정스러워하자 모두 나서서 스핀들맨과의 실랑이가 소서런 직원이 되는 통과 의례라는 말들을 해주었다. 덕분에 조금 안심했다.

[+] 부디 그분이 그러시기를.

13

제임스와 폐기물

폐기물 처리는 어쩔 수 없이 해야 하는 순간이 오기 전까진 굳이 염두에 두지 않는 일 중 하나다. 산산조각으로 부서진 박을 들고 죄책감에 사로잡혀 무엇을 해야 할지 고민하는 나를 떠올려 보시길. 혹은 쓸모없는 수습 직원 서류를 잔뜩 떠안고 찌무룩한 표정을 짓고 있는 모습이라든지. 누가 봐도 가장 현명한 방법은 이것들을 죄다 쓰레기통에 버리고, 쓰레기가 제 갈 길을 가도록 기다리는 것이다. 그러나 소서런에서는 이 일이 그렇게 간단하지 않다. 소서런에 있는 대개의 쓰레기통은 폐기물을 처리하는 쪽보다 재분배 시스템으로 기능하는 부분이 더 크기 때문이다.

　내가 처음으로 이 현상을 목격한 건 고장 난 스테이플러를 버리려 했을 때였다. 제임스는 스테이플러 심이 책 속에 남기라도 하면 온갖 기괴한 산화를 일으킬 수 있다고 하면서 웬만하면 스테이플러를 쓰지 못하게 했다. 그런데도 내 조그만 책상에 딸린 조그만 서랍 안에 스테이플러 하나가 놓여 있어서 일단 지급되기는 하는구나, 생각했는데 아니나 다를까 이미 고장 난 것이었다. 걸쇠에 문제가 있는지 (종이 두 장을 한데 묶는 원래의 의도 대신에) 느슨한 심을 공중으로 쏘아 올리는 스테이플러였다. 심이 날아가는 방향은 랜덤이었다. 전임자가 비좁은 작업 공간에 남겨 두고 간 심히 의심스러운 물건은 이것만이 아니었다. 그중 몇 가지만 대충 나열해 보면 편지 개봉용 녹슨 칼, 상아 손잡이가 달린 정체 모를 연장(지금까지도 이 물건의 용도를 알아내지 못했다), 먼지 쌓인 플로피디스크 한 장, 알록달록한 바느질 핀 상자 등이 있었다.

나는 '누가 봐도 가장 현명한 방법'을 택했다. 스테이플러를 폐기 문서통에 넣은 것이다. 그전까지는 저녁이 되면 온갖 폐기물들이 어디로 사라지는지 궁금해한 적이 없었다. 그런데 스테이플러를 버린 다음 날 아침, 전날 버린 그 스테이플러가 내 서랍으로 되돌아와 있는 걸 보고 나자 호기심이 발동했다. 처음에는 내가 착각했나 하는 생각에 문제의 스테이플러를 같은 장소에 다시 갖다 넣기도 했다. 그러나 이게 몇 번 되풀이되면서 내 앞에는 성촉절*Groundhog Day*(2월 2일, 마멋이 동면에서 깨어나는 날. 그런데 마멋이 자기 그림자를 보면 다시 동면으로 돌아간다고 해서 변함없이 반복되는 일을 의미하기도 한다-옮긴이)의 시나리오가 펼쳐지고 있었다. 내다 버린 물건들이 이튿날 아침이면 어김없이 내 작업대 어딘가에 되돌아 와 있기를 되풀이했다. 나는 스테이플러를 더 멀리 떨어뜨려 두기로 했다. 거리가 멀면 제아무리 신통한 스테이플러라도 집으로 돌아오는 길을 찾지 못하겠지. 나는 서점 곳곳을 돌아다니며 여기저기에 스테이플러를 던져 넣기 시작했다. 다 헛일이었다. 무슨 수를 써도 그걸 버리는 건 불가능했다. 스테이플러는 아무리 멀리 던져도 부메랑처럼 되돌아왔다.

버리기 어려운 것이 스테이플러만은 아니라는 사실도 드러났다. 재활용 폐지들은 희한하게도 파일 속으로 다시 숨어들어 책상 위에 놓였고, 팸플릿과 낱장 인쇄물들도 어느새 폴더에 들어와 있었으며, 전선과 폐기된 장치들은 상자 속으로 슬슬 기어들어가 있다가 몇 달 후에 우연히 발견되기도 했다. 그 정도면 충분했다. 나는 용기를 끌어 올려 달갑지 않은 대답이 나올 수 있는 질문을 던지기로 했다. 확실한 소식통에게서 답을 얻겠다고 결심한 다음 계단 아래의 작은 사무실로 내려갔다. 에벌린은 끝없는 숫자와 글자의 사이클 속에서 서점을 부양하는 업무에 매진하고 있었다. 그녀는 "청소해 주시는 분이 있어요"라는 한마디로 충분하다는 듯 외교적으로 설명했다. 그것이 내가 들은 첫 번째 대답이었다. 그렇다면 매장에 잔뜩 쌓인 먼지는 어떻게 된 거지? 나로서는 나중으로 미뤄 두었던 몇 가지 궁금한 질문이 떠오를 수밖에 없었다. 그러나 이해할 만한 다른 답변은 더 나오지 않았으며, 에벌린은 이것으로 문제가 마무리되었다고 여겼다. 게다가 그 순간 위층에서 노래를 부르겠다고 협박하는 여자가 재등장했다. 스테이플러 분실을 걱정하기에 앞서 저 여성부터 어떻게 하는 게 내가 할 일이었다.

　수수께끼는 몇 달 후, 유난히 집요한 어느 고객 때문에 늦게까지 매장에 남아 있게 된 날 풀렸다. 그는 문을 닫으려는 시간에 도착해서는 (아래로 닫히는 창살 밑으로 기어들어 왔다) 오늘이 자기가 매장 뒤편 맨 위 서가에 있는 책들을 싹 다 살펴보기로 결정한 날이라고 했다. 더구나 한 권씩 차근차근 봐야 한다는 것이다. 그러면서도 그는 정작 매장을 걸어 다니는 건 내키지 않는다면서 서가 쪽으로 다가가지는 않고 나더러 책을 한 권씩 가져다 달라고 부탁했다. 이때쯤 다른 직원들은 밤의 어둠 속으로 물러나고 있었다. 모두가 내게 안 됐다는 표정을 지어 보이면서 내빼기에 바빴다.

　단 한 사람, 제임스만 남았다. 제임스는 종종 늦게까지 남아 있었다. 그건 나도 아는 이야기였다. 심지어 그는 때때로 밤이 깊은 시간에도 남아 있는다고 했다. 내가 거슬리는 신사 고객님의 요구를 들어주느라 옛 그림책을 들고 이리저리 왔다 갔다 하는 사이(고객님은 "노스탤지어! 완벽해!"라고 중얼거리며 살짝 거품을 무는 중이었다) 제임스가 서점 안을 뒤지고 다니기 시작했다. 진중한 움직임이었다. 나는 조심스럽게 그를 관찰했다. 그는 이 책상, 저 책상으로 다니며 쓰레기통을 들여다보고 안에 든 것들을 도로 비워내고 있었다. 마치 내용물의 목록을 점검하는 듯한 느낌이었다. 그는 어떤 물건들은 따로 끄집어내 매장 바닥에 반듯하게 복원시켰고, 어떤 것들은 안 보이는 틈새에 밀어 넣거나 아예 눈에 띄지 않는 곳에 치워버렸다. 남이 보는 데서 이런 행위를 하는 것에 대해 쑥스러워하는 표정을 다소 내보이기도 했지만, 이런 식으로 체면을 차리는 일이 대수롭지는 않은 듯 꿋꿋하게 할 일을 했다.

어찌나 기가 막히던지, 나는 침입자 고객님에게 더 이상 신경을 쓸 수가 없었다. 물론 이때쯤 그는 『다람쥐 넛킨 이야기The Tale of Squirrel Nutkin』(『피터 래빗』으로 유명한 베아트릭스 포터의 1903년 작품-옮긴이)에 흠뻑 빠져 정신을 놓고 있기도 했다. 점차, 제임스가 구제할 가치가 없다고 판단한 폐기물들이 한데 모여 심기 사나운 크람푸스Krampus(알프스 산맥 주변을 중심으로 퍼져 있는 전설적인 괴물. 크리스마스 시즌에 나타나 나쁜 행동을 한 아이들에게 벌을 준다고 한다-옮긴이)가 만든 것 같은 모양새의 검은 자루에 담겼다. 제임스는 폐기물 더미에 사형 선고를 내리기라도 하는 듯한

음울한 표정으로 자루를 자전거에 실었다.[+] 복잡한 방식으로 이리
저리 탁탁 쳐가면서 자전거에 짐을 묶은 후에야 그는 만족한 듯
끼익 끼익 어둠 속으로 멀어져갔다. 그의 주의 깊은 눈길은 문제
의 검은 자루에 단단히 고정되어 있었다.

　이튿날 아침, 나는 몇몇 동료에게 이 문제를 조심스럽게 제
기했다. 동료들이 은근한 압력을 행사하면 상식선에서 정리될 수
있을지도 모른다고 여겨서였다. 그러나 동료들은 이미 알고 있다
고 반응했다. 나만 모르고 있었다. 그들 모두 그러려니 하고 받아
들이며 지내거나 무심결에 자신들의 습관을 바꾸어 가며 맞춰 살
아가고 있었다. 나 또한 그들의 선택이 충분히 이해되었다.

[+] 　제임스의 자전거를 어떻게 설명해야 할까? 기특하게도 자전거에 바퀴가 두 개 달
려 있기는 한데, 둘 다 원래부터 자전거에 있던 건 아닌 듯하다. 굳이 말하자면 테세우스
의 배*Theseus's ship*(그리스 신화의 영웅 테세우스가 괴물 미노타우로스를 죽인 후 귀환
할 때 탄 배를 두고 고대의 철학자들이 던지는 역설적 질문이다. 즉, 이후 오래도록 기념
하고 보존하면서 배의 모든 부분이 교체되었더라도 그 배는 여전히 '바로 그 배'인가 하
는 것이다—옮긴이)처럼 원래 뼈대의 조각 하나도 남지 않을 때까지 하나씩 교체된 듯하
다고나 할까. 게다가 비닐 끈과 종잇장들이 사슬바퀴와 바구니에 느슨하게 붙어 있거나
얼기설기 매달려 있어서 제임스가 무엇을 실어 나르든 내용물을 교묘하게 가려준다.

14

백과사전보다 귀중한 것

제임스는 한밤중에는 기이하고 은밀한 버릇에 사로잡혀 있다가도 낮이 되면 여전히 원기 왕성하게 활동했다. 어느 정도 시간이 지나면서 소서런에서는 수습 직원을 들인 적이 없다(적어도 공식 입장은 그랬다)는 사실을 알게 되었다. 모두의 기억이 틀리지 않았다면 말이다. 내 전임자들은 하나같이 야심이 넘치는 사람들이었으며, 각 집마다 계신 이모들이 흔히 하는 말로 '잘나가는 조카들'이었다. 곧장 정규직으로 고용되지만, 어느새 다른 직장으로 옮겨가는 유형들이다. 그들 중에는 이미 골동품과 희귀 서적을 거래해 본 경험이 있는 사람들도 있었으며, 많은 수가 학위며 다른 자격증들을 지니고 있었다. 모르긴 해도 이 '증명서'들이 자신의 입맛에 맞는 업무를 소화하는 데 지렛대가 되어주었을 것이다. 그에 비하면 수습 직원에 지나지 않는 내 위치는 먹이사슬의 바닥이었다.✦ 학위도 없고, 포부도 없었다. 오로지 나라는 사람과 엉성한 줄자 하나, 그리고 동료들이 그때그때 필요하다고 생각해서 제공해 주는 지도 편달이 전부였다.

　다행인 점은 모두가 내게 책임을 느낀다는 것이었다. 동료들은 온 마을이 나서서 아이를 키워야 하듯이 온 서점이 나서서 수습 직원을 훈련해야 한다고 여겼다. 이러한 공동의 노력에 힘을 보태는 의미로 제임스는 내 손을 놀게 하지 않았다. 내가 늘 바쁜 상태로 있게 하는 편이 좋다고 생각하는 듯했다. 그가 내게 시키는 일은 대체로 그 자신이 직접 할 수는 없다고 생각하는 (혹은 내키지 않거나) 커다란 계획을 포함하고 있었다. 내가 보기에는 그가 호시탐탐 이런 훈련에 심취할 기회를 노리고 있었던 게 분명했다. 기꺼이 협력해줄 상대가 없어서 자제하고 있었을 뿐. 형편상 내가 그 역할을 떠안게 된 것이다.

　뭔가가 잘못됐다는 걸 알아채기 시작한 것은 드니 디드로 *Denis Diderot*(1713~1784, 프랑스 계몽기의 사상가.『백과사전』을 편찬한 것으로 유명하다─옮긴이)의 『백과사전』 일을 하고 있을 때였다.

✦　나보다 먼저 프런트 데스크를 맡았던 사람들은 모두 놀라운 신기술을 개발하거나 다른 대형 서점의 정규직 서적 판매인으로 옮겨가거나 하는 식으로 소서런을 발판으로 더 높이 올라가 자신만의 성공을 이루어냈다.

몇 년 전 우리 서점은 1751에서 1772년 사이 디드로가 제작한
『백과사전』세트를 어렵사리 입수했다. 계몽주의에 가까운 낙관
주의(계몽주의가 인간의 이성에 대한 무한한 신뢰를 바탕으로 사회 개혁
을 지향하므로 낙관주의와 인접해 있는 것으로 본다-옮긴이)에 입각하
여 평범한 사람이 알고 싶어 할 법한 거의 모든 지식을 다루느라
총 17권에 이르는 거대한 분량을 자랑하는 책이다. 안타깝게도
소서런이 이 책들을 입수했을 때 일부는 이미 시간의 손아귀에서
끔찍한 운명을 경험한 데다 습기와 야행성 동물의 습격이라는 고
난을 겪은 상태였다.

　어쩔 수 없이 분할하기로 결정했다. 페이지를 나누어 내용
모음, 즉 컬렉션별로 쪼개기로 한 것이다. 바느질에 관한 부분, 바
닷가재에 관한 부분, 안경에 관한 부분 등등. 그 결과 엄청난 수의
컬렉션 폴더들이 생겨났다. 각 폴더에는 여러 권에서 특정 순서
에 따라 빼내서 모아 놓은, 매우 상세한 페이지 목록이 꽉꽉 들어
차 있다. 전임자가 대단히 꼼꼼하게 목록별로 구분해 놓았다(이
분, 딱 봐도 세부 사항에 아주 까다로운 사람이었다). 수습 일을 시작하
고 몇 달 후에 내게 떨어진 명령이 바로, 이 자료들을 다시 점검
하여 모든 내용이 제대로 정리되어 있는지 확인하라는 것이었다.
단순한 일이기는 했지만 시간은 좀 걸릴 참이었다. 어느 정도는
평화롭고 조용하면 좋겠다 싶어 일감을 챙겨 들고 카탈로그룸으

로 비집고 들어가 훑어보기 시작했다.

이제야 살짝 고백하지만, 소서런에 오기 전까지 내가 늘 모범적인 직원이었다고 하기는 어렵다. 이전의 직장에서 나는 예외 없이 좀 멍하고, 건성이라거나 시사에 어둡다는 평판을 얻곤 했다.[+] 그래서 남들에게 밀려나기 전에 얼른 직장을 관둬야 했던 일이 많았다. 또다시 겪기는 싫은 불쾌한 경험이 반복되었다. 그러나 매번 나는 업무가 너무 빠르게 몰아쳐서 피로가 쌓인 탓이라고 여겼고, 다른 사람들의 반응도 비슷하겠거니 생각했다. 그런데 모르긴 해도 세상에서 가장 덜 피곤하지 않을까 싶은 일을 하면서 앉아 있는 중에 졸음의 파도가 밀려드는 느낌이 들자, 뭔가 심하게 잘못되었다는 걸 깨닫게 되었다.

아무리 생각해도 앉아서 책 몇 페이지 넘긴 걸로 이렇게 빨리 지칠 리는 없었다. 좀 더 시간이 지나자 지금껏 직업을 잃는 원인이 되었던 익숙한 증상들이 모두 나타나기 시작했다. 눈앞이 흐려지고, 책상에 엎어져 잠이 들며, 머리 없는 닭처럼 자꾸만 벽쪽으로 가서 상체를 부딪혔다. 이런 식으로 3개월 정도가 흐르면

[+] 나의 부족함 때문에 지금까지도 굴욕감을 느끼는 일이 있다. 법률사무소의 수습 직원으로 일할 때 중요한 서류 하나를 잘못 철해서 사건이 고등법원까지 간 일이 있었다. 법정 안에 모인 모든 이들이 동시에 사건 전체가 사무원의 실수로 벌어졌다는 사실을 깨달았지만 이미 늦은 뒤였다. 내가 그 사무원이었다.

관리자 직급 사람들과의 면담이 기다리곤 했다. 몇 차례의 면담에서 그들이 무 자르듯이 하는 말은 거의 똑같았다. 늦은 밤까지 노는 생활을 그만두고 진지하게 업무를 책임지라는 것이었다. 잠을 잘 뿐이며 남들과 어울려 놀지 않는다고 아무리 이야기해도 소용이 없었다. 그 뒤는 좀 더 노력해 보라는 충고, 공식적인 비난의 순서로 이어지며, 결국 나는 어둠 속으로 슬그머니 사라져 내가 왜 동료들과 발을 맞추지 못하는지 알지 못하는 채로 다시는 그들 눈에 띄지 않게 되었다.

　가장 불행한 사실은, 책을 읽기만 하면 시간이 길건 짧건 상관없이 내가 반드시 꿈나라로 가게 된다는 것이었다. 그런데 당연한 말이지만 독서는 소서런의 필수 업무다. 나는 하루에도 몇 번씩 화들짝 놀라 벌떡 일어나곤 했다. 이런 식으로 시간이 흘러갔고, 비슷한 일들이 일어났다가 지나갔다. 그러나 누구도 별다른 말을 하지 않았다. 심지어 한번은 경매에 참여했는데 도중에 조느라고 들고 있던 물건을 떨어뜨린 적이 있었지만, 그것 역시 지금까지 아무도 뭐라고 하지 않는다.

　그렇게 일 년 동안 나는 의식의 경계를 오가며 발작적으로 행동하거나 갑작스럽게 무기력증에 빠지곤 했다. 그러나 여전히 누구도, 아무 말도 하지 않는다. 이전 직장들에서는 일주일도 채 되기 전에 이 문제가 거론되었으며, 법적으로 문제가 되지 않겠다 싶으면 곧바로 문밖으로 내쳐졌다. 지금 내 책상은 매니저의 책상과 고작 2미터 거리에 있지만, 앤드루는 나의 피로 증후군이 자기와 상관없는 일이라고 여기는 듯했다. 혹은 문젯거리로 삼을 만큼 심각하다고 여기지 않거나. 종종 그 이유가 궁금했는데, 어쩌면 소서런의 직원 대부분이 나름의 어려움을 겪고 있고, 각자에게 맞는 방식으로 어떻게든 스스로 해결해 나갈 수 있다는 믿음을 갖고 있으며, 실제로도 그렇게 해서 어느 정도의 품위를 지켜나가고 있기 때문 아닐까 싶다.[+]

나는 기면 발작 진단을 받았고(깨어 있을 수 있게 도움을 주는 약도 처방받았다), 그 후 앤드루가 나의 변화를 느꼈는지는 모르겠지만 여전히 단 한마디도 하지 않았다. 되돌아보면, 서점이 워낙 사람을 졸리게 만드는 분위기를 지닌 곳이어서 나 스스로 조절할 수 있을 때까지 문제를 덮어둘 수 있었다는 생각도 든다. 물론 약물의 도움을 받았다고 해서 내가 획기적으로 달라진 건 아니었다. 나는 여전히 대다수에 비해 느리며, 이 일에서 저 일로 넘어갈 때도 느긋하다.

[+] 예를 들어 앤드루는 젊은 시절 트롤롭*Anthony Trollopes*(1815~1882, 영국의 소설가―옮긴이)의 책 상자를 들어 올리다 허리를 심하게 삐었는데, 책 판매인으로서는 다소 불명예스러운 일이었다. 아무튼 그 결과로 그는 자주 허리 치료를 위해 매장에서 모습을 감춘다.

디드로의 판본을 구분하여 나누고, 한 번도 본 적 없는 전임
자 중 한 명이었던 마이크가 믿을 수 없을 만큼 상세하게 정리해
놓은 카탈로그와 대조하는 데 꼬박 이 주일이 걸렸다. 일을 마무
리할 때가 되자 비로소 동료들이 나를 믿고 기다려 주었다는 데
생각이 미쳤다. 시간이 얼마나 걸렸는지, 얼마만큼의 시간이 필
요한 일이었는지 아무런 질문도 없었다. 사는 내내 내가 게으르
다고 여기거나 일부러 태만하게 군다고 여기는 사람들과 씨름했
는데, 부탁할 필요도 없이 내게 주어진 암묵적인 신뢰는 디드로
판본 천 권보다 더 귀중했다.

15

독극물에 오염된 책

남자는 한쪽 팔에 커다란 상자를 끼고 걸어들어왔다. 타이밍이
나빴다. 점심 직후 슬럼프 시간에 딱 맞춰 왔기 때문이다. 지치는
법이 없는 제임스가 나서서 이분을 최대한 빨리 돌려 보내려고
했다. 두 사람은 그늘진 데서 잠시 얘기를 주고받았다. 어차피 내
이름이 불릴 것 같아 두 사람 쪽으로 다가갔다. 아주 조심스럽게.
제임스가 오래된 처칠 흉상을 발견했을 때를 기억해냈기 때문이
다. 흉상 안에 벌레집이 들어 있어서 온갖 벌레들이 사방으로 뛰
쳐나와 서점에 있던 사람들을 모조리 밖으로 쫓아낸 사건이다.

　방문객이 가져온 것은 얇게 가죽 장정한 책으로, 대대로 그
의 집안에 내려온 일종의 가보였다. 그 안에 든 것은 누렇게 변한
『자에는 자로*Measure for Measure*』(셰익스피어가 1604년에 발표한
희곡. 타락한 권력자의 이야기로, 어두운 주제를 다루면서 결말은 해피엔

딩인 비희극이다-옮긴이) 한 권이었다. 1623년 인쇄된 『퍼스트 폴리오*First Folio*』(셰익스피어 사후에 엮은 최초의 희곡 전집. 이전까지 나온 여러 판본을 비교해 오류를 최대한 줄였기 때문에 셰익스피어의 작품을 가장 잘 정리한 전집으로 평가받는다-옮긴이)의 일부인 게 분명했다. 『퍼스트 폴리오』는 셰익스피어 희곡 약 20편의 유일하게 믿을 만한 출처가 밝혀진, 믿기 어려울 정도로 희귀한 책이다. 단 750권만 인쇄되었으며, 개인과 기관이 소장하고 있는 것도 그나마 몇 백 권이 되지 않는다. 책 판매인으로서 이 정도로 희귀하고 영향력 있는 책을 실제로 볼 수 있는 기회는 그야말로 흔치 않다. 이런 책들은 대부분 한번 집에 들여놓으면 절대로 내놓지 않을 사람들이 사들여서 소장하고 있기 때문이다. 그러니 누군가 서점에 아기를 데려왔을 때처럼 환성이 튀어나오지 않을 수 없었다.[+]

상상할 수 있듯이 이런 책은 서점에 꽤 많은 수입을 벌어다 줄 수 있으므로 당연히 깊은 주의를 기울일 필요가 있었다. 이 정도의 희귀 아이템은 낱장으로 해체해도 제각각 고가의 벽 장식으로 팔 수 있을 정도였으며 실제로 소서런에서도 그렇게 판 적도

[+]   하지만 실제로 서점에 아기를 데려오면 책을 대할 때와 같은 경외감은 별로 없을 것이다. 그 대신 이를 악물고 울음소리를 참는다든지 그 어린것에게 읽기를 가르칠 때가 되었다는 신랄한 지적만 오갈 가능성이 크다.

있었다. 책 주인은 충분히 살펴보시라며 희곡을 맡겨 놓고 돌아갔다. 일단 일상적인 (동시에 세밀한) 검사가 이루어졌다. 누락된 페이지, 특이한 컬러, 이상한 인쇄 기술 등을 확인하여 위조되었을 가능성을 찾아내야 했다. 한창 책을 확인하고 있는데 제임스의 눈에 반짝하고 불이 켜졌다. 그는 후다닥 자기 책상으로 가서 뭔가를 뒤지더니 잠시 후 조그만 횃불 하나를 빙빙 돌리며 되돌아왔다. 제임스의 설명에 따르면 '자외선'이라는 것이었다. 그는 그것을 켜고는 계속해서 말했다. UV를 사용하면 물리적으로나 화학적으로 수선된 종이를 식별할 수 있다고 했다. 내 눈은 책의 표지에 못 박혔다. 보라색 빛이 표지에 담긴 끔찍한 이야기를 드러내 주고 있었기 때문이다. 이 진실의 보랏빛은 관심 있게 본다면 누구나 알아챌 수 있을 정도의 수많은 죄의 증거를 잡아냈는데, 페이지 일부는 무려 교묘하게 고쳐져 있었다. 빛 아래에서, 서로 다른 종이들이 융합된 곳이 육안으로는 볼 수 없는 방식으로 적나라하게 드러났다. UV 라이트가 천천히 꺼졌고, 다시 언급하진 않았지만 책은 우리 재고로 들어왔다(제임스는 마술 지팡이를 가진 사람에게만 확실하게 보이는 손상 정도로는 크게 당황하지 않는 것 같았다). 이 책의 목록 작성에는 일부 '복원'이 이루어졌음이라는 다듬어진 표현이 들어갔다.

    수습 직원으로 일하기 시작한 나날들이 쌓이면서 이런저런 펑계로 더 복잡한 종류의 책들까지 내게 넘어왔다. 희한한 제본, 특이한 이력, 예상외의 출처를 지닌 더 오래된 책들. 수습 기간이 조금씩 채워지면서 슬슬 모호한 용어에도 친숙해질 때가 됐다는 게 그들의 논리지만, 솔직히 자신들의 새로운 획득물을 자랑하고 싶었던 것도 한몫한 게 아닌가 싶었다(거기에 아무런 불만은 없다). 염소 털로 만든 꼬리가 달린 책이라든가 1페니 동전보다 작은 성경이라든가 하는 책들은 자랑할 만하니까 말이다.

　게오르크는 툭하면 양손에 이상한 물건을 들고 내게 다가와 질문을 던지곤 했다. "여기서 평범하지 않은 부분을 찾아볼까?" 물론 정답은 대개 내가 아예 알 수 없는 영역에 있었다. 나는 몇 분가량 물건을 찬찬히 뜯어보고는 도저히 모르겠다는 몸짓을 해 보이며 패배를 인정했다. 게오르크는 디테일을 포착하는 데 특별한 재능을 지닌 사람으로, 다른 이들이 자주 놓치는 불규칙성을 콕 집어내곤 했다. 그는 한주도 빠짐없이 작업상에 나타나 콘서티나concertina(아코디언과 비슷한 손풍금-옮긴이) 같은 거대한 지도를 펼쳐 보이거나 확대경을 사용해 아주 희미한 화소의 변화를 식별해내어 위조를 지적하는 등 내게 자신의 비밀스러운 발견을 보여주었다. 이후로도 수많은 기회가 주어졌지만 나는 아직 게오르크에게 만족스러운 대답을 내놓지 못하고 있다. 그러나 실패가 거듭돼도 상관없다. 게오르크의 귀한 설명을 들을 수 있으니 그 이상의 보상이 돌아오는 셈이다. 아무튼 진실은 책 판매 일이 골동품 산업 또는 예술계의 못난이 의붓자식이며, 서점의 선반을 가득 채우고 있는 매혹적이고 독특한 물품들은 우리가 엄청난 노력을 기울여 유도하지 않는 한 방문객들의 관심을 전혀 끌지 못하리라는 것이다.

어느 이른 아침, 말하자면 정오가 되기 5분 전에 레베카(서점의 최상급 상품과 문학 도서를 열정적으로 관리하는 분으로, 책 판매의 전형적인 스타일과는 사뭇 다른, 즉 온갖 수단을 다 동원하는 영업 방식을 보여주는 분이다)의 메모가 여럿에게 전해졌다. 어떤 책이 '아직' 유독한 상태인지 어떤지 아는 분이 있느냐고 정중하게 묻는 내용이었다. 사건의 발단은 게오르크가 자신이 관리하는 재고 일부에서 곤충 살상용으로 만들어진 다소 공격적인 독소가 스며들어 있는 걸 발견하면서부터였다. 그리고 이들 중 하나가 멀리 떨어진 선반에서부터 판매 카탈로그까지 독성을 퍼뜨렸다. 그 책은 원래 습도가 높은 지역으로 팔려 갈 예정이었는데, 누군가가 나름대로 잘 처리한답시고 처치를 한 것이 문제였다. 책을 갉아 먹는 벌레를 퇴치하기 위해 야심 차면서도 웃음이 나올 정도로 근시안적인 해법을 내놓은 탓에 그만 가죽 장갑을 끼지 않은 사람에게는 전혀 쓸모없는 책을 만들어버렸다. 제본의 독성이 도서 설명 맨 아래의 각주에 나와 있기는 했다. 날씨 이야기를 하는 듯한 가벼운 어조로. 책을 다룰 때 마지막으로 눈에 들어오는 내용이었고, 책을 집어 들기 전에 전체 설명을 읽지 않았던 사람에게는 불행한 일이 될 수도 있었다. 평소라면 이걸 '다른 사람의 문제'로 내버려두었을 텐데 독에 물든 책을 움켜쥔 내 해골이 계단 바닥에서 발견되는 장면이 자꾸 떠올라 메일에 응답하지 않을 수가 없었다. 그리하여 추가로 독에 오염된 책을 찾아내는 소탕 대작전이 벌어졌다.[+] 작전의 결과 7권이 적발되었고, 그중 6권은 분리 조치했으며, 나머지 한 권은 못 쓸 상태라 솎아내 버렸다.

이와는 정반대 상황도 있다. 사람을 죽음에 이르게 할 수 있는 책뿐 아니라 불법적인 책도 굳이 경계할 필요는 없다고 주장하는 이도 있다. 게오르크가 죽음에 대해 보이는 기사도적인 태도와는 대조적인 이 별난 대위법의 주창자는 제임스로, 그는 내게 책 판매인이 법망을 교묘히 피해나가는 다양한 방법을 가르치는 데서 사악한 기쁨을 누리곤 한다. 그중에서도 내 마음에 가장 단단히 박혀 있는 사례는 그가 뼈를 연상시키는 섬뜩한 물질로 제본한 조그만 기도서를 가져왔던 일이다. 제임스는 그게 셀룰로

[+] 생명을 소중히 여기는 사람들을 위한 충고. 빅토리아 시대에 나온 맹독성의 밝은 녹색 천 제본에서 멀찍이 떨어지시라. 가엾게도 비소를 사용해 염색한 것들이기 때문이다. 참으로 고약한 염색 방법이다.

이드라고 딱 잘라 말했다. 그는 은밀한 농담을 던질 때의 연극적인 윙크를 해 보이며 이 말을 했지만 나는 모르는 내용이었다. 셀룰로이드가 특정 집단에서 가짜 상아('프렌치 아이보리' 또는 '아이보린Ivorine'도 같은 말이다)를 가리키는 어휘임을 알게 된 건 한참 지난 후였다. 진짜 상아로 제본한 책을 거래하는 일은 금지되어 있기 때문이다. 어떤 형태로든 상아라는 말을 직접 언급하는 것은 잘못된 일로 여겨질 뿐 아니라, 단어의 차이를 충분히 숙지하지 못한 세관원에게 압수당할 위험도 있다. 그래서인지 요즘도 사람들이 소위 전문 용어로 '셀룰로이드' 제본이 어떻고 하면서 책을 설명하는 이야기들이 종종 들린다. 비슷한 의미로 책을 제본할 수 있는 재료의 종류가 광범위하고 때로 불온하기까지 하다는 사실을 인정하지 않으려는 분위기도 있다. 내가 알기로 레베카는 인피 제본, 즉 사람의 피부로 제본된 책[+]에 대해 어느 정도 지식을 갖고 있지만 소서런은 굳이 그런 책을 다루고 싶어 하지 않는다. 무엇보다 수출 양식을 어떻게 작성할 것인가? 변색된 인간의 유해?

[+]   순전히 학술적 의미일 것이다. 나는 그렇게 확신한다.

16

예술과 외설의 경계에서

희귀 서적 판매의 암묵적인 규칙 중 하나는 누군가를 돕기 위해 노력을 기울일수록 장기적으로는 그 사람이 당신에게 불편을 끼칠 가능성이 더 높아진다는 것이다. 수상쩍은 손가방을 끌고 서점에 들어선 '마리너*Mariner*(원래 선원이라는 의미지만 여기서는 저자가 특정 고객에게 붙인 별명이다-옮긴이)'가 그 경우였다. 작은 몸집에 빳빳한 자세로, 항상 상대의 어깨 너머에 무언가 있는 듯이 응시하는 귀신 들린 듯한 표정을 한 그가 서점에 발을 들여놓자, 이미 낌새를 눈치챈 다른 직원들은 멀찍이 달아났다.

별생각 없이 내린 결정 하나가 인생을 영원히 바꿔 놓게 되는 경우가 있는데, 내가 그를 응대한 일이 그런 예다. 물론 그가 원하는 게 뭐든 내 전문 분야 밖이기를 바라기는 했다(그러면 다시 읽고 있던 책으로 돌아갈 수 있을 테니까). 그는 미소를 지었지만,

눈은 웃지 않았다. 그러면서 반대 의견 따위는 듣지 않겠다는 단호한 태도로 온 사방에 책을 늘어놓기 시작했다. 이 인큐내뷸러incunabula(초기 간행본, 1501년 이전에 활판 인쇄되어 현존하는 책—옮긴이)들이 얼마나 귀중하고 중요하며 장엄한지에 관한 통렬한 소회를 숨 가쁘게 뱉어냈다. 책을 무조건 풀어놓을 게 아니라 뭘 원하는지 말씀해 보시라며 중간에 '정중하게' 끼어들기를 네 차례나 시도하고서야 그를 멈출 수 있었다. 다행히 그가 팔려고 가져온 책들은 어떻게 봐도 인큐내뷸러는 아니었으며, 돌려보낸다고 해서 질책이 떨어질 것 같은 책도 아니었다. 나는 관심을 끊고, 상냥하게 그를 돌려세워 가능한 한 빠르게 서점에서 내보내려고 했다. 그러자 그는 이번에는 뼈를 얼릴 것 같은 날카로운 눈매로 나를 노려보았다. 본인이 그러겠다고 마음먹기 전까지 절대로 물러나지 않을 사람이라는 게 명확해지는 순간이었다. 그는 놀라운 확신으로 "우리 서점과는 맞지 않습니다"라는 나의 객관적 평가를 뒤집을 수 있다고 단언했다. 자신이 겪은 평생의 고난이라는 맥락을 살펴 보면 된다는 것이었다.[+]

매장은 희한하게도 나를 구해줄 사람 하나 없는 텅 빈 곳이

[+] 사실 이 전략이 드문 것은 아니다. 책 판매인을 감정적으로 지치게 만들어 두 손 들고 돈을 내놓게 하도록 고안된 것인데, 유서가 깊다는 건 그만큼 효과가 있다는 방증이다.

되어 있었고, 나는 졸지에 그의 인생에서 발췌한 장황한 이야기 (솔직히 재미가 없지는 않았다)의 관객이 되었다. 그의 이야기에서 본인은 머나먼 전선을 떠나 항해에 오른 충실한 선원으로 채색되어 있었다. 마침내 안락한 은퇴 후 생계를 위해 오랜 여정에서 획득한 보물을 파는 중이라고 했다. 그때까지도 나는 책 판매인에게 기대하는 이상적인 모습을 여전히 유지하고 있었다. 그 상황에서 탈출할 수 있다면 무례 따위는 신경 쓰지 않는 단계까지는 가지 않았다는 뜻이다. 결국 나는 그의 이야기를 끝까지 들었다. 그제야 그는 서점이 병원보다 낫다고 큰소리로 단언하면서 다시 오겠다는 격렬한 맹세의 말까지 덧붙이고는 떠났다.

그로부터 몇 달이 지났다. 그를 만난 게 혹시 상상이었던가 하는 생각이 슬슬 들기 시작했다. 물론 그건 내 희망 사항이었다.

마리너가 커다란 여행 가방을 들고 돌아왔다. 거기에는 나침반, 축축한 조개껍데기 더미 등 바다와 관련된 잡동사니가 들어 있었다. "걱정하지 말게." 그는 큰소리치면서 또다시 내 책상 앞에 붙어 섰다. "해치지 않아, 젊은이." 전혀 그런 생각은 하지 않고 있었는데 갑자기 그럴 수도 있겠다는 생각이 들기 시작했다. 더구나 나타나지 않던 동안 그에게 새로운 인격이 하나 추가된 건지 한쪽 눈에는 안대를 차고 있었다. 지난번에는 그에게 약간의 시간을 내주고 싶은 마음이 드는 정도였다면 이번에는 꼼짝없이 인

질로 붙잡힌 기분이었다. 그는 그나마 멀쩡한 한쪽 눈에 희망의 불꽃을 태우며 제공물들을 펼쳐 놓았고, 나는 그 불꽃을 꺼트릴 만한 깜냥이 못 된다는 걸 스스로 알았다. 결국 그는 차마 받아줄 수 없는 책을 한 권씩 내밀었다. 표지가 없는 배변 운동에 관한 책이라고요? 노. 누덕누덕한 디킨스요? 안 될 것 같은데요. 그런 식으로 가방 속 책이 다 튀어나왔고, 맨 밑바닥에 금빛 나는 뭔가가 하나 남았다. 그는 아껴 두었던 제일 좋은 보물을 꺼낸다는 몸짓으로 그 책을 끄집어냈다.[+] 나도 아슬아슬한 마음으로 그 책을 쳐다보았다. 또다시 전쟁 이야기를 들을 마음의 준비가 되어 있지 않았기 때문이다. 차라리 뭐든 한 가지를 사주면 즉시 그가 떠날지 모른다고 생각했다. 관용을 베풀어주십사, 하고 바다의 신에게 바치는 제물인 셈이다.

그는 마지막 책을 내게 건네주면서 자신의 부사령관께서도 한 페이지, 한 페이지 넘겨 가며 확인한 책이라고 안심시켰다. 또 친구들, 지인들한테도 두루 돌려서 거듭 확인했다고도 했다. 그

[+] 책 판매인과 수집가들은 빛이 나는 표지를 선호한다. 예를 들어 『사보이 칵테일 북 *The Savoy Cocktail Book*』(1930년대에 런던 사보이호텔의 바텐더였던 해리 크래독*Harry Craddock*이 쓴 칵테일 레시피−옮긴이)이라는 책은 은색 장식 때문에(아르데코의 걸작이라는 점도 포함하여) 사냥감이 된 경우다. 장담하지만, 고서 중에서 반짝거리는 책들 치고 책 판매인들의 뱃속에 탐욕의 불씨를 일으키지 않는 것들은 거의 없다.

가 왜 굳이 그렇게까지 해야 했는지는 곧 밝혀졌다. 슬쩍 들여다
보기만 했는데도 책 안에 선정적인 사진들이 잡다하게 실려 있었
던 것이다.

말해 두지만, 소서런은 이처럼 색다르고 외설스러운 품목에
도 익숙하다. 사실 일반적인 북 딜러들과의 거래에서는 꽤 흔한
품목이라고 할 수 있다. 누구나 적어도 몇 품목 정도는 높은 선반,
숨겨진 찬장 또는 절대 먼지를 떨어내지 않는 유리 케이스 안에
보관하고 있다고 보면 된다. 소서런에서도 이것들을 더 큰 컬렉션
의 일부로 또는 그 자체의 중요성을 인정하여 들여온다. 일단 이
품목들을 들여놓고 조금 지나면 모두 꽤 긍정적인 생각을 품게
된다. 인류 역사상 외설스러운 책이 제작되지 않은 시기는 없었
으며, 더 중요한 사실은 이 중 일부가 엄청난 가치를 지니고 있기
때문이다.

경험에 따르면, 헐벗은 사람들이 나오는 책을 찾고 있다고
하면 북 딜러가 슬쩍 들이미는 책은 에로티카*Erotica*(성애물-옮긴
이)다. 그런데 딜러들이 교묘하게 숨겨 놓은 것들을 보고 싶다면
큐리오사*Curiosa*(외설 책-옮긴이)를 찾아야 한다. 또한 희귀 서적
의 세계에 깊이 들어간 사람들은 딜러가 따로 언급할 만한 가치
가 없다고 생각하거나 혹은 문제의 딜러가 '미술품'이라고 여겨
태그를 붙이지 않고 그냥 둔 책을 여기저기서 찾아내기도 한다.

미술관이나 고등 교육기관에서는 여전히 예술이냐 그렇지 않냐를 구분하는 데 낡은 기준을 적용하며 그 꺼져가는 불씨에 의존하고 있지만 북 딜러들은 전적으로 자신의 성향에 따르는 경향이 있다. 사실 희귀 서적 딜러들은 대체로 근대 작가의 작품에서는 성인물과 다른 작품들 사이에 대단한 차이가 있다고 생각하지 않는다. 소서런의 서가에는 『버드나무에 부는 바람 *Wind in the Willows*』(1908년 출간, 케네스 그레엄의 두더지를 주인공으로 한 고전 아동문학-옮긴이)이 18세기에 백 명의 정인을 둔 것으로 유명한 전설적인 과부 베인 자작부인의 체험담과 나란히 꽂혀 있다. 또 호쿠사이 *Katsushika Hokusai*(에도 시대 목판화인 우키요에 작가-옮긴이)가 제작한 다양한 성행위 묘사 작품들이 그의 풍경화와 나란히 꽂혀 있기도 하다. 내 생각에 북 딜러들은 특정 품목이 포르노에 해당하는지 아닌지를 두고 벌어지는 난해한 논의에는 별 관심이 없다. 그들이 더 관심을 두는 건 얼마에 팔려나갈 것인가, 그 돈으로 어떻게 하면 후다닥 다른 책을 사들일까, 하는 것이다.

말 나온 김에 덧붙이자면, 만약 여러분이 서적 거래를 하다가 시대착오적이거나 어이없을 정도로 장식적인 에로티카를 발견했다고 하면 열에 아홉은 여성의 신체를 다루고 있을 것이다. 특히 여성과 관련된 해부학적으로 복잡하고 이상할 정도로 부정확한 종류의 이미지들을 다루는데, 실제에 근접하도록 충실히 구

현되었냐 아니냐에는 관심이 없는 남성들을 위해 디자인된 것들
이다.[+] 젊고 의심할 줄 몰랐던 나는 예상치 못한 여러 곳에서 바라
던 이상의 사례들을 많이 발견하게 되는데, 덕분에 심하게 왜곡
된 에로티시즘의 전문가가 되어가는 중이다. 일반적으로 열정은
넘치지만 인간이 실제로 어떻게 생겼는지는 자유방임적으로 받
아들이는 제본가들이 제작하며, 공들인 가죽 바인딩에 황금색 유
방을 시리즈로 찍어낸 책들이 여기에 해당한다(이것들을 표현할 적
절한 집합명사가 떠오르지 않지만, 미학적으로는 꽤 이런저런 요소들이
섞여 있었다). 이쯤 해서 금박을 입힌 남근을 보고 놀라는 일이 한
번도 일어나지 않았다는 사실이 내게 불공평하게 느껴진다는 점
을 지적하지 않을 수 없다.

　　마리너가 가져온 책은 헐벗다시피 한 채 카메라를 향해 자세
를 취한 여성들의 사진들로 가득 채워져 있었다. 처음에는 그저
그렇구나, 하고 봤지만 책장을 넘길수록 이어지는 사진들 속에서

[+]　모든 책 판매인이 남성이면서 이성애자라는 추정이 이상할 정도로 널리 퍼져 있는
데, 나에게도 마찬가지로 적용되었다는 게 분명히 드러나는 사건이 있었다. 멀리 떨어진
다른 서점의 동료 하나가 사람 사이의 예의라고는 모르는 듯 함부로 굴더니 자신의 개인
소장품 중 음란한 사진 몇 장을 들이밀고는, 보여줬으니 '대가'를 달라고 요구해왔다. 그
정도면 명백한 직장 내 괴롭힘에 해당했지만, 그보다 더 기분이 나빴던 지점은 내가 다른
종류의 음란물을 더 선호할 수도 있다는 생각을 그가 떠올리지조차 않았다는 것이다.

모델에게 주어진 연장과 자세들이 점점 광란으로 치닫고 있었다. 프랑스 하녀 복장이 벌목꾼의 작업복으로 바뀌더니 카우보이 옷, 잠수모, 갈수록 괴이해지는 장치들로 대체되었다. 어떤 독자들은 에로틱하다고 여길지 모르겠지만 내게는 그야말로 난해하게만 느껴지는 복장이었다. 그러더니 어느 순간, 모델들은 화기를 집어 든 채 서로 위협하기 시작했고 급기야 여성들끼리의 로맨스를 연출해내기에 이르렀다. 그때 나는 딱 결정했다. 머스트 해브 아이템이라고!

　이 아이템에 대한 내 뜨거운 열정은 어느새 전 우주로 새어 나갔고, 이어서 새로운 아이템들이 맡겨지기 시작했다. 채찍질의 역사, 빈티지 속옷 카탈로그 등. 게다가 남우세스럽다고 밀쳐 두었던 아이템들이 뭉텅이로 내 차지가 되면 곧바로 팔려나가 새 주인들을 찾았다. 나중에 사람들은 나의 책 판매 경력에서 이때를 '올리버의 어둠의 시기'라고 부르게 되는데, 누가 뭐래도 후회 없는 시절이었다.

17

❊❊❊

고가의 책을 팔려면

나는 어느 기차역에 서 있다. 만나기로 한 상대는 약속 시간에 나타나지 않는다. 나는 커다란 꾸러미를 안고서 소서런에서부터 끔찍하게 살풍경한 이곳까지 왔다. 고객의 얼굴도 모른다. 매번 전화로 그의 집사와만 통화했기 때문이다. 집사는 말수가 적고 높고 날카로운 목소리를 내는 사람이다. 이름을 숨긴 고객은 오컬트occult(초자연적 현상 또는 그런 현상을 일으키는 주술, 비술-옮긴이)에 관한 책 몇 권을 주문했다. 갈색 포장지에 조심스럽게 싸서 전달 장소까지 직접 가져다 달라는 조건이었다. 그래서 지금 나는 지저분한 지하 플랫폼에서 비싼 책을 잔뜩 들고 고개를 이리저리 빼면서 서 있게 된 것이다. 책을 플랫폼 바닥에 내려놓는 사태가 생기기 전에 집사분이 나타나 주기를 바랄 뿐이다. 최근 역사의 경찰들은 꽤 커다란 총을 소지하고 있는데, 옥스퍼드 광장의 경찰들이 내가 스스로 '딜러'라고 부르는 실수를 저지르는 걸 듣더니 자꾸만 근처에서 얼쩡거리고 있었다. 플랫폼 끝의 움푹 들어간 곳, 침침한 전등 아래에 도착한 약속 상대가 보인다. 교환은 속삭이듯 낮은 목소리로 신속하게 이루어진다. 그는 뭔가를 숨기기라도 하려는 것처럼 두꺼운 외투를 꽉 붙들고, 별다른 말 없이 책을 건네받아 서류 가방에 가지런히 담는다. 마침내 비즈니스를 마무리하고서 나는 회중시계를 들여다본다. 시계는 멈춰 있다. 태엽 감는 걸 또 잊어버린 모양이다. 그러나 안 봐도 뻔하다. 이미 다음 미팅에 늦었다.

처음으로 네 자릿수의 금액을 계산해 받았을 때의 기억이 난다. 빨간 가죽으로 묶은 호화로운 오스틴 세트에 대한 값이었는데, 거의 심장이 멈출 뻔했다. 그들은 한가롭게 선물을 고르고 있었다. 마치 화분 하나 대충 고르고 급하게 몇 자 적는 느낌이었다. 적어도 내 한 달치 월급을 쓰는 느낌은 아니었다. 나는 넉넉하게 자라지 않았고, 내가 직장 생활에서 번 돈을 전부 합친 것보다 더 비싼 책들을 책임지는 일이 처음에는 엄청나게 긴장되었다. 수천 파운드를 고리짝 카드 기계에 등록하는 일의 긴장감은 이루 말할 수가 없었으며 아무렇지 않게 하려 해도 도저히 안 되었다.

눈이 번쩍 뜨일 정도로 고가인 아이템들은 보통 비밀 장소에 숨겨두기 마련이지만, 고서점에서는 수천 파운드의 가격을 매긴 아이템들을 주로 카운터 근처의 유리 캐비닛에 보관한다. 누구라도 감시할 수 있게 하는 것이다. 물론 소서런보다 더 부유한 서점들은 누구의 눈도 미치지 않는 곳에 비싼 책을 대량으로 비축해두기도 한다. 그랬다가 필요한 순간이 되면 모자에서 토끼를 꺼내는 마술처럼 옷소매에서 책을 꺼내 보인다. 그렇지 못한 우리 같은 서점들은 고가의 아이템을 선택할 때 대단히 신중할 수밖에 없다. 만에 하나 팔리지 않으면 기껏 산 아이템이 아주 비싼 나무판자로 전락하기 때문이다. 결국 수천 파운드짜리 아이템은 누군가가 사갈 때만 그 값을 하게 된다.

　게다가 희귀 서적 판매업계에는 특이한 현상이 있는데, 고가의 아이템은 오래 보관할수록 팔려나갈 가능성이 줄어든다. 한번 본 아이템은 고객의 뇌리에 남아 있게 되는데, 여러 번 반복해서 한 가지 아이템을 보다 보면 뭔가 문제가 있다고 생각하게 되기 쉽고, 결국 구매하기에 알맞지 않다는 결론을 내리는 게 일반적인 통념이다. 새 차는 판매장에서 몰고 나가는 순간 가치가 떨어지기 시작한다고 하지만 희귀 서적은 서가에 꽂아두는 순간 가치를 잃기 시작한다고들 한다. 이것이 우리가 흥정꾼과 헐값 사냥꾼에게 그토록 취약한 이유일지도 모른다는 생각이 지금 퍼뜩 든다. 우리의 깊은 속내를 고백하자면, 책 한 권이 멋진 캐비닛 속에서 서서히 죽어가는 앨버트로스가 되는 걸 쳐다보기보다는 적은 금액일지라도 돈으로 바꾸는 편이 낫다는 데 모두가 동의한다.

　　그러므로 어느 직원이 상당한 금액을 치르고 책 한 권을 사들이면, 반드시 판매 계획도 있으리라는 기대를 하게 된다. 처음부터 끝까지 그 책을 어떻게 하겠다는 아이디어를 어느 정도 세워 놓은 상태라는 뜻이다. 예를 들어 소서런의 과학서 관리인 크리스가 근대해부학의 창시자인 베살리우스*Andreas Vesalius*(1514~1564, 벨기에 의학자-옮긴이)가 쓴 아주 큰 책 한 권을 입수했다고 하자. 그가 매력적인 시베리아 상속녀의 손에서 이 책을 낚아채 오기 위해 지난 48시간을 프랑스까지 다녀오느라 써버린 일 정도는 아무 문제도 되지 않는다. 그냥 그 책을 팔면 된다. 그렇지 않으면 책이 서점으로 들어오는 순간부터 서서히, 이미 책값으로 지불한 9만 파운드가 한 푼어치로 변하는 순간까지 가치가 똑똑 떨어지는 걸 쳐다보고 있어야 한다. 책의 가치가 높을수록 압박감도 강해지기 때문에 나의 경우 고가의 책을 구매할 때 믿을 수 없을 만큼 힘든 시간을 보내곤 한다. 무엇보다 어깨를 짓누르는 기대감의 무게를 감당하기가 너무나 부담스럽다. 더구나 도서 거래는 변덕스럽다. 거의 팔았다고 생각하는 순간 뒤집히기 일쑤다.

　　이런 식으로 일이 잘못된 좋은 예가 우리 서점에서 몇 년 동안 재고로 가지고 있던 『카지노 로열*Casino Royale*』(1953년에 출간된 영국 작가 이언 플레밍의 첫 번째 소설이자 최초의 제임스 본드 소설이다) 사본이다. 이 책을 수만 파운드에 팔려고 내놨으니까 사들일 때 우리가 어느 정도의 금액을 치렀는지 짐작할 수 있을 것이다. 대략 가슴이 철렁할 금액이라고 생각하면 된다. 이 특별한 책의 귀중한 점은 이언 플레밍이 친필 서명을 했다는 것이다. 이미 아주 희귀한 책이었던 것치고는 대단히 이례적이었다. 우리는 출처를 추적하는 몇 가지 서류를 확보해 두었고, 동료 서적 판매상(이 분야의 전문가)에게 서명이 진짜라는 보증도 받았다. 틀림없었다. 그런데 어쩌나. 어마어마한 가격표가 붙은 책을 거래한다는 것은 (소문날 만한 일이 생길 경우) 전체 거래 시장에 그 소문이 놀라운 속도로 퍼진다는 뜻인 것을! 서명이 가짜라는 루머가 돌기 시작한 건 그로부터 얼마 되지 않아서였으며, 『카지노 로열』은 하루아침에 팔 수 없는 책이 되어버렸다. 서적 판매는 신뢰에 기반한 게임이며 가십은 빠르게 퍼져나간다. 아주 조그만 의심의 불씨만으로도 판매 가능성은 맨 밑바닥까지 곤두박질친다.[+] 이 책은 결국 루머가 사라질 때까지 서가에서 치워졌다.

[+]   서명을 검증하려고 해본 적이 있는 사람이라면 그게 얼마나 불가능에 가까운 일인지 알 것이다. 과거에 우리가 접촉했던 서명 전문가들이 한결같이 자기들이 확실히 보증할 수 있는 건 전혀 없으며, 실제로 제공해 줄 수 있는 건 최선의 추정뿐이라고 말했다. 믿을 수 있으려니, 하고 안심하는 건 도움이 되지 않는다고 덧붙이면서.

그런데 막대한 액수의 돈에 관해 이야기하다 보면 상황이 아주 이상하고 비현실적으로 돌아갈 때가 있다. 명화를 사들이는 미술관급 지출 수준으로 액수가 올라가면 고객들은 책을 소유하는 문제에는 크게 집착하지 않는 경향이 있다. 소서런은 유명한 조류 삽화가인 존 굴드*John Gould*(1804~1881. 영국 조류학자, 다윈의 진화론에 공헌한 것으로도 유명하다-옮긴이)의 작품을 오랫동안 보유하고 있었다. 작가 사후 19세기에 사들인 것인데, 이 귀중한 조류 인쇄물들의 방대한 더미는 백 년이 넘도록 지하실에서 지하실로 옮겨지기만 했다. 우리가 나서서 이걸 어떻게든 해야 하지 않겠느냐고 생각할 때까지는 그랬다는 뜻이다.[+] 그 후로도 이 작품들에 붙은 천문학적인 액수를 감당할 수 있는 누군가를 찾는 데 다시 몇 년이 소비되었다. 결국 이 엄청난 컬렉션이 팔렸고, 내 기억이 맞다면 새 주인은 이것들을 구매한 즉시 도서관에 기증했다. 도서관에서 그의 이름을 건물의 날개벽에 새겨 넣은 것은 기발한 아이디어였다.

젊은 책 판매인의 한 사람으로서 나는 단단히 마음을 먹고 고가의 책들이 거래되는 모습을 지켜본다. 그런다고 책 판매 실

[+] 포장 부서에서 이 인쇄물 더미 일부를 카드놀이용 탁자로 사용하던 시절이 있었다.

적이 획기적으로 나아지는 건 아니지만 심장이 떨려서 아무것도
하지 못하는 상태에서는 벗어날 수 있을 테다. 이게 내 진정한 바
람이다. 엄청나게 성공한 북 딜러가 되고자 한다면 도박꾼의 마
인드가 필요하겠지만, 나는 눈이 휘둥그레지는 품목을 다루면서
온갖 고생을 하며 만신창이가 되느니 적당히 성공하는 쪽이 훨씬
좋다.

18

소서런의 미스터리한 저주

많은 이들에게 인정받는 오래된 서점에는 으레 창립 시절까지 거슬러 올라가는 미스터리와 저주 몇 가지가 깃들어 있기 마련이다. 소서런의 역사는 1760년대 초반에 시작되었다. 1대 소서런이 서점을 열기로 결정한 시기다. 더는 약재상으로 살고 싶지 않다고 결심한 소서런이 토드라는 동업자와 함께 은퇴한 북 딜러의 재고들을 사들였다. 두 사람은 요크에서 함께 사업을 시작했는데, 곧 사이가 나빠졌다. 당시의 불화가 현재까지 이어져 내려오지는 않았지만 회사의 전기 작가가 수 세기 후에도 그 흔적을 찾을 수 있을 정도로 분위기가 험악했던 듯하다.[+] 그 후, 소서런의

+ 역사를 온전히 알고 싶으면 빅터 그레이*Victor Gray*가 쓴 『북맨*Bookmen*』을 권한다. 가벼운 읽을거리라고는 할 수 없지만 대단히 포괄적인 내용을 다루고 있다.

상속자 중 한 명이 모종의 불분명한 문제에 휘말려 나라의 반대
편으로 이주해야 했을 때 런던 지사가 문을 열었다.

　중간은 건너뛰고 약 백 년 전 이야기를 해 보면, 그 무렵 마
지막 헨리 소서런이 서점을 나서다가 피커딜리에서 전차에 치이
는 사고가 발생한다(혹은 그렇게 전해진다). 당시의 뉴스 단신들에
서 조금씩 이야기가 다르기 때문에 정확한 상황은 알 수 없다. 누
군가는 그가 술에 취해 으르렁거렸다고도 하고 또 누군가는 전차
가 아니라 자동차였다고도 했다. 미묘한 차이가 있기는 하지만
모든 이야기에서 일치하는 지점은 그가 서점에서 멀지 않은 장소
에서 죽었다는 사실이다. 그의 유령이 하필 이곳에 머무는 이유
가 충분히 짐작된다.

　유령이라고 해서 다 악하기만 하지는 않듯이 헨리 역시 아예
이성을 상실한 유령이라고는 할 수 없다. 우리가 아는 한 그는 사
람을 죽이지는 않았다. 가스를 누출시키거나 화장실 거울에 불안
을 유발하는 글을 쓰지도 않는다. 그렇다. 헨리는 매너 있는 유령
이다. 비록 이상한 일로 신경질을 부리는 경향이 있기는 하지만.
따라서 아무도 없을 때 책이 선반에서 스스로 튀어나오는 등 설
명할 수 없는 모든 사건은 헨리가 그런 걸로 생각하고 있다. 어떤
경우에 그가 욱해서 잠긴 상자가 삐걱거리며 저절로 열리고 책장
들이 엉망으로 흔들리는 상황을 연출하는지 정확히 알 수는 없지

만, 그가 우리가 내리는 결정을 상당히 신랄하게 바라본다는 것
만은 일관된 반응으로 짐작할 수 있다.

　서점의 계단통 위쪽에 소서런 가문에서 유명한 두 사람의 초
상화가 걸려 있다. 토머스와 그의 아내 마리아라고 했다. 이들은
한때 소서런 왕조의 주축이 되는 핵심 인물이었으나 지금은 먼지
가 낀 추억 정도로만 흔적이 남아 있다. 토머스는 다소 깔보는 듯
한 표정을 짓고 있고, 마리아는 그런 그가 신물 난다는 듯한 얼굴
이다. 예전에는 두 사람이 각자 분리되어 지하실에 보관되어 있
었는데 최근에 위층으로 옮겨 이제는 들고나는 사람들 모두를 품
평할 수 있게 되었다. 그들로서야 나쁠 게 없을 테다. 아무리 지금
의 처지가 나쁘다고 한들 단 하나 남은 다른 소서런 기념물보다
훨씬 나은 처지임에는 동의할 수밖에 없을 것이다. 길 건너 교회
벽에 설치된 조그맣고 초라한 세면대가 바로 이런 경우인데 며느
리인 로제타에게 헌정된 이 기념물은 현재 비둘기가 볼일 보는
장소로나 쓰고 있다.

　모든 오래된 서점에는 시간이 지나면서 점차 유령 한둘쯤 붙
어 있기 마련이다. 적어도 나는 그렇게 믿고 싶다. 대표적인 예로
버클리 광장에 건물을 소유한 우리의 경쟁 서점 한 군데에도 꽤
유명한 유령이 사는데, 이 유령은 비명을 질러 사람들을 놀라게
하는 걸 좋아한다고 알려져 있다. 이 서점은 자신들의 공간에 사

악한 영혼이 깃들어 있다는 평판을 만회할 방법이 없어 골치를 앓는다. 그러니 다행이라고 생각할 수밖에. 우리는 몇 가지 반사회적인 행위로 만족하는 조용한 유령과 함께 지내는 셈이니 말이다. 더욱이 이제 그는 누군가 화장실에 갈 때마다 파이프를 한 시간씩 덜컹거리는 짓도 하지 않기로 한 상태다.

헨리가 비교적 순한 거주자이기는 해도 사실 소서런이 오랫동안 재정적으로 격동의 시절을 보내야 했던 이유 역시 이 유령에게 있다(상식적으로 생각해도 이 이유밖에 없지 않나?).[+] 저주 걸린 책들이 유난히 우리 서점으로 몰리는 현상도 마찬가지의 이유다. 최근 몇 년 사이에 그의 분노가 좀 누그러든 것은 토머스와 마리아의 초상화를 지하실에서 계단통 위쪽의 버젓한 장소로 옮겨 놓았기 때문이 아닐까 싶다. 그때부터 재정 상황이 눈에 띄게 나아진 건 사실이니까 말이다.

소서런에서 저주받은 책의 전통은 『우마르 하이얌의 루바이야트 *The Rubaiyat of Omar Khayyam*』에서 시작된다. 페르시아의 천문학자이자 시인으로 알려진 우마르 하이얌이 쓴 4행시들을 영어로 번역한 책이다. 이 책은 셀 수 없을 정도로 거듭 재발행된

[+] "소서런이 폐업까지 일 년 남았다는 말은 1761년부터 늘 있었어"라는 농담이 전해 내려오는데, 특히 회계를 다루는 부서에서는 일상적으로 이 말을 한다.

텍스트 중 하나로, 자신의 서재를 오로지 루바이야트로만 채웠다고 자랑하는 수집가가 있을 정도다. 20세기 초, 소서런(여느 때와 달리 일시적이기는 하지만 유별난 현금 과잉으로 몸살을 앓고 있었다)은 재능 있는 제본업자인 산고르스키와 서트클리프에게 이 책을 대단히 퇴폐적인 형태로 만들어 달라고 의뢰한다. 눈부신 보석 장식 장정으로 책을 부활시키는 것으로 명성이 높은 사람들이었으니 소서런 측에서는 값은 '문제가 되지 않는다'고 했을 테고, 결국 지금까지 만들어진 책 중에 가장 비싼 책이 탄생하게 되었다. 그런데 산고르스키의 민속학에 대한 무지에서 비롯된 오해 때문에 책의 앞뒤 표지가 화려한 공작 문양으로 장식되었다. '악의 눈'이 너무 많이 달린 공작 문양은 불운의 상징으로 여겨지는 것이 관례였다.

　거만을 떤 대가였다. 소서런은 이 책을 팔 수 없겠다는 사실을 깨달았다. 사실은 1911년에 값을 많이 내려서라도 새로운 구매자를 찾아보려고 책을 뉴욕으로 실어 보내기도 했었다. 그런데 슬프게도 책이 뉴욕에 도착하자마자 세관에서 수수료가 부과되었고 소서런은 그 돈을 내지 않기로 했다(이미 있는 돈을 죄다 보석으로 뒤덮인 책에 쏟아부은 상태였으므로). 책은 다시 대양을 건너는 항해 끝에 런던으로 되돌아왔고, 경매를 통해 '비참한 가격'에 가브리엘 웰스라는 미국인에게 팔렸다. 그런데 이번에는 책이 원래

실어 가기로 한 배편을 놓치고 대신에 첫 항해에 나서는 호화 여
객선에 맡겨지는 일이 생긴다. 이 호화 여객선 타이타닉에 실린
책은 지금도 바다 밑에 있다. 재앙은 이것으로 끝나지 않는다. 환
상을 좇는 책 제본업자 산고르스키가 책이 가라앉고 나서 몇 주
일 후에 익사한 것이다. 동업자를 잃은 서트클리프가 책을 다시
만들었고, 이때 만든 책은 안전한 은행 비밀 금고에 보관되어 있
다가 독일의 공습으로 산산이 조각났다.

무슨 말인가 하면, 책에 저주가 걸리는 일이 불가능하다고
말하는 사람들은 아직 그런 책을 만나지 못한 것뿐이라는 뜻이다.

저주에 걸린 책을 파는 소서런의 전통은 오늘날까지도 강력
하게 남아 있다. 문제의 박을 제외하고 최근에 앤드루가 사들인
것 중 예술 장정 카테고리에 넣어야 할 정도로 굉장히 멋진 책이
한 권 있다. 책의 가치가 오로지 제본업자의 기술에 달려 있으며,
가죽을 입힌 벽돌이라고 부를 만한 책이다. 불필요한 금장식이 가
득 달려 관심을 강요하는 듯 호화로운 장정의 이 책은 『패니
힐Fanny Hill』(1748년 런던에서 처음 출판된 영국 소설가 존 클리랜드의
에로틱 소설. 원제목은 '기쁨의 여인의 회고록Memoirs of a Woman of
Pleasure'이다. 소설 형식을 띤 최초의 포르노로 여겨져 재판에 넘겨지고
금서가 되기를 반복했다−옮긴이)의 사본이다. 이쯤 되면 짐작할 수
있겠지만 이 책은 점점 우리의 목에 둘러맨 앨버트로스가 되어가

고 있었다. 모르긴 해도 앤드루는 내가 생각하는 것 이상으로 오랜 시간을 이 책을 인수해 갈 사람을 찾는 데 썼을 것이다. 그런데도 꿈쩍 않고 서가를 지키는 책이 이제는 불운의 부적처럼 느껴지기 시작했다.

이 책은 멀리서도 눈에 띄었다. 따라서 일반 문학 서가에 함께 꽂아 둘 수가 없었다. 자칫하면 책의 진열대를 점잖은 분위기에서 흥청거리는 카니발 분위기로 바꿔 버릴 수 있기 때문이었다. 이 책이 꽂혀 있으면 불꽃에 나방이 꼬이듯 지나가던 사람들이 호기심으로 모여들게 될 게 뻔한데, 삽화를 슬쩍 보기만 해도 어떤 내용이 담긴 책인지 한눈에 알 수 있었다.『패니 힐』을 집어 든 사람들 대다수가 자신들이 어떤 일을 겪게 될지 알고 있었을 것 같지는 않았다. 그들 중 일부는 몇 가지 새로운 사실을 알게 되면서 얼굴을 붉히며 제자리에 다시 꽂아 놓기도 할 터였다. 앤드루는 적어도 일주일에 몇 번 정도는 그 책을 사람들에게 권하곤 했는데, 이 말인즉슨 운 나쁜 낯선 사람들이 부탁하지도 않은 18세기 영국의 관능과 맞닥뜨리는 바람에 불편한 상태로 거기서 있게 된다는 의미였다. 이 문제의 책은 온갖 카탈로그에 전부 실리면서 우리의 내부 사정이 대단히 절박한 것처럼 보이게 만들었다. 물론 우리도 그렇게 느끼기 시작한 참이었다. 책을 사들이고서 일 년 후쯤, 어느 부유한 스마우그가 다른 문학 작품들과 함께 이 책도 주문했는데, 곧 되돌아왔다. 너무 '불편한' 책이라는 이유에서였다. 이 고객은 지금 세상을 떠나고 없다. 이후 두 번째 고객은 책을 주문해 놓고 우리가 발송하기도 전에 종적을 감춰 지금까지 소식이 없다. 세 번째 고객은 책을 주문했다가 책등이 손상된 채로 돌려보냈는데 (당연히) 자기는 모르는 일이라고 잡아뗐다.

책 판매인이라는 직업은 시시때때로 저주에 걸린 책과 만나는 일에 익숙해질 수밖에 없다. 유감스러운 것은 누구를 붙들고 이런 이야기를 해도 신빙성을 지지받을 수 없다는 점이다. 회계부서 또는 이사회의 연례 리뷰에서 설명하기도 대단히 어렵다. 재고 품목 중에서 일부를 실제로 판매할 수 없는데, 그 이유가 책을 사는 고객을 계속해서 죽여버리기 때문이라고 어떻게 설명하겠는가.

저주에 걸린 책, 크립티드의 출몰, 알게 모르게 비워지는 쓰레기통의 회오리 속에서 몇 달이 지나갔다. 월급이 얼마 들어왔는지 확인할 시간도 없을 만큼 혼란의 연속이었다. 낯선 사람들, 어둠 속의 소음 속에서 나날들이 흘렀다. 오후에는 고서적 용어집을 정신없이 탐독하며 보냈다. '이 『폭풍의 언덕』 사본은 개가 물어뜯은 것이 분명하다'라는 말을 어떻게 표현하면 좋을지를 알아내고 싶어서였다. 그렇게 갖가지 상황들을 벗어날 유일한 방법들을 익혀 나가면서, 온갖 일들이 있었지만 적어도 이곳 서점이 나에게 견고한 버팀목이 되어주리라는 믿음이 생겼다. 내게 어떤 비참한 상황이 생겨도 서점의 사방 벽이 내 머리 위로 무너지지는 않으리라는 것, 그것만이 나의 위안이었다.

음, 늘 그렇듯 이번에도 내가 틀렸다.

2부

예술과 건축

새크빌스트리트라는 지역적 특성,

서점의 지형 및 두드러지는 건축적 특징

소서런은 오래된 건물에 자리한 오래된 서점이다. 그렇다 보니 짐작하시는 대로 모든 서가 아래에는 온갖 교묘한 건축적 선택들이 묻혀 있다. '예술과 건축' 부문은 이미 수년 전에 폐지되었지만, 남은 책을 걸러내는 느린 과정은 여전히 진행 중이며 실제로는 영원히 끝날 것 같지 않다. 소서런이라는 서점의 외피가 사람들에게 영향을 미치는 방식에 대해서는 할 말이 많으며, 그 반대 또한 마찬가지다.

종교적인 용도로 추정되는 튼실한 성서 낭독대.
독수리가 두드러지게 조각되어 있다(추가 배송료가 필요한 품목).

19

대격변을 맞이하며

만약 내가 독자 여러분에게 소서런이 결코 변하지 않는 곳, 시간
이 멈춘 곳이라는 인상을 심어주었다면 나의 잘못이다. 서점을
단순하게 그런 식으로 생각하면 마음이 편해지기는 한다. 과거에
닻을 내리고 세월의 흐름에 전혀 흔들리는 법이 없는 곳. 그러나
실제로는 변화를 거부하는 서점은 붕괴하여 역사의 흐름 속으로
사라지는 일이 일상다반사다. 서점들은 원래 재정적으로 신뢰할
수 없기로 정평이 나 있고, 더러 1세기도 안 되어 재정 파탄의 물
결에 휘말리기도 한다. 소서런은 1761년부터 지금껏 운영 중인
세상에서 가장 오래된 서점으로 손꼽힌다. 그러나 이 말은 맞기
도 하고 여러모로 틀리기도 한다. 소서런이 처음 문을 열 때와 같
은 서점이 아니기 때문이다. 우선 소서런 일가는 모두 오래전에
세상을 떠났다. 또한 서점은 요크에서 개점했지만, 지금은 런던

에 있다. 정신 나간 책 두꺼비처럼 이리저리 폴짝거리며 몇 차례 이전한 끝에 새크빌스트리트에 자리 잡게 된 것인데, 그때의 행색은 바람 빠진 풍선 같았다고 한다. 무슨 말인가 하면, 소서런은 결코 변화에 낯설지 않다는 뜻이다. 새크빌스트리트에 있는 동안에 건물의 일부 층을 반만 써야 하는 일도 겪었다. 우리가 마땅히 확보했어야 할 지분의 절반도 차지하지 못했다.

그렇기에 대격변 Great Upheaval(소서런 서점의 총체적 리모델링과 그로 인한 변화를 가리킴-옮긴이)의 시기가 왔을 때도 이곳의 거주자들은 총체적 난국으로 받아들일 필요가 없었다. 여기서 잠깐 대격변에 대해 알아보고 넘어가야 오늘날 소서런의 상황을 이해할 수 있을 것이다. 애벌레의 생태학을 잘 아는 사람이라면 이 가련한 생물이 스스로 자기 몸을 가두었다가 액화한 후 재구성하는 과정을 거쳐 나비가 되는 과정 역시 이해할 것이다. 대격변기의 우리가 그랬다. 정말 놀랄 만한 사실은 소서런이 수십 년 동안 영업을 중단하는 일 없이 그럭저럭 평화와 번영을 누려왔다는 것이다. 지금의 단골손님들 혹은 이곳을 기억하는 사람들 누구에게든 소서런은 처음부터 새크빌스트리트에 있었다. 내부는 한결같이 동굴 같은 1층을 가로질러 펼쳐져 있다. 중간에 따로 한 층을 만들어 보려 했던 슬픈 실험의 기억도 희미해지기 시작했다.

문제의 발단은 1930년대의 새크빌스트리트로 거슬러 올라간다. 꾀바른 경쟁자들이 죄다 적정한 값에 부동산을 사들이려고 찾아보는 동안 당시 매니저였던 사람 좋은 스톤하우스 씨가 새크빌스트리트 2-5번지에 있는 건물에 세를 들기로 정해 버렸다. 아마 나중에 기회가 되면 건물을 사들일 수 있으리라고, 그는 분명히 그렇게 생각했을 것이다. 이 결정이 남긴 망령은 21세기에 부활하여 다시 서점을 괴롭히게 되는데, 부동산 시세가 급등하여 새크빌스트리트 같은 저주받은 골목의 건물에도 프리미엄이 붙게 되었다. 그 결과 집주인들은 (자신들의 땅과 건물에서 가능한 한 많은 피를 뽑아내고 싶은 열망에 가득 차서) 서점의 월세를 시세에 맞춰 올리기로 했다. 이제나저제나 기다리며 머리 위를 빙빙 도는 독수리 날갯짓 소리가 들릴 지경이었다.

사람들이 임대료 때문에 불평하는 일은 늘 있었던 것 아니냐고 할 수 있겠지만, 그런 일반적인 이야기가 아니다. 서점은 사업 특성상 이례적일 만큼 서글픈 입장에 몰릴 수밖에 없기 때문이다. 무엇보다 서점은 다른 소매업들에 비하면 터무니없다고 할 정도의 넓은 바닥 공간이 필요하며, 그래야 제 기능을 할 수 있다. 여기에 낮은 수익으로 악명 높은 업종인 것까지 더하면 '신경쇠약의 수준에 이른 비즈니스의 레시피'가 완성되는 셈이다.

우리는 '파워스 댓 비*Powers That Be*'(특정 영역에 대해 집단으로 권한을 보유하는 개인이나 그룹-옮긴이)에 대해 별달리 말을 하지 않는다. 파워스 댓 비는 이사이자 후원자이자 필요할 때는 날카 롭게 올바른 방향성을 제시하기도 하는 지금의 서점 주인들이다. 헨리 소서런이 사고로 세상을 떠난 후 회사는 부유한 서적 판매 인 겸 수집가였다가 자선가로 변모한 인물에게 선택되었다. 그가 세상에는 소서런 같은 곳이 필요하다고 여긴 덕분이다.[+] 이후에도 서점은 이 손에서 저 손으로 넘겨졌지만, 그때마다 호의 가득한 책 애호가들의 따뜻한 품을 벗어나지 않았다. 현재 주인들의 소 유가 된 것은 몇 십 년 전의 일로, 이후 이들이 변화무쌍한 시장 의 변덕 속에서도 꿋꿋이 서점을 보호해왔다. 우리가 이분들을 실제로 만나는 일은 거의 없다. 자선가인 책 애호가들에게 기대 할 수 있는 태도, 즉 좋은 의도로 한발 물러서는 거리 두기를 실 천하고 있기 때문이다.

   물론 이따금 그들이 서점에 들르는 일이 없지는 않았다. '파 워스'는 바쁜 와중에도 소서런에 들러 상황을 확인하곤 했는데, 그 이유가 단지 넓고 소란한 상업 세상에서 잠깐 벗어나 서점에

[+]   이 가브리엘 웰스 한 사람의 이야기만으로도 책 한 권을 채울 수 있지만, 그는 소 서런 웹상에서 찾아볼 수 있는 위대한 인물 중 한 명으로만 남게 된다. 1928년에 서점을 매입하면서 거의 파산 지경에 빠진 소서런을 구한 것은 웰스였다. 그러나 이는 마치 블 랙홀을 사들이는 일이나 마찬가지였고, 그는 자신의 결정으로 입은 피해를 끝내 회복하 지 못했다.

들러 조용히 차 한잔을 마시고 싶은 게 아닐까 싶기는 했다. 그러던 파워스가 '뭔가를 해야 해'라는 결단을 내려야 하는 날이 오고야 말았다. 사실 요즘 같은 시대에는 런던 중심가의 상점 임대료가 해마다 오르는 게 놀랄 일도 아니긴 해서 무슨 조치가 있지 않을까 생각하고는 있었다. 결국 벽, 바닥, 천장 등 건물의 여러 중요한 부분을 바꾸는 작업에 들어갔다. 건물 내부 배치를 개선하겠다는 계획하에, 서점의 한쪽을 떼어내 작은 기업체에 내줘서 월세에 보태기로 했다.

그렇게 대격변의 첫 진동을 느낀 후 일 년이 지났다. 내가 알고 있던 우중충하고 먼지 쌓인 서점은 전쟁터로 변해 있었다. 벽에는 여기저기 동굴이 패이고, 책장들이 안팎으로 들고났다. 책이 담긴 상자들은 런던 여기저기에 둥지 없는 새들처럼 흩어졌다 옹기종기 모였다. 위층 전체를 해체했다가 다시 설치하여 공간 일부를 임대할 수 있도록 설계했다. 카탈로그룸(내가 가장 좋아하는 방이다. 바깥세상에서 동떨어진 조그맣고 외딴 천국이라고 할 수 있을)이 헐려 갤러리 공간으로 대체된 게 내게는 뼈아픈 손실이었다. 그러나 서점의 반격도 만만치 않았다. 1층의 거대하고 무시무시한 금속 금고들은 도저히 움직일 수 없다는 결론이 났다. 이 금고들은 갤러리룸의 표면에 유쾌한 그림자를 드리우며 남게 되었다.

먼지가 가라앉고 나자, 서점은 이전과 같지 않았다. 여전히 소서런이기는 했지만 달랐다. 어딘가는 작아졌고 또 다른 데는 넓어졌다. 우리는 어찌어찌 유령이 깃든 상자들을 지켜냈고(물론 제대로 닫히지 않는다), 삐걱거리는 가구들도 천천히 그러나 확실히 서점으로 다시 슬금슬금 들어와 자리를 잡았다.

20

차선의 업무용 책상

변화는 기회를 데려온다. 서점이 느릿느릿 재배치되는 내내 책장들은 마치 새로운 시도에 항의하는 것처럼 삐거덕대며 끙끙거렸는데, 그러던 중에 특이한 가구와 비품들이 여럿 모습을 드러냈다. 지하실에서는 벌집 모양의 도자기통이 튀어나왔는데, 절망의 냄새라고 할 만한 분위기가 배어 있었다. 이 통은 몇 개의 선반으로 옮겨 다니다가 그 근처에 앉은 직원이 뭐라고 귀엣말을 하는 바람에 (게다가 몇몇 고객들이 꼬치꼬치 캐묻기도 했다) 탁자 아래로 치워졌다. 가려져 있어 보이지 않던 철제 상자도 두 개 발견되었는데 그중 하나는 당장 문구 상자로 선택받았다.[+] 그러나 발굴된

[+] 나머지 하나는 지금까지 열어보지 않은 채로 있다. 흔들면 안에서 뭔가 덜컥거리는 소리가 난다.

물건들 중 최고는 누가 뭐라 해도 값비싼 마감이 된 커다란 집필용 책상이었다. 나 같은 처지에 놓인 사람(여전히 발판으로나 어울릴 법한 책상에 걸터앉아 있는)이 간절히 바랄 만한 종류의 책상이라고 할까. 이 책상에 견주면 지금의 내 책상은 종이 누르개 정도로 보였다.

서점의 새로운 배치가 뚜렷해지기 시작하자 나는 이 책상을 확보할 계획을 세우기 시작했다. 이 책상이 내게 온다면 사탄이 만들었나 싶을 정도로 터무니없이 작은 책상에 구속되었던 지난날에 대한 보상이자 정의가 구현된 게 아닐까 싶을 정도였다. 놀랍게도 앤드루(개보수 작업 이후 평소보다 먼 데를 바라보는 시간이 부쩍 늘어난)는 내 청을 두말하지 않고 들어주었다. 나름대로 연습까지 해가면서 간절한 탄원을 늘어놓았는데 내 쪽을 한번 쳐다보지도 않고 그러라고 한 것이다. 그리하여 널찍한 책상이 출입문 근처에 놓이게 되었다. 평소라면 그렇게 하지 않았을 텐데 유별난 복수심이 솟구쳤던 나는 조그만 책상을 칼같이 치워버렸다. 다시는 무고한 사람이 이 책상 때문에 고통을 겪게 하지 않겠다는 의지였다.

기쁜 마음으로 큼직한 칸막이를 가져다 설치하고 그간 획득한 물건들을 마음껏 늘어놓았다. 책 판매를 오래 한 이들이라면 자신의 관심사에 특화된 참고 도서 세트를 마련해서(대개는 도서

관이나 다른 딜러들에게서 빌린다) 책상을 장식하는 게 관례인데, 책
상이 커지면서 마침내 내게도 그럴 여유가 생겼다. 나는 얼른 커
리*Lloyd W. Currey*(북 셀러이면서 카탈로그 저작자-옮긴이)의 『공상
과학소설 및 판타지 작가들*Science Fiction and Fantasy Authors*』,
개스켈*Philip Gaskell*(서지학자이자 도서관 사서-옮긴이)의 『새 서지
학 입문*New Introduction to Bibliography*』 등의 참고 문헌을 가
져다 놓았으며, 떠올리고 싶지 않은 물건들을 감추는 데 딱 알맞
은 서랍도 여럿 가지게 되었다.

　　마침내 나는 새 책상에 두 발을 걸쳐 놓고 승리의 온기를 만
끽하며 꽤 귀중한 18세기 연감의 페이지를 멍하니 넘기고 있었
다. 내 뒤쪽의 문이 열렸으나 신경 쓰지 않았다. 누군가 들어오기
는 했겠지만, 그가 누구든 내가 획득한 새로운 영토의 지도를 숙
지할 때까지 느긋하게 기다려줄 수 있다. 앞서 우리 서점의 운명
을 거머쥔 권력자들이 실제로 서점을 찾아오는 일은 거의 없다고
말한 것을 기억할 것이다. 워낙 바쁜 분들이므로. 거기에다 내가
좀 안이해진 측면이 있었을지도 모르겠다. 잠시 후에 다시 한번
예의 바른 기침 소리가 났고, 그제야 나는 '서점 주인'이 온 것을
확인하고 몸을 바로 하려다가 깜짝 놀라 벌떡 일어서면서 한바탕
법석을 일으켰다.

　　서적 판매인들은 지나가는 사람들의 의견에는 크게 흔들리

지 않지만 파워스 댓 비가 하는 말은 아무리 사소한 논평이라도 심각하게 받아들인다. 그런데 때마침 들른 이분이 지나가는 말처럼 고가의 내 책상에 관해 한마디하고 말았다(너무 크고, 놓인 방향이 잘못됐으며, 대단히 '재미있게' 생겼다). 그 말을 듣는데 내 무덤 위를 누가 밟고 지나가는 것처럼 몸서리가 쳐졌다.

　　다음 날 출근했을 때 나는 멋지고 널찍한 내 책상을 치워야 한다는 말을 들었다. 사실 책상은 치워지는 정도가 아니라 파괴당할 운명을 맞이할 참이었다. 앤드루는 이를테면 누군가를 위해 문을 잡아주는 걸 잊어버렸을 때나 할 법한 준비성 없는 사과를 건네왔다. 방금 누군가의 꿈을 부숴버리라는 명령을 받은 사람이 꿈이 파괴될 위기에 처한 사람에게 할 만한 사과는 아니었다. 곧이어 책상의 물건을 치우라는 명령이 떨어졌다. 그래야 파워스 댓 비가 다시 오기 전에 책상을 들어내 먼지로 만들어버릴 수 있었다. 나는 엄숙하게, 조금은 분개하며 달리 둘 곳이 없다면서 내 책들을 바닥 한쪽에 쌓아 놓았다. 쫓겨난 책상을 기념하는 나의 조그만 사당인 셈이었다. 너무 커서 간신히 들어올려진 책상은 결국 삐걱거리는 신음을 내지르며 끌려 나갔다.⁺

+　　나는 원칙적으로 원한을 품지 않으려고 최선을 다하지만 몇 가지 특별한 예외는 있다.

독자들이여, 나는 울지 않았다. 내가 할 수 있는 건 서점에서 멀리 내다보이는 퇴적장에 책상이 놓이는 모습을 쳐다보는 것뿐이었다. 작업자들이 일하고 있었다. 톱질 소리가 나기 시작하자 눈을 돌렸다. 그처럼 훌륭한 책상이 해체되어 불쏘시개로 쓰이는 건 정말 부끄러운 일이라고들 입을 모았지만, 그게 다 무슨 소용일까? 결국 우리에게 쓰임이 없는 물건이었을 뿐이다.

커다란 책상을 부수고 난 후 좀 지나서야 내 물건을 둘 곳이 필요하다는 사실을 깨달았다. 지하실을 뒤지는 조사가 시작되었고, 골동품 세면대 하나가 나왔다. 아래쪽 물받이를 발 받침대 삼아 다리를 한껏 구부리면 세면대 아래로 몸을 구겨 넣어 그럭저럭 앉을 수는 있을 것 같은 모양새였다. 그러다 간신히 구한 새 책상은 원래 책상보다도 작았다. 나는 책상을 들고 문 뒤쪽의 구석으로 자리를 옮겼다. 결국 처음보다 더 나쁜 상황으로 밀어 넣어졌다. 그 자리에서 사표를 집어 던지고 더 나은 보상이 주어지는 직업, 이를테면 차량 충돌 테스트용 인형 역할 같은 일을 찾아가자고 마음먹지 않기 위해 무진 애를 써야 했다.✛

그 무렵 나는 내 책상의 비극에 너무 정신이 팔려 동료들의

✛　왜 그러지 않았느냐고? 아마 편안함에 길들여져서일 것이다. 새 일자리를 구하는 위험성이 온갖 불만을 잠재웠다고나 할까.

움직임에 크게 신경을 못 썼는데, 서점의 변화는 돌과 벽과 같은 물질에만 한정되지 않았다. 이런 사건들에 뒤이어 앤드루가 길 위쪽의 서점으로, 그야말로 연기처럼 사라졌다. 들리는 이야기로는 그가 꽤 잘나가고 있으며, 거기서는 스프레드시트가 어쩌고 하는 잔소리도 들을 필요가 없다고 한다. 소서런 정도의 서점을 감독할 강단을 지닌 사람이라면 더 차분한 삶을 꾸리고 싶었을 텐데, 같은 사실을 넘어서는 추측은 할 수도 없고, 하지도 않았다. 다만 나는 그가 내게 기회를 준 것에 대해 감사했고, 그가 떠나는 게 슬펐다.

　그가 떠나면서 서점은 새로운 매니저를 찾아야 했다. 앤드루의 후임을 맡은 사람은 자연사 부문 담당자에서 승진한 크리스였다. 그가 바로 소서런을 잿더미에서 일으키는 일을 관장하게 될 사람이었다.

21

사라진 기록보관소

아주 최근까지도 소서런의 웹사이트는 초기 컴퓨팅이 어떤 형태였는지를 보여주는 훌륭한 증거 역할을 했다. 거의, 전적으로 제 기능을 하지 않았다는 말이다. 클릭하는 순간 마음 한구석에서 배비지*Charles Babbage*(1792~1871, 영국의 수학자이자 기계 공학자, 근대적 자동 계산 기계 개념을 창시한 인물로 평가된다-옮긴이)의 유령이 짤깍거리는 것 같은 기분이 든다. 책을 구매하는 과정이 너무 복잡해서 (너그러운 사람들일 경우) 주문 후 며칠을 기다려 주문을 확인해야 하는 탓에 주문 자체가 기능적으로 불가능했다. 이 웹사이트가 고객의 돈을 벌어들이는 상점의 역할을 어찌나 대놓고 방해하는지, 판매 건수가 아주 운이 좋아야 두 자릿수를 기록할 정도다. 내가 보기에는 이런 상황에도 누군가 우리 사이트를 탐색한다는 건 어딘가에 우리에게 충성을 다하는 외골수 고객들이 있다는 증거가 아닐까 싶다.

거의 사용할 수 없을 정도의, 말하자면 걸음마 수준을 자랑하는 소서런의 웹사이트는 이 서점이 인터넷을 이용해 책을 파는 방식을 나쁜 방법이라고 생각하여 사이트 개선에 돈을 쓰는 걸 바보 같은 짓으로 여긴다는 걸 여실히 드러낸다. 그렇게 이 자기 충족적 예언('말이 씨가 된다'는 속담과 비슷한 의미다. 긍정적으로든 부정적으로든 기대와 소망이 어떤 일을 실현하는 데 영향을 미친다는 뜻-옮긴이)이 이십 년 넘게 서점을 떠받치는 사이 웹사이트는 우리의 눈과 마음에서 멀어진 채로 남게 되었다.[+]

오래된 웹사이트는 헨리 소서런 사가 얼마나 오래된 곳인지를 사람들에게 상기시키는 데 많은 공을 들였다. 사실 1761년은 서점들에게 괴로운 시절이었다. 빚더미에 올라앉은 책 판매인들 때문에 툭하면 사업이 바닥까지 곤두박질쳤고, 직원들은 각자의 탐욕에 빠져 일을 그르쳤으며, 그렇지 않으면 서점 주인들이 흔적도 없이 수수께끼처럼 사라지곤 했다. 아무튼 사이트상에는 1761년에 문을 연 소서런이 '세상에서 제일 오래된 서점'이라고 기재되어 있다. 거의 맞는 (그러나 꼭 그런 것만은 아닌) 말이다. 그

[+]   이런 상황 덕분에 가장 행복해진 사람은 제임스였다. 그와 컴퓨터의 관계는 '냉전'이라는 말로 표현하면 딱 알맞다.

런데 제일 오래됐다는 것 말고도 소서런이 고귀하고 고풍스럽게 보인다면 거기에는 제임스의 역할이 컸다. 제임스야말로 옛 시절의 유일한 목격자로서 창의적인 아이디어와 매혹적인 기억의 원천이므로. 그는 자기가 소서런에 관해 진실이라고 믿는 온갖 이야기들을 너무나 자주 사람들에게 확언했으며, 그의 진지한 확신에 감화된 사람들은 군이 엄청난 성가심을 감수하면서까지 팩트를 확인할 생각 같은 건 하지 않은 채 그의 믿음을 받아들였다.

에벌린 워*Evelyn Waugh*(1903~1966, 영국의 소설가, 평론가―옮긴이)의 책 구절에 소서런이 나왔다고? 제임스에 의하면 확실히 그렇다. 아니면 에벌린이 아니라 우드하우스*Pelham Greeenville Wodehouse*(1881~1975, 영국 태생의 미국 소설가, 유머 작가―옮긴이)였나? 그건 그때그때 다르다. 소서런이 로열 워런트*Royal Warrant*(제품 또는 생산자에게 영국 왕실의 문장을 붙일 수 있는 권리―옮긴이)를 가졌던가? 그렇고 말고. 그러나 지금은 없다. 기한이 만료되었으며, 갖가지 사건 사고 때문에 보여줄 만하게 남은 증거들은 없다. 역사적 증거라는 건 제임스에게는 빈티지 와인*vintage wine*(산지에서 풍작년도에 빚은 상표 및 연도가 붙은 고급 포도주―옮긴이)과도 같다. 특별한 경우를 대비해 보관해두기는 하지만 그걸 증명해야 할 특별한 경우 같은 건 생기지 않는다. 사실은 '세상에서 제일 오래된 서점'이라는 모티프는 그의 여러 가지 주장 중에서도 가장 말썽을 빚는 표현이다. 페루의 한 서점이 자기들이 세상에서 제일 오래됐다면서 우리 쪽 주장을 모욕으로 받아들여 주기적으로 은근한 협박을 해 온 것만 봐도 그렇다. 그러나 세부적인 부분들과는 별개로 전체적으로 보면 소서런은 풍부한 유산을 지닌 기관에서만 볼 수 있는 일종의 신비와 전설의 베일에 싸여 있다. 소서런의 웹사이트도 특정 부류의 사람들에게는 대단히 유혹적인 방식으로 서점의 역사를 서정적으로 표현하고 있다.

그러므로 숱한 학자들이 똥 무더기에 파리가 꼬이듯 소서런으로 모여드는 건 놀랄 일이 아니다. 다만 고서적 판매인들은 선의로 다가오는 학계에 대해 뿌리 깊은 두려움을 갖고 있다. 고매한 학식을 갖춘 대학들은 책 판매인들이 주식이나 사업, 때로는 회계 업무와도 거리를 두고 싶어 한다고 여기며 이를 신앙처럼 믿는다. 어쩌면 우리의 제임스가 너무도 확고하게 끊임없이 펼쳐 보인 음유시인과도 같은 서정성에 감화된 것일 수 있다. 또는 소서런의 레이블과 카탈로그가 영국 전역에 퍼져 있다 보니 부지런한 학자들이 열정적인 질문들을 품고서 서점의 문으로 향하는 길을 끊임없이 찾는 것일 수도 있다. '리퀘스트'라는 제목을 단 이메일, 신경 쓰이는 전화, 심지어 상단에 주소 등이 인쇄된 정중한 편지들이 거의 매일 서점의 문지방을 넘어 들어온다. 모두 소서런에 전해 내려오는 지식의 이모저모에 대한 답을 알고 싶다는 요

청(정중하다고 할 수 있는)이다. 이쪽 입장에서는 적어도 20년 정도
는 고생해야 답을 구할 수 있는 내용들이기는 하지만.

요청의 내용은 '1871년에 나온 극락조에 관한 소서런 카탈
로그 사본이 있습니까?' 또는 '호러스 머니보더의 인생을 조사하
고 있는데, 1901년에 귀사의 고객이었던 것 같습니다. 그의 구매
기록을 볼 수 있을까요?' 등이다. 대학과 칼리지들이 학기 중일
때는 이런 요청들이 도서 주문이나 실제 고객들의 문의보다 더
빨리, 더 자주 오곤 하므로 부지런하게 찾아보고 적절하게 응답
해 주려면 직원 몇을 더 둬야 할 정도다. 생초짜인 수습 직원으로
서 내가 이 요청들을 처리해 보려고 한 적이 있었다. 그러나 이내
그 이메일들이 내게 내려온 것은 정말 내가 그것들을 처리할 수
있다는 기대 때문이 아님을 알게 되었다. 단지 다른 사람 누구도
그 일을 하지 않는다는 뜻일 뿐이었다. 그 일은 별 뜻 없이 또 다
른 사람에게 넘겨졌고, 릴레이의 마지막 주자가 잠깐 고민할 일
이었다. 일전에 제임스가 무언가를 조사해 달라는 요청을 받아
나한테 넘기고 며칠 후, 내가 찾기 어렵더라고 양해를 구하러 갔
을 때 그가 나를 향해 지은 표정을 죽을 때까지 잊지 못할 것이
다. 그는 완벽히 어리둥절한 표정을 지어 보였다. 단지 그가 일을
맡겼다는 이유 하나로 내가 왜 그걸 완수해 내겠다고 고귀하고
자기희생적이며 파괴적인 탐구의 길에 나선 것인지 도무지 이해

할 수 없다는 표정이었다.

어쩌다 우리가 이런 요청 중 한 가지를 받아들이는 실수를 하기라도 하면, 그 결과는 십중팔구 그들이 찾는 답을 해줄 수 없다는 쪽으로 귀결된다. 이런 질문은 대개 시간의 안개 속에서 사라진 것들이나 소서런 직원들이 마지막으로 목격한 지가 적어도 수십 년은 된 보물들과 관련되어 있기 마련이다. 찾아보는 것만으로도 몇 주 정도는 쉽게 소요된다. 그러는 동안 학계 사람들의 긴장은 점점 높아지며, 어느 순간 그들은 그동안 묻고 싶었지만 끙끙거리기만 했던 질문을 던지고야 만다. '혹시 귀사의 기록보관소 좀 볼 수 있을까요?' 이 질문은 빠져나갈 수 없는 일종의 체크메이트나 마찬가지다. 질문 속에 솟구치는 희망과 눌러 놓은 두려움, 조용한 만족이 이상하게 뒤섞여 있다.[+]

기록보관소가 소실되었다는 것은 소서런에서는 공공연한 비밀이다. 여기서 '소실'이라는 말은 휴대폰을 잃어버렸다거나 지갑을 분실했다는 의미가 아니라 아틀란티스 또는 바빌론의 정원이 사라졌다고 할 때의 그 의미다. 제임스가 고집스럽게 기록들

[+]   내가 생각하기에도, 관록을 자랑하는 학자들과 연구자들이 소서런의 자취를 좇으면서, 이 정도로 유서 깊은 조직이 철저하게 정리하여 분류해 놓은 기록보관소를 보유하지 않고 있다고는 생각하기 어려울 것이다. 참신한 낙관론이라는 생각이 든다.

이 '전쟁 중에 파괴되었다'고 주장하니 말이다.

　　그러나 이 문제는 소서런 창립 250주년 기념 이벤트와 맞물리면서 상당한 논란거리로 떠올랐다. 어쩌면 모두가 이 문제로 논쟁하는 데 질린 탓이었을 수도 있는데, 앤드루가 250주년 기념으로 회사의 역사를 빅터 그레이라는 학자에게 맡겨 정리하기로 한 것이다. 빅터는 단단히 마음을 먹고 이 일을 맡겠다고 나섰다. 그는 우선 서점과 관련된 온갖 스크랩을 있는 대로 끌어모아 조그만 기록보관소를 구축했으며, 전국의 도서관과 지방 자치 단체의 기록보관소를 샅샅이 뒤져 남아 있는 회사의 흔적을 찾아냈다. 그 모든 것을 상자에 깔끔하게 정리하고 라벨을 붙였다. 얼마나 부지런한지 지켜보는 사람이 감동할 정도였다. 떠나기 전에 그는 이 새롭고 소박한 기록보관소의 순서를 자세히 설명하는 작은 카탈로그까지 작성해 놓았다. 그렇게 열심히 일한 그는 집으로 돌아갔고, 모르긴 해도 일을 잘해냈다고 자축했을 것이다.

　　그런데, 독자 여러분. 이 두 번째 기록보관소도 소실되었다.

　　정확히 언제인지는 확실치 않다. 분명한 사실은 그 일로부터 몇 년 후, 내가 상자에 넣어둔 조그만 인쇄기를 찾다가 어두컴컴한 찬장 안에서 기록보관소를 안내하는 책자를 발견했다는 것이다. 호기심에 (그리고 수습 직원에게 밀려드는 자료 요청에 마땅히 내놓을 게 없던 참이기도 해서) 이 새 기록보관소가 어디 있느냐고 관리

자에게 물었는데, 아는 사람이 전혀 없었다. 버밍엄 창고에 보관
되어 있을지도 모른다는 어렴풋한 추측만 할 뿐이었다. 그러나
서점이 버밍엄에 있었던 적이 한 번도 없었고, 직원 중 그쪽에 사
는 사람도 없었다. 누가 왜 그걸 거기까지 보냈는지 말해줄 사람
역시 없었다.

22

오래된 책 보관법

'정장 신사들'이 정문을 통과하지 않은 채 서점에 나타났다. 그들은 짐짓 심술궂게 바지 멜빵을 튕기며 계단을 미끄러지듯 오른다. 세 명이다. 웬일로 평소보다 인원이 많지만, 평소와 똑같이 나무랄 데 없는 차림새다. 셋 다 정치 분야 근처를 맴돌다가 그중 한 명이 히드라의 머리처럼 갈라져 나와 내게 묻는다. 평소와 똑같다. 아인 랜드의 책이 있느냐는 것이다. 그들에게 책을 보여주고 몇 가지 설명을 덧붙였다. 그러는 동안 그들은 강풍을 만난 나무처럼 이리저리 움직거리고 흔들거린다. 이윽고 차례대로 책을 손에 들어보더니 지나치게 흰 치아를 드러내며 내게 웃어 보인다. "기쁘군요." 차례대로 말한다. "아주 좋아요." 그런 뒤 그들은 지금까지 한 번도 한 적 없는 질문을 던진다. "세월로 인한 손상은 어떻게 방지하나요?" 책은 말짱했다. 그 사람들, 우리가 어떤

방법으로 책들을 그런 상태로 유지하는지 비결을 알고 싶었던 것
이다.

우리는 막 책 수집가의 길로 들어선 사람들에게서 수집한 책
을 어떻게 관리하는지에 관한 질문을 많이 받는다. 아마 십중팔
구는 책 구입에 생각 이상의 돈을 쓴 상태일 것이고, 당연히 이런
질문이 마음속에서부터 부글부글 끓어오를 것이다. 시간의 흐름
을 붙들어 매고 불가피한 책의 노화를 늦추는 방법이 뭘까? 그들
은 자신들이 모르는 걸 우리가 알고 있다고 여긴다. 장사하는 사
람이니까 책의 불멸성을 보장하는 일종의 비밀스러운 기술을 갖
췄을 거라고 생각한다. 책을 사재기하러 나선 사람들의 환상을
너무 일찍 깨버리는 것도 실례가 될 수 있으므로 우리는 대개 빛
에 관해 이야기하는 정도로 마무리한다. 빛에 대한 혐오는 스마
우그와 드라큘라를 하나가 되게 하므로.

서점 안에 있으면 바깥 날씨가 어떤지 잘 모른다. 창가 공간
의 대부분을 책장이 막고 있어서 밖이 어렴풋하게만 보이기 때문
이다. 심지어 대격변 이후에도, 우리는 어떤 각도에서도 자연광
이 새어 들어오지 못하게 중심 창문에 키가 큰 책장들을 배치했
다. 그러나 유난히 밝고 맑은 날, 스모그가 잦아들고 태양이 사정
없이 머리 위로 내리쬐는 날에는 그마저 효과가 없다. 그런 날은
소서런의 직원이 서점 밖 길로 나가 3미터가 넘는 장대를 받쳐

들고 늘 하던 대로 건물 옆면과 창 겨루기에 몰두하는(누가 봐도 그렇다) 광경이 펼쳐진다. 겨루기라고 하지만 출전한 기사가 장대 끝의 갈고리로 계속해서 서점 창문 위쪽의 벽을 찔러대는 모양새라서 멀리서 보면 상당히 일방적이다. 이 난해한 춤사위가 인도 전체를 가로막고 보행자들을 다른 방향으로 돌아갈 수밖에 없게 하는 데다, 대개 해당 직원이 어두운 어조로 혼잣말을 중얼거리며 작업하기 때문에 누구든 못 보고 지나칠 수는 없는 광경이다.

이 작업을 매번 반복하는 이유는 기본적으로 빛에 대한 두려움 때문인데 제임스만은 유독 이때를 즐거워하는 것처럼 보였다. 그는 매일 하늘의 해가 뜨는 걸 창틈으로 엿보다가 심상치 않은 빛이 창문에 떨어진다 싶으면 놀라운 민첩성으로 잽싸게 움직였다. 서점의 어둑한 구석으로 경중 뛰어가 고리 달린 장대 하나를 집어 들고 거리로 나가는 것이다.

서점 앞 차양들은 다이달로스*Daedalus*(그리스 신화에서 미노스 왕의 미궁 라비린토스를 만든 전설적인 장인-옮긴이)의 감각으로 영리하게 디자인되어, 사용하지 않을 때는 보이지 않게 건물의 벽돌 안쪽으로 접히게 되어 있다. 분명히 건축가는 벽 속에 숨겨진 천막이 있고 매우 특이한 도구를 통해서만 천막을 꺼내는 이런 방식에 남들은 모르는 장점이 있다고 여겼을 테다. 장대 끝의 고리를 조그만 구멍에 섬세하게 밀어 넣은 다음 역시 섬세하지만 단호하게 도로 쪽으로 후진하여(새크빌스트리트를 어슬렁거리는 자동차도 간혹 있기는 해서 거기에 치일 위험을 무릅써야 한다) 당겨 젖히면 천막이 펼쳐지고, 커다란 차양이 책에 쏟아지는 햇빛을 막아준다.

그러나 이 독창적인 설계자는 몇 가지 단점을 설명하지 못했다. 첫째는 장대의 한쪽 끝 또는 양쪽 끝 모두에 지나가는 사람들이 찔리지 않고는 이 절차를 완료하기가 매우 어렵다는 것이다. 둘째는 천막이 완전히 펼쳐졌을 때 차양을 제자리에 고정하는 지지대가 180센티미터 이상인 사람에게는 빨랫줄 높이 수준으로 내려오기 때문에 여기에 부딪힌 장신의 보행자들이 무더기로 가벼운 뇌진탕을 일으킬 여지가 있다는 것이다.[+]

내가 수습 직원의 여정을 시작했을 무렵, 천막에는 보기 흉한 구멍까지 여럿 나 있어서 비를 막는 효과는 전혀 없었다. 이후 격변기를 맞아 새것으로 교체되었는데 이는 명백히 잘못된 선택이었음이 이내 드러났다. 날씨가 궂을 때면 사람들이 천막 아래로 모여들어 시끄럽게 전화 통화를 하기 시작한 것이다. '기존에 있던 것들은 하나도 손대면 안 된다.' 나는 이 말을 오랜 시간에 걸쳐 내면화했다.

[+]   내 생각에는 이렇게 된 사람들이 종잡을 수 없는 고객으로 진화한 것 같다.

차양을 작동시키는 일은 소서런의 비밀스러움을 자랑으로 삼는 제임스를 만족시키기 위한 것만은 아니었다(당연히 그런 부분도 있지만). 사람도 마찬가지지만 희귀 서적은 거의 예외 없이 상하기 쉬운 유기물로 제작된다. 우리가 몇 시간 내내 햇볕에 나가 있으면 볕에 타듯이, 책을 보호물 없이 눈부신 햇빛에 노출하면 변질되기 시작한다. 오래전부터 서점 뒷벽 쪽에 나 있는 두 개의 커다란 채광창을 통해 자연광이 바닥을 가로질러 반대쪽까지 비쳤는데, 내가 출근하기 시작했을 때는 이미 이 창문들에 갈색 포장지가 덮여 있었다. 오래된 서점에서는 채광이 느린 방화나 마찬가지라는 걸 깨달았던 제임스가 포장지를 이어 붙여 빛을 막은 것이다. 이제 매장 전면 창문에는 방사선 차단 필름이 부착되어 있고, 책장들은 낮 동안 가능한 한 직사광선이 비껴가도록 배치되어 있다. 이렇게 해도 소용없을 정도로 유난히 취약한 책들이 있는데 주된 이유는 다음과 같다.

1. **빨강과 자줏빛**. 이 두 가지는 금지된 색이다. 빛이 닿기만 해도 보기 흉한 분홍색이나 갈색으로 변색되기 때문이다. 특히 자줏빛은 갈변하는 정도가 심해서 사람들의 농담조로 언급할 정도다. 너무 그럴듯해서 주의하지 않으면 애초에 자줏빛이었다는 사실을 알아채지 못하고 갈색이라고 목록에

적어버리는 일도 있었다.

2. **벨럼.** 전통적으로 송아지 가죽으로 만들며, 아주 독특하게 납빛을 띤 흰색으로 마감 처리하는 비싼 장정이다. 그래서 더욱 빛뿐 아니라 온도 변화에도 대단히 민감하다는 게 안타깝다. 벨럼 책을 햇볕에 두는 건 죽은 거미처럼 짜부라지라는 말이나 마찬가지며, 한번 상하고 나면 되돌릴 방법이 없다. 상한 벨럼을 되돌리겠다는 건 누군가를 악의 소굴에 밀어 넣고서 몇 달 후 개과천선하는 기적을 기다리는 일이나 마찬가지다.[+]

책을 빛으로부터 보호할 수만 있어도 절반은 승리한 셈이다. 하지만 책들을 지하실의 어두운 상자 속에 감금해 두고 절대 꺼내 보지 못한다면 그것 역시 만족스럽다고는 할 수 없다. 결국 마음 깊은 곳에 깃든 사이렌의 암흑의 노랫소리에 유혹당해, 책을 꺼내 사람들 앞에 내놓는 경우가 필연적으로 생기기 마련이었다. 그런 식으로 몇몇 희귀 서적들이 장작더미 위에 얹혔다.

[+] 제임스는 벨럼 재질은 모두 직원용 주방 뒤편에 있는 지하실의 비밀 찬장에 보관해야 한다고 주장해 왔다. 그는 주기적으로 내려가 잘 보관 중인지 확인하곤 했는데, 마치 그것들이 서늘하고 어두운 곳에서 자가 복제를 시작하는 게 아닌가 보러 가는 것도 같았다.

내가 이런 식으로 태양을 피하는 방법에 대해 열변을 토하고 있을 때, 정장 신사들이 거만하게 손을 내저으며 내 말을 막는다. 그러더니 자기네끼리 한쪽으로 가서 뭔가 상의한 뒤 다시 내 쪽으로 온다. 그렇게 간단할 리 없다는 게 상의한 결론인 모양이었다. 책을 보존하는 비법이 없을 수는 없다고 주장한다. 말해 보세요, 라고 그들이 합창했다. 마지못해서, 그리고 압력에 눌리기도 해서 나는 언제든 쓸 수 있는 '북 오일'의 존재를 조심스럽게 털어놓는다.

우리가 그것을 두루뭉술하게 북 오일이라고 부르는 이유는 공급업자가 성분을 철저하게 비밀로 유지하기 때문이다. 앤드루는 이 스핑크스 같은 비밀스러운 업자 한 명의 전화번호를 확보하고 있다. 책상 위에 마구잡이로 쌓인 파일 아래에 너덜너덜한 전화번호부 하나가 깔려 있고, 거기에 머리글자로만 적힌 인물의 전화번호가 북 오일 공급업자의 번호다.[+] 북 오일은 두꺼운 갈색 유리로 만든 라벨 없는 병에 담겨 서점에 도착한다. 직원들은 선언이라도 하듯 꼼꼼하게 북 오일이라는 딱지를 붙인다. 그렇게 해놓으면 대단히 좋은 성분이 든 것 같은 느낌이 든다. 북 오일은

[+] 이 전화번호부가 잠시 내 손에 들어온 적이 있는데, 실제로 거기서 얻을 수 있었던 건 우리가 거래처의 정보를 정말 제대로 안 가지고 있구나, 하는 깨달음이었다.

빅토리아 시대의 약제 같은 분위기를 풍긴다. 그러므로 모르긴 해도 그 시절의 소서런 직원들은 아주 만족해했을 것이다. 냄새만 맡아도 말 한 마리가 정신을 잃을 만큼 강력했으며, 서점으로 걸어들어오는 사람들 모두가 오후 내내 도취감에 빠져 있을 정도였다고 하니 말이다.

이 기름은 이론적으로는 가죽 처리용이었다. 이것을 안전하고 효과적으로 사용하는 방법을 알고 있는 유일한 사람인 제임스는 소량만 사용해야 한다는 점을 강조하곤 했다. 가장 좋은 방법은 더 사용할 일이 없는 천 조각이나 누더기에다 딱 한 방울 떨어뜨려 쓰고서 바로 버리는 것이라고 했다. 북 오일은 올바르게 사용하기만 하면 젊음의 샘물처럼 바랜 가죽 장정에 새 생명을 줄 수 있었다. "적을수록 좋아"라고 제임스는 위협적인 어조로 말했다. 그렇다고 해서 너무 적게 쓰면 쓴 사람만 치명적이고 통제되지 않는 가스에 노출되는 것으로 끝나고 말며, 반대로 너무 많이 쓰면 책이 끈적끈적한 물질에 잠긴 꼴이 되어 마르는 데만 몇 년이 걸린다고 했다. 그러나 솔직히 말하면 제대로 사용했다고 해도 그 이후의 작업이 순조롭지는 않다. 하루 이틀은 기름을 다 소화시키도록 책을 가만히 뒤야 다시 책장으로 넣을 수 있으며, 그러는 동안 기름이 책을 이상하게 만들지 않으리라는 보장도 없다. 소서런이 북 오일을 들여와서 되팔지도, 공급업자에게 환불 받지도 못했던 이유가 바로 이 재료의 위험성 때문이다.

우리가 북 오일을 마지막으로 판매한 것은 몇 년 전이다. 우체부가 야간 방문차 서점에 왔다가 폭발 우려가 있는 물질을 우체국을 통해 배송하는 건 원칙적으로 불법이라는 말을 하고 나서다. 우리끼리 격론을 벌인 끝에 남은 북 오일 몇 병은 매장에서 소진했고, 더는 배송 주문을 받지 않았다. 흥미롭게도 이 기름에 관해 묻는 고객들의 전화는 계속해서 이어지고 있으며, 이들 중 많은 수가 고서 보존 방법에 관해 유난스러울 만큼 꼬치꼬치 캐묻는다. 우리는 대체품으로 왁스에 가까운 제품(좀 더 평판이 좋은 업자에게서 어렵사리 들여오는)을 팔기 시작했다. 그러나 이 제품은 뚜껑을 열었을 때부터 북 오일만큼 강렬한 효과를 내지 않으며, 그 외 몇 가지 이유로 고객들에게 북 오일만큼의 의존도를 끌어내지 못하고 있다.

이 방법 두 가지로도 부족하면 또 한 가지 방안이 있다. 앞서 말한 것처럼 갤러리룸에는 두 개의 거대한 철제 금고가 있는데, 건물을 세울 때부터 벽돌 안쪽에다 봉인하듯이 붙박아 설치한 것이어서 나중에 철거해 달라는 말을 듣고 건축업자들이 배를 잡고 웃었던 그 금고들이다. 두 금고 모두 커다란 걸쇠와 복잡한 자물쇠가 달린 형태라서 사이버 범죄가 유행하는 시기에 대단히 추천할 만한 종류라고 할 수 있다. 시대가 시대이니만큼 이제 누구도 그런 금고를 부수는 시도를 하지 않기 때문이다. 이 금고 중 하나는 2018년부터 열리기를 거부했으며, 부끄럽지만 이후 우리 중에는 금고를 딸 수 있는 사람이 없었다. 그래서 정말로 금고에 든 무언가를 끄집어내야 할 필요가 생길까 봐 두려울 지경이다. 아무튼 망가지기 쉬운 섬세한 책을 세상의 모든 악영향으로부터 멀리 떨어뜨려 놓을 필요가 있을 때 우리는 책들을 어둠 속으로 내려보낸다. 깜깜한 철제 감옥에서 남은 날들을 오로지 함께 갇힌 동료들과 벗하며 지내게 하는 것이다. 이것이 노후화를 구제하는 치료법은 아니지만 개중 제일 나은 대처법이다.

사람들은 내게 책을 보호하기 위해서 이같은 방법들까지 써야 하느냐고 묻는다. 그러면 나는 이렇게 되묻는다. "그 책을 왜 사신 거죠?" 만약 그들의 대답이 즐거움과 관련되어 있다면 내 대답은 "그럼 보호하지 마세요"다. 책을 빛이 새어들지 않는 감옥에 가둬 두고 다시는 열어보지 못하는 걸 추천할 수는 없다. 책은 예술의 한 형태이며, 예술은 감상할 수 있게끔 만들어졌기 때문이다.

시간의 흐름을 막을 방법은 없다. 책이 결국 필멸하는 것을 막을 방법도 없다. 책을 금고에 넣어 단단히 잠그고 아무도 그 책을 감상하는 데 시간을 쓰지 않는다고 해도 그 책은 조금씩 먼지가 되어갈 것이다. 우리 모두가 그런 것처럼. 서점은 책이 다음 주인에게 갈 때까지 살려 놓는 일을 한다. 이것은 온전히 서점의 일이고, 누구나 할 수 있는 합리적인 예방 조치도 있다. 책을 불 가까이 두지 말 것, 책을 물웅덩이에 던지지 말 것, 그리고 무엇보다 책의 즐거움을 누리는 걸 잊지 않을 것.

23

◁◇▷

서점가의 이웃들

새크빌스트리트에는 현실을 벗어난 딴 세상 같은 이미지가 배어 있다. 짓궂은 도깨비나 반짝반짝 빛나는 유니콘 같은 이미지가 아니라 아이들에게 가까이 가지 말라고 타이르게 되는 깊은 시골의 낯선 돌무덤 혹은 집안 대대로 전해 내려오는 치아로 만든 목걸이를 떠올리게 만드는 그런 무언가다.

　헨리 소서런 사는 1930년대에 곧 철거될 노후한 건물에서 도망쳐 나와 새크빌스트리트 2-5번지에 있는 매장으로 이전했다. 새 매장은 조지 왕조 양식으로 지어진 커다란 건물로 새크빌하우스라고 불렸다. 새크빌스트리트가 멋지게 리노베이션한 첫 사례로 대대적으로 광고하기도 한 건물의 첫 입주자가 되었다는 사실에 소서런 직원들은 기쁨을 감추지 않았다. 피커딜리에 있던 옛 서점에서 더 조용한 옆 골목의 매장으로 책(그리고 책장)을 모두 옮기는 대대적인 이사를 한 셈인데, 이게 현재까지 소서런이 자리한 곳이다. 물론 새크빌스트리트 리노베이션은 더는 진척되지 않았고, 거리의 나머지 부분은 약속한 업그레이드의 혜택을 받지 못했다. 결국 소서런 혼자서 시간을 잊어버린 거리에 발이 묶인 채 남아 있게 되었다. 새크빌스트리트는 한 달만에 문을 열었다 닫아버린 불운한 식당 새크빌스를 비롯해 여러 풋내기 사업체들의 몰락을 이끌었다. 여러분도 이해하시겠지만, 한 달이라는 건 우리 입장에서는 정말 눈 한 번 깜빡인 정도밖에 되지 않는 기간이다. 그 많은 접시들에 일일이 상표를 새겨넣느라 돈은 또 얼마나 많이 들었겠는가, 참 안타까운 일이다.

　　소서런의 이웃에 대해 파악하기란 어려운 일이다. 사람이든 사업체든 끊임없이 들고나기 때문이다. 런던의 옆 골목이 대개 그렇듯이 이곳의 건물들은 건축 양식이 이상하게 뒤범벅되어 있다. 신진 기업가의 마음속에서 아방가르드 예술에 대한 열망이 불완전하게 잉태된 아테네 여신(그리스 신화에서 지혜의 여신이며 전쟁의 여신인 아테네는 다 자란 모습으로, 완전 무장한 채 제우스의 머리에서 튀어나온 것으로 전해진다–옮긴이)처럼 불쑥 튀어나오는 건 전례 없는 일이 아니다. 몇 년 전만 해도 누군가 판지로 거대한 사람의 다리를 만들어 집 창문을 통해 거리 쪽으로 내디디는 형상을 만든 적이 있다. 분명히 다리의 본질(혹은 집의 본질)을 충분히 고려

한 예술적 의도가 있었겠지만, 구경꾼의 눈으로는 아무리 봐도 그게 뭔지 도무지 짐작조차 가지 않았다. 시간이 지나면서 일 년의 반 이상 되는 기간 내내 내리는 런던의 비가 이 구조물을 침식하기 시작했다. 거대한 다리는 천천히 뒤틀려 밖으로 휜 모양새가 되었으며, 어느덧 밭장다리 괴물이 자전거 보관대 위에 웅크리고 있는 것 같은 모습으로 공포를 자아냈다. 결국 이 설치물은 흰색 멜빵바지 작업복을 입은 피곤한 얼굴을 한 작업자가 와서 철거해 갔다. 그는 몰입감이 장난 아닌 예술 작품이 생명을 다할 때마다 잔해를 해치우기 위해 나타나기로 정해진 사람 같았다.

한때 가까웠던 이웃으로 소서런의 중이층*mezzanine floor*(두 층 사이에 작게 지은 층)이었던 곳에 사무실을 낸 거주자들이 있었다. 소서런은 이미 수십 년 전에 중이층의 사용을 포기했고, 이후 여러 회사가 입주했다. 중이층 사람들을 볼 일은 거의 없었다. 우리가 오래된 책들을 한꺼번에 들썩이는 바람에(늘 그렇기는 하다) 피어난 먼지로 건물 전체에 화재경보기가 작동하는 사고가 일어나지 않는 한 말이다. 문제는 건물이 오래된 데다 좀 이상하기까지 해서 화재 대피 통로가 서점에서부터 그들의 사무실까지 바로 연결되어 있다는 것인데, 따라서 우리는 언제든 깊은 바다에서 솟아오르는 크라켄처럼 아래쪽에서 불쑥 솟아나 그들의 사무실에 나타날 수가 있다. 그 사람들이 이 사실을 알고 있는지는 모르겠지만 나는 이처럼 짠하고 나타날 수 있는 완벽한 순간을 기다리는 중이다.

　건물 밖 거리로 나가면 시간의 흐름이나 치솟는 임대료, 높아진 습도 등이 아무런 영향을 미치지 않는 듯 어떤 상황에도 끄떡없어 보이는 신문 가판대가 있다. 우리가 모를 환경적 요인이 있는 것인지 한 해나 두 해 간격으로 판매원이 바뀌었다. 새로 온 판매원은 매번 선한 의도였을 테지만 끝내 불행한 운명을 맞이하는 선물을 고안해 내곤 했다. 특히 최근에 온 판매원들은 우리에게 상자가 많이 필요하리라고 생각했는지, 빈 상자들을 잔뜩 모아다 서점 앞에 부려놓곤 한다. 고양이가 주인에게 선물을 준답시고 죽은 쥐들을 끌어다 놓는 것과 흡사하다. 그들이 도대체 왜 이런 결론에 도달했는지도 모르겠고, 아무리 설명해도 이 행동으로 이르는 과정을 단념시킬 수 없어서 결국 할 수 있는 최대한의 정중한 행위를 하기로 했다. 상자에 파묻혀 죽기로 한 것이다.

　그 반대편에는 '마이어 앤드 모티머'라는 이름의 상점이 있는데 언뜻 듣기에 장의사인가 싶었지만, 알고 보니 양복 업계에서 상당히 이름있는 곳이었다. 지금껏 그곳에 드나드는 사람을 본 일은 없다. 한번은 그곳에 꾸러미 하나를 배달한 적이 있는데, 무뚝뚝한 문지기에게 막혀 안으로 들어가 보지 못했다. 그는 누가 봐도 사형집행인 같은 냉혹한 얼굴로 가위를 획획 휘두르고 있었다. 고서점과 양복점은 묘한 공생 관계를 공유하고 있고, 자세히 살펴보면 유사한 상업적 생태계에 놓여 있는 경우가 많지만, 우리는 많은 이야기를 나누지 않는다. 내 생각에 그들은 우리가 입은 팔꿈치에 천을 덧대 꿰맨 옷을 자연의 질서에 어긋난다고 여기는 것 같고, 우리는 새 양복을 마련할 여유가 없다는 사실을 새삼 깨닫는다. 그렇기는 해도 값비싼 희귀 서적을 구매하는 사람들이 더러 스리피스 양복을 맞추는 고객이기도 한 경우가 있으므로, 두 매장은 균형 잡힌 이중성 안에서 서로 맴돌면서 하나의 운명으로 묶여 있지만 결코 서로 닿지는 않는다.[+]

종말론을 연상시키는 수준으로 상점이 부족한 것 외에도 새크빌스트리트에 드리운 '진짜' 죽음의 징조가 있다. 런던 중심부의 미로 같은 일방통행 체계 때문에 최근까지 이 거리에는 차량이 들어오지 못했다. 모든 지도가 새크빌스트리트까지 운전해 가려면 30분 정도 구불구불한 차선과 좁은 모퉁이를 지나가야 한다고 일러주었다. 따라서 택시 운전사가 우연히라도 새크빌스트리트에 오는 일 같은 건 없었다. 최근 지방의회에서 거리 '활성화'

[+] 이 글을 쓰는 중에 마이어 앤드 모티머가 이전한다는 소식을 알게 되었다. 섭섭하기는 하지만 그 자리에 와인 바가 들어선다고 하면 좀 위안이 될 것 같다. 다른 새로운 재단사들이 올 수도 있겠지만 역시 와인 바가 좋겠다.

를 위한 장대한 계획을 세웠는데 교통의 방향을 바꾸는 계획이 포함되었으며, 그 결과 이론상으로는 새크빌스트리트로의 근접성이 개선되었다. 그러나 일 년 후, 사람들은 자기들 좋은 방향으로 거리를 오르내리기만 할 뿐, 곳곳의 도로가 막히고, 자동차들은 아무 데나 주차하기를 일삼으며, 택시들은 원을 그리며 뱅글뱅글 돌게 되었다.

그렇다면 이제 치솟는 임대료를 감당하기 위해 서점 공간의 일부를 세놓아야 했던 대격변의 여파로 우리가 만났던 지원자들의 특성이 어떠했을지 상상해 보자. 말했듯이 우리는 '리노베이션'이 이루어지는 동안 일부 공간을 메인 매장에서 분리해 두고 거기에 입주할 세입자를 구했다. 누군지 몰라도 가련한 영혼이 이 공간에 엄청난 돈을 내고 세를 얻는다면 우리는 그동안 늘 해왔던 식으로 계속 서점을 운영할 수 있었다. 우리는 촉수를 뻗어 주머니가 두둑하고 이 지역의 전승 신화에 대한 지식은 없는 세입자를 탐색했으며, 여러 잠재적 희생자 중 첫 번째 업체를 찾아냈다. 바로 '바이털 인그리디언트*Vital Ingredient*(필수 성분이라는 의미-옮긴이)'라는 샐러드 식당이었다. 우리는 몇 달에 걸쳐 고객들에게 서점 공간의 일부가 샐러드 바로 바뀔 거라는 소식을 전했다. 그런데 이 체인점은 실제로 건물을 둘러보고는 그 밤부터 자취를 감췄다. 이후로도 옷 가게, 팝업 와인 바, 계절별로 영업하는 여러 상점이 비슷한 재난을 겪었는데 이들 모두가 문턱을 채 밟아보기도 전에 구슬픈 나팔 소리를 울리며 사라졌다.

일이 이렇게 된 데는 세놓을 공간의 내부 상태가 영향을 미쳤을 가능성이 매우 높다. 매장을 다시 한번 서점처럼 보일 때까지 천천히 땜질하고 수리하는 동안 우리가 세놓겠다고 떼어 놓은 구역은 내장을 빼내고 던져 놓은 죽은 물고기처럼 방치되어 있었다. 책장들은 (그리고 바닥도) 뜯겨 나갔고, 천장에는 온갖 선들이 어지러이 매달려 있었으며, 내부 배관도 전혀 되어 있지 않았다. 우리가 빌려주려던 장소는 유령이 나오는 낡은 오두막이나 마찬가지였다. 문제를 더 복잡하게 만든 것은 소서런 직원들이 비워 두었던 이 공간에 하나둘씩 이상한 물건들을 밀어 넣기 시작하면서부터였다. 결국 직원들은 그곳을 낡은 가구, 불량한 상태의 골동품, 수상한 검정 가방, 방풍 유리로 된 거대한 서적 진열대 등 아무도 책임지고 싶어 하지 않는 물건들의 왕국으로 만들어 놓았다.

세입자를 찾는 퀘스트는 몇 개월 동안 길게 이어졌고, 그러는 동안 내내 우리는 짐짓 젠체하면서 "여기 무슨 일 있어요?"라는 질문을 하느라 서점을 들락거리는 사람들을 응대해야 했다. 마침내 하늘이 도우셨는지 이 공간을 일본의 복고 의류 회사인 리얼맥코이*The Real McCoys*가 낙점했고, 이들은 공간의 상태를 결함이라고 보지 않고 일종의 도전이라고 여겨 신나 하면서 입주했다. 묘기 수준의 실내 장식이 추가됐고, (소서런 풍의 오래된 책장의 도움으로) 마침내는 사랑스러운 공간으로 탈바꿈했으며, 이 상점은 지금도 아주 잘나가고 있다고 한다. 이쯤 되면 작고하신 소서런 씨도 아주 흐뭇해하고 있을 것 같다. 이분이 가죽 재킷을 입었을 때 아주 멋져 보였기 때문에 하는 말만은 아니다.

24

도둑과 도둑잡기

삐삐 소리가 나는 소음이 30분 넘게 계속 이어지고 나서야 나는 누구에게든 물어봐야겠다는 용기를 냈다. 문 근처에서 나는 날카로운 소리 같은데 모두가 무시하고 있었기 때문이다. 혹시 내 귀가 이명을 듣는 것인가 싶기도 했고, 나도 모르게 오래 앓아온 귓병이 있나 싶기도 했지만, 일단은 제임스에게 조용히 다가가 이게 정상이냐고 물었다. 물론 이 상황이 정상이 아닌 걸 인지하고 있기는 했다. 누가 봐도 모두에게 들리는 소리였기 때문이다. 누구보다 괴로워하고 있는 건 정장 신사들이었다. 그들은 오전 내내 경제 관련 책들 쪽에 숨어 있었는데 지금은 범죄를 저지르다 잡힌 범인처럼 마구 두리번거리고 있었다. 제임스는 노란색 서류 더미에서 고개를 들고는 자기를 귀찮게 하는 게 무엇인지를 막 깨달은 것처럼 더부룩한 눈썹을 찡그리며 문 쪽을 바라보았다.

그러더니 난투극을 끝낸 검객처럼 서류 더미에서 손을 물리고는 문 쪽으로 가서 한 쌍으로 된 오벨리스크 모양의 낡은 플라스틱 덮개를 벗겼다. 알고 보니 이 오벨리스크는 좀도둑을 막기 위한 장치였다. 빠른 손놀림 한 번에 삐삐 소리는 애처로운 낑낑 소리로 잦아들다가 딱 멎었다.

런던의 어떤 고서점이든 상당수의 책들이 유리 책장에 들어 있으며 도난에 대비해 단단히 닫혀 있다. 소서런의 위층도 마찬가지다. 책장은 모두 잠겨 있고, 원칙적으로 어떤 책이든 직원에게 요청해서 열어 달라고 해야 열람할 수 있다. 사실 이 부분은 소서런 내부에서도 오랜 논쟁거리다. 일부 직원들은 서가를 잠가 두면 책을 보고 싶은 사람을 쫓아내기밖에 더 하겠느냐고 생각하고, 다른 직원들은 이렇게 응수한다. "그래서 당신은 이곳이 도둑 소굴이 되면 좋겠어요?"

희귀 서적 업계가 유난히 도난의 표적이 되기 쉬운 데는 여러 이유가 있지만, 다행히 긍정적인 소식은 업계가 아주 작다는 것이다. 만약 누군가 대단히 희귀한 책을 훔쳐 달아난다고 하면 길을 반도 채 못 내려갔을 때쯤 백 마일 반경 안의 모든 책 판매상이 도난 사실을 알게 될 것이다. 지역의 도서 협회에 신속히 이메일 한 통을 보내면 끝이다. 그런 후 왼쪽, 오른쪽, 가운데에 자리한 북 딜러들에게 '매우 구체적으로' 도서가 사라진 사실을 이메일로 알려주면 된다. 북 딜러들은 고가의 책들을 대량으로 취급하지 않는 경향이 있으며, 자기 전에 세 볼 수 있을 정도의 금전적 이익을 꾀한다. 그러니 조심성 있는 도둑이라면 훔친 책을 팔 곳을 찾아 나서기 전에 꽤 오랫동안 그 책을 깔고 앉아 있어야 할 터였다.

그래서 경력직 도둑은 대개 소장 목록이 방대하고 직원의 업무 부담이 커서 몇 주 또는 몇 개월이 지나서야 책이 사라진 걸 알아차리는 대형 도서관이나 기관을 목표로 삼는 경우가 많다. 뒤늦게서야 도난 사실을 알게 될 때쯤 도둑은 이미 이익을 챙겨 안개 속으로 사라진 뒤다.

아무튼 서점은 여전히 기회주의자 도둑들이 노리고 있다가 빠르게 책들을 낚아채 달아나는 일이 빈번한 곳이다. 제임스는 계단 꼭대기에 있는 작은 책상 뒤편에 흐릿한 사진 몇 장(서점에 설치된 고대의 CCTV 카메라에 찍힌 것이다)을 핀으로 꽂아두었다. 그 정도 사진을 걸어둘 거면 차라리 유리 망치를 비치해 두는 게 낫지 않았을까? 제임스에 따르면 이전에 근방에서 책을 도둑질한 사람들을 포착한 사진이었다. 이 사람들을 발견하면 앞에서 맞닥뜨리지는 말고 슬슬 뒤를 따라다니라는 게 제임스의 당부였다. 그가 먼저 시범을 보였다. 처음부터 끝까지 그 사람들의 손이 무얼 하는지 볼 수 있는 위치에 머물면서 겉보기에는 아무 생각

없이 책과 관련된 업무에 몰두하고 있는 듯 연기하는 경이로운 기술이었다.

이 기술의 주된 목표는 '허수아비 인간Scarecrow Man'이었다. 이 남자는 정기적으로 서점에 찾아와 자신의 운을 시험하곤 했으며, 덕분에 제임스와는 개인적인 적대감이 쌓여 있는 상태였다. 그의 방문은 대개 도서 협회에서 각 서점에 보낸 알림 메일을 통해 예고된다. 그의 반복되는 행위에 지친 도서 협회가 어디선가 그가 나타났다는 소식을 들으면 아예 인근 서점 모두에 통보를 해주게 된 것이다. 그가 긴 코트 자락을 드리우며 서점에 스르륵 들어서면 톰과 제리 게임game of cat and mouse(명백한 우위인 고양이가 마지막에 쥐를 놓치는 것이 이 게임의 핵심이다—옮긴이)이 시작된다.

흐릿한 CCTV 사진과 맞춰본다. 눈을 가늘게 뜨고 제대로 된 조명 아래 선 허수아비 인간과 비교해 보면 얼추 비슷하기도 하다. 그러나 그의 얼굴에서 가장 두드러진 움푹 들어간 눈은 매번 그림자 속으로 삼켜져 버리곤 한다. 그는 커다란 챙이 있는 모자를 쓰거나 기다란 스카프를 두르는 등 요리조리 변화를 주려 애쓴다. 그러나 제임스의 식스센스는 허수아비 인간이 서점의 문지방을 넘어서는 순간 발동되며, 때로는 사전에 예측하기도 한다. 제임스가 허공에 오염물질이라도 있는 것처럼 고개를 삐딱하게

기울인 채 서 있으면 뭔가 잘못되고 있다는 신호다.[+]

허수아비 인간 같은 크리처들이 골목마다 어슬렁거리는 한 보안을 고려하지 않을 수 없는 노릇이다. 매장 가장자리의 책장들은 열정적인 인테리어 디자이너들이 이전의 소서런에서 구출해 낸 것들인데, 제각각 침입을 대비해서 조그만 보안 자물쇠가 달려 있다. 솔직히 말하면 이것들만이 아니라 유리로 앞을 댄 책장들 전체에 자물쇠가 달려 있는데, 문제는 이제는 없어진 자물쇠 회사에서 맞춤 제작했다는 점이다. 그러고 보니 입사 첫 주에 매장을 안내해 주면서 책장용 열쇠 꾸러미 두 개를 보여준 적이 있었다. 그러나 열쇠들이 정리되어 있는 것 같지는 않았다. 그중에 책장을 열 수 있는 열쇠가 끼어 있다고 말할 정도였다. 키 체인도 마찬가지였다. 제각각 대략 쉰 개의 열쇠가 달려 있었고, 대부분의 열쇠들이 한 번도 사용하지 않은 것들이었지만 그것들을 내던져 버릴 용기가 있는 사람은 없었다(혹시 언젠가는 필요할 수도 있으니까).

여기에 더해 소서런에 있는 책상 서랍 안에는 빠짐없이 조그

[+]   허수아비 인간이 한동안 감옥에 갇혀 있었다는 사실을 알게 되었다. 그러나 최근 몇 년 사이에 그가 부쩍 자주 거리를 어슬렁거리는 모습이 목격되고 있다. 이쯤 되면 그는 악의의 마스코트라고 불려야 하지 않을까? 혹은 누켈라비nuckelavee(말과 인간이 합성된 형상의 바다 괴물, 악마─옮긴이) 같은 불길한 영혼이거나.

만 열쇠 묶음이 있었다. 어디에 맞는 열쇠인지는 다 달랐다. 아마 서점 전체에 널린 상자, 문, 자물쇠 어딘가에 맞는 열쇠일 터였다. 개중에는 라벨이 달린 것들도 있었는데, 차라리 아무 표시도 없는 게 더 나았다. 라벨에 적힌 글이라는 게 '린네 책장'으로, 박물학자인 린네를 기리는 협회에서 샀다는 뜻이었기 때문이다. 게다가 직원 중에는 좋은 의미로 중요한 열쇠를 키 체인에서 떼어내 (워낙 비슷하게 생긴 열쇠들이 주렁주렁 매달려 있었으므로) 따로 보관하는 이들도 있었는데, 각자 이 열쇠들을 별도의 위치에 숨긴 바람에 지금까지도 못 여는 책장들이 생겨났다.

아마 서점마다 책을 지키는 자신들만의 방법이 있을 것이다. 책장에 잠금장치를 단다든가, 중요한 책은 집에다 보관한다든가, 책상을 절대 떠나지 않고, 책장이 보이는 위치에서 식사를 한다든가. 소서런에서도 내가 입사하기 전에 잠깐, 누군가가 훔친 책을 들고 가게 밖으로 나가면 경보가 울리는 전자 태그 시스템을 설치한 적이 있었다. 그러나 이제는 사용하지 않는 걸 보니 책 한 권, 한 권마다 태그를 붙이는 일이 너무 부담스러워졌던 게 분명했다. 나는 나만의 전략을 개발했다. '총체적 혼동Total Confusion' 이라는 이름을 붙인 이 전략은 내 책상 위에 책들을 온통 퍼뜨려 놓되 참고 도서 무더기와 뒤섞이게 해 두는 것이다. 이 전략은 두 가지 사실에 기초하고 있다. 첫째, 평균적인 도둑은 고가의 책과

허섭스레기를 구별하지 못할 것이다. 둘째, 나름대로 열성적인 범죄자들이라면 자물쇠가 채워진 책장이 가득 들어찬 서점에서 굳이 오픈된 책상에 귀중한 책들을 보관하리라 생각할 정도로 어리석지는 않을 것이다. 시간이 흘러도 나는 여전히 낯선 책을 대하면 한눈에 그 책이 어느 정도 가치가 있는지 가늠할 줄 모른다. 그래서 나는 뭐가 됐든 훔쳐 가는 걸 막아야 한다고 결심했다.

내가 보기에 매장에서 책이 사라졌을 때 완전히 무작위적인 상황처럼 보이는 이유는 이런 것 같다. 사라지는 책의 가격이나 크기에 특별한 패턴이 없다는 것이다. 그러다 보니 책장에서 책 한 권이 사라지고, 그 책이 어떤 이유에서 어디로 옮겨 갔는지 합리적인 설명을 할 수 있는 사람이 없다면 그 책은 도난당한 것으로 치부되곤 한다.[+]

[+]   옳을 때도 있지만 그만큼 틀릴 때도 많다. 도난당한 책이 몇 년 후에야 엉뚱한 서가에서 나타날 때가 그렇다. 그러나 최악의 상황을 가정해야 우리는 책 찾는 일을 멈출 수 있게 되고, 책도 적당한 때를 기다려 우리에게 돌아올 길을 찾을 수 있다.

25

소서런의 골동품들

지난 몇 년간 재고품이라는 명목으로 소서런으로 밀거래되어 들어온 온갖 터무니없고 기이한 물건 중 '가장 불편한 것'의 왕좌를 차지할 품목은 단연 성서 낭독대다. 고딕풍으로 만들어진 이 나무 낭독대는 바닥에서 30~60센티미터 정도 높이로, 힘이 넘치는 설교자도 거뜬히 올라서서 신도들의 마음에 삶의 회한을 불러일으키기에 부족함이 없다. 성경을 얹어 놓는 책 받침대는 커다란 나무 독수리가 떠받치고 있는 형상으로 조각되어 있다. 나중에야 나는 이것이 예배당에 어울리는 깊은 감명 또는 정신이 아득해지는 느낌을 상징한다는 걸 알게 되었다. 말하자면 신의 발톱이 날개와 함께 죽음의 폭풍 속에서 위로부터 내려오심을 비유한 것이었다. 다만 사람들이 서점에 들어서면서 이 낭독대와 마주치면 새 부리처럼 날카로운 신의 분노에 놀랄까 봐 걱정이긴 했다.

처음 낭독대가 도착했을 때 모두가 놀랐다. 앤드루가 유럽의 어느 경매장에서 이걸 구매한 후에 마음 한구석으로 밀쳐 놓고서 아무에게도 말하지 않았기 때문이다. 물건이 도착할 때까지 웬만하면 회계 부서에 알리지 않고 미뤄 두는 그런 종류의 구매라고나 할까. 경매장에서 봤을 때는 사는 게 좋겠다고 생각했다, 앤드루는 뭐 이런 식으로 설명했다. 그러나 배송 기사가 이 물건을 끌고 대륙을 가로질러 새크빌스트리트까지 온 다음에는 구매가 옳았느니 아니었느니 하는 것은 대수롭지 않은 문제가 되었다. 그걸 바다 건너로 돌려 보낼 가능성이 전혀 없었기 때문이다. 낭독대는 매장 문 옆에 놓였다. 순전히 너무 무거워서 내려진 결정이었다.

이 낭독대는 어떤 형태의 판매 시도에도 완강히 저항했다. 가격표가 계속 분실되어 가격을 다시 확인하려면 낭독대 바닥에 붙은 가격표를 봐야 했는데 그걸 할 수 있는 사람이 없었고, 고객 대부분은 서점에 이걸 싣고 갈 만한 지게차를 가져오지 않았다. 덕분에 '고대인' 같은 규칙적인 방문객이 매장을 둘러보는 평상시의 노선에 변화가 생기는 걸 거부하면서 길 잃은 로봇청소기처럼 뱅글뱅글 돌기만 하는 등 한동안 서점에는 작은 소동이 일었지만, 몇 달이 지나면서 모두가 서서히 새로운 체제에 동화되어 갔다.

　동화 작용이란 맨눈으로는 거의 인지할 수 없을 정도로 부드럽게 시작된다. 직원 중 누군가 제 할 일에 신경 쓰면서 상자를 들고 매장을 가로지르는 중에 뭔가 일이 생겨 상자를 내려놓아야 한다. 상황은 급한데 사방이 책이라 상자를 내려놓을 데가 마땅치 않다. 고가이긴 하지만 굳이 따지자면 그저 판매용일 뿐인 낭독대에 상자를 잠깐만 올려두는 게 딱히 해가 될 것 같지는 않다. 게다가 아무도 신경 쓰지 않을 게 뻔하다. 결국 그 직원은 낭독대에 상자를 올려놓은 채 책 고정 장치에 낀 고객의 엄지손가락을 빼내러 가버린다. 며칠 후 그가 상자를 올려둔 게 기억나서 되돌아올 때쯤엔 거기엔 더 이상 판매용 낭독대는 없다. 상자를 올려두기 좋은 가구 하나가 있을 뿐이다. 낭독대가 온전히 서점과 어우러진 것이다.

　우리 서점은 가구로 들이기에는 적당하지 않은 물건들의 무덤이 되어 있다. 리노베이션 도중에 발견된 '데이브'가 들어 있던 병 모양의 유리 덮개도 그중 하나다. 제임스가 매주 망치로 두들겨 '고치'곤 하는 마차 모양의 고장 난 시계 뒤에 있었다! 유리에 먼지가 덕지덕지 앉아서 안에 뭐가 들었는지 알 수 없었는데 바닥으로 내려 한 번 닦았더니 올빼미 박제가 보였다. 내가 그만 실수로 크리스에게 올빼미의 이름을 지어 달라고 해버렸고, 알로이시우스 같은 독특한 이름을 상상했던 것과는 달리, '데이브 더 아울'이 비공식 서점 마스코트로 직원 명단에 이름을 올리게 되었다.

데이브는 썩어서 시들어 가는 고사리 같은 장식용 식물 위에 얹혀 있었다. 깃털이 유령처럼 허여멀겠는데, 크리스(서점의 상주하는 자연사 전문가)의 조류학적 안목에 따르면 데이브는 주로 헛간에 둥지를 트는 외양간올빼미 종류로, 깃털 색은 노화로 희게 센 것이라고 했다. 데이브가 어떻게 서점으로 오게 됐는지 정확히 아는 사람은 없으며, 오래전 중역 한 명이 안전하게 보관하기 위해 남겨두고 떠났으리라 추측할 뿐이다. 경위가 어떻든 데이브는 지금 소서런의 붙박이가 되어 마스코트 역할을 하고 있다. 크리스는 데이브를 질색해서 아무도 보지 않을 때면 어떻게든 팔아버리려고 노력하고 있지만 매번 실패한다. 나는 서점을 관리하는 사람이라면 근처에 섬뜩한 유물을 두고 함께 살아가는 법을 배워야 한다고 생각한다. 부담스럽긴 하지만 이따금 사기를 높이기도 하므로.

서점에 들어서면서 자세히 살펴보면 문 옆에 흉상 두 개가 나란히 놓인 게 보일 것이다. 제임스는 그중 하나가 셰익스피어라고 끈질기게 주장하지만, 사실은 시적인 표정을 짓고 있는 수염 난 남자 이름이라면 누구든 갖다 붙이면 될 얼굴이다. 다른 하나는 찌무룩한 표정으로 보아 시인인 존 밀턴(영국 시인, 1608~1674.

『실낙원』의 저자로서 셰익스피어에 버금가는 대시인으로 평가된다-옮긴
이)인 게 거의 분명하다. 한때는 이것들을 팔아 보려고 했으나 첫
번째 것은 셰익스피어인지를 증명할 수 없었고, 두 번째 것은 누
가 봐도 불만족스러워하는 표정 때문에 팔리지 않았다. 결국 이
둘은 오래 살아남아 자신들의 개성을 충분히 발휘하는 중이다.
이들에게는 해마다 그때그때 모자나 마스크가 걸쳐진다. 이따금
나는 밀턴이 유난히 심술스럽게 느껴지면 그를 문 닫힘 방지용으
로 괴어 놓기도 하지만, 웬만하면 두 흉상을 떼어 놓으려 하지 않
는다. 평생 한 우리에서 살아온 두 마리 동물처럼 떨어뜨려 놓으
면 외로워할지 모른다는 생각이 들기 때문이다.

충분히 오랫동안 '눈에 잘 띄는 곳'에 숨어 있으면 그게 무엇
이든 서점의 일부가 될 수 있다는 생각이 든다. 찬장 문 뒤쪽이라
든지 책장 꼭대기에는 어김없이 한때 누군가에게 중요한 물건이
었다가 이제는 존재가 희미해진 물건들이 있기 마련이다. 어쩌면
이야말로 오래된 서점이 지닌 매력의 본질 중 하나일지도 모르겠
다. 어느 하나 골동품 아닌 존재가 없다는 것.

26

ﾟ∞o◦

이따금 물이 샐 때도 있지만

만약 여러분이 매일 새크빌스트리트를 지나가는 몇 안 되는 사람 중에 속한다면, 또한 여러분이 방향을 잘못 잡아 헤매는 택시에 치이거나 소서런의 천막에 걸려 빨랫감이 되는 신세를 면했다면, 길 끝으로 갈수록 발밑의 도로 재질이 이상하게 변해 있음을 알아볼 수 있을 것이다. 솔직히 말하면 실수라고도 할 수 있는데, 예전에 소서런 측에서 매장 앞쪽의 포석을 콘크리트와 두꺼운 사각 유리로 교체한 적이 있었다. 수십 년 동안 쌓인 먼지 덕분에 위에서 내려다보면 유리는 회색이다. 지나가는 사람들이 기껏 "뭐지?" 하고 한 번 더 눈길을 주는 정도다. 물론 개중에는 일부러 멈춰서 세게 밟아보는 사람들도 있기는 하다.

　문제는 이 유리 패널의 일부를 통과해 땅속 깊은 데까지 침투한 햇빛이 서점 아래로 이어지는 통로까지 들어온다는 것이다.

이 특이하고 실용적이지 않은 건축적 요소는 소서런의 예전 직원이자 지하실 담당이었던 크노트 씨 때문에 만들어졌다는 일화가 전해진다. 지하실 작업자인 그가 머리 위에 유리를 설치하고 싶어 한 것에 다소 호색적인 이유가 있었다는데, 지저분한 전설이 사실이라면 그렇다는 것이다. 사실이든 아니든 유리를 설치한 건축가가 서툴렀던 건 맞는 것 같다. 몇 해가 지나자 빠른 속도로 유리에 오물이 끼기 시작하여 기껏 들어온 빛이 황혼녘처럼 어둠침침해졌기 때문이다. 유리 패널에 닿을 만큼 높은 사다리가 없어서 오물을 제거할 방법도 없었다. 그러니 유리를 설치하자고 한 장본인도 별수 없이 매일매일 혼탁해지는 유리를 바라볼 수밖에 없었을 것이다. 지금은 아래에서 유리 패널을 올려다보면 흡사 비밀 감옥에 갇힌 기분이 든다.

　　시간이 지나 크노트 씨는 생을 마감했고, 유리 바닥의 원래 의도는 잊혔다. 그러나 변하지 않는 것은 유리가 런던의 도로에 쓰기에는 매우 부적절한 건축 자재라는 사실이었다. 새크빌스트리트만큼 통행량이 부족한 곳이라고 해도 예외는 아니다. 머리 위를 누군가가 계속해서 밟고 지나다니고, 끊임없이 우르릉거리는 소리가 울리면서 서서히 유리에 금이 가기 시작했다.

　　그 결과 비가 올 때마다 갈라진 틈으로 빗물이 새어들어 서점 지하로 향하게 되었다. 통상적인 런던의 기후 조건에서라면 비가 간헐적으로 내리므로 습기가 차는 정도에 그치지만, 겨울철에는 다양한 물줄기들이 내내 바닥까지 흘러내린다. 그 과정에서 물줄기들은 어김없이 (환한 여름에 전기 기술자들이 작업하여 배치해놓은) 전등 스위치를 찾아내어 문제를 일으키는데, 덕분에 원래 밝지도 않은 소서런조차 유난스러울 정도로 어두침침해진다. 이윽고 물이 바닥에 닿으면 물줄기들이 합쳐져 하나의 흐름을 이루며 아래로, 아래로 향하다가 직원용 주방 근처에 웅덩이를 만든다.

이에 대한 '해법'은 지금까지 두 가지가 있었다. 그렇다, 단 두 가지다.

첫째는 건물주에게 불만을 터뜨리는 것이다. 이 투덜거림이 직원들의 입을 거쳐 건너 건너 먼 곳의 사무실에 있는 알지도 못하는 누군가에게 가닿을 때까지. 이런 식으로 전달된 불만은 일종의 요청으로 작용하며, (3일에서 영원 사이의 어느 날) 이상할 정도로 준비라고는 안 돼 보이는 노인 한 분을 소환하는 효과를 불러일으킨다. 노인은 조그만 밀봉제 튜브를 들고 등장한다. 본인이 도착했다는 말을 아무에게도 하지 않지만, 창문 밖을 뚫어지게 쳐다보고 있던 누군가의 눈에 딱 걸린다. 노인을 발견한 사람은 실망할 준비를 하라는 듯 잇새로 휘파람을 불어댄다. 결국 누군가가 길거리에 서서 바닥을 응시하는 걸 더 이상 의심스럽게 생각하지 않을 정도의 시간이 지나고 휘파람을 불던 사람도 지쳐 조용해지면 그제야 노인은 한숨을 한 번 쉬고 실리콘으로 할 수 있는 만큼 금 간 데와 틈새를 모조리 메운다. 그러나 노인이 떠난 직후부터 곧바로 지하의 요란한 우르릉거림이 그의 노력을 허사로 만들기 시작하고, 며칠이 지나지 않아 유리는 그 어느 때보다 높은 침투성을 발휘한다. 한밤중, 나는 어떤 가능성에 사로잡힌다. 따지고 보면 아무도 노인의 이름이나 자격증 같은 걸 확인한 적이 없으니 어쩌면 그가 건물주와는 아무런 상관이 없는 사람일 수도 있지 않을까 하는. 어쩌면 그는 그냥 시간이 남아돌고 마침 손에 유니본드가 들려 있었던, 우리가 투덜대는 소리가 자꾸 귀에 들려 스트레스를 참지 못하고 나선 일개 시민일 수도 있었다!

또 다른 해법은? 그냥, 양동이다. 제임스는 온갖 용기를 모아서 쌓아놓는 걸 좋아하므로 비만 오면 그가 알록달록한 들통과 사발들을 늘어놓는 게 놀랄 일은 아니었다. 그는 물이 떨어지는 곳을 기억해 두었다가 아주 조심스럽게 위치를 정하곤 했다. 그러다 보니 비가 많이 오는 계절에는 지하실에서 무얼 찾는다는 게 반쯤 물이 찬 장애물 코스를 폴짝폴짝, 깡충깡충, 펄쩍펄쩍 뛰어넘는 일이나 마찬가지가 되었다.

서점 사업의 흥망이 재고를 얼마나 건조하게 유지하는지에 달려 있다는 걸 생각하면 소서런에서는 늘 재고들이 젖어가고 있는 셈이다. 수습 직원으로 일하기 시작한 지 몇 년 후, 매장 위쪽 지붕에 이리저리 널브러진 건축 구조물 사이 평평한 공간에 물이 고이기 시작했다. 어디선가 날아온 쓰레기가 단 하나 있는 시원치 않은 배수관을 막아버린 탓이었다. 처음에는 큰 문젯거리가 아니었다. 그러나 점차 습기가 차오르면서 참을 수 없을 정도로 고약한 냄새를 풍기기 시작하더니 어느 날 밤 기어이 물이 뒷벽을 따라 스며들어 귀중한 책이 꽂힌 책장을 죄다 못 쓰게 만들고 바닥에 악취 나는 웅덩이를 남기고야 말았다.

책장을 들어내니 벽 전체에 곰팡이가 흉측하게 퍼진 참상이 드러났다. 비스듬히 서서 보면 꼭 찌푸린 얼굴 같았다. 곰팡이가 모습을 드러낸 후로 냄새가 점점 심해져 서점 전체가 죽음의 악취를 풍겨댔다. 그저 구경만 하는 고객들을 물리치는 데는 나름의 효과가 있었지만, 결코 일하기 좋은 환경은 아니었다. 건물주에게 또다시 편지를 썼다. 균류만 살기 좋고 포유류가 살기에는 대단히 적대적인 환경에서는 사업을 지속하기 힘들다는 불만이 담긴 편지였다. 꽤 인내가 필요한 기다림 끝에 답이 왔다. 집주인 측에서 거대한 제습기 몇 대를 보내준 것이다. 이후, 일 년의 대부분을 로켓 발사 때와 맞먹는 무시무시한 소음 속에서 살게 하는 이 제습기들은 악취 못지않게 사람들을 쫓아내는 부수적인 효과까지 발휘하고 있다.

    좀 번거롭기는 하지만, 내게는 가게 밖에서 시간을 보낼 수 있는 훌륭한 핑계가 되었기 때문에 마냥 나쁜 일만은 아니었다. 나라도 그렇게 주장하기로 했다. 물론 제습기 소리가 워낙 시끄러워서 누가 내 주장을 듣지는 못했겠지만 다들 동의했을 거라고 믿는다. 그리고 이제 나의 교육 과정은 다음 단계로 넘어간다.

여행과 탐험

서점의 '신성한 벽' 너머 갖가지 생활상,

즉, 우리의 주인공이 마주치는 낯설고 생소한 이야기,

때때로 자신의 의지를 시험당하기도 하는 순간들

책 판매는 일반적으로 '이리저리 다니는' 직업은 아니지만 여러 장소를 다루는 직업이다. '여행과 탐험' 부문은 다른 나라에서 일어난 일이면 무엇이든 다룬다. 혹은 다른 나라에서 간행된 책이거나 외국어로 쓰인 책까지 모두 포함한다. 따라서 잉글랜드에서 일어나지 않은 모든 일을 전부 이 부문에서 다루게 된다. 당연히 업무 영역이 넓어서 서점의 벽 하나가 통째로 대륙별로 정리된 '여행과 탐험'으로 채워진다. 게오르크가 변덕스러운 기분에 빠져 전부 다 뒤섞어 버리지 않는다면 말이다. 세상이 얼마나 광대한지 느껴보고 싶다면 '여행과 탐험' 부문이 좋은 출발점이 되어줄 것이다.

나무로 된 모자걸이. 정리가 필요한 자리에 놔두면 유쾌함을 북돋워 준다.
출처에 대해서는 현재까지도 의견이 매우 엇갈린다.

27

영업시간의 규칙

런던의 화창한 아침, 나는 인파를 헤치며 역을 통과한다. 가방 안
에 든 책이 상할세라 남들과 부딪히는 일을 어떻게든 피해 보려
한다. 지각이다. 뾰족한 이유는 없다. 나는 빠른 속도로 피커딜리
를 걸어 내려간다. 두 번쯤 차에 치일 뻔한 뒤 영원히 공사가 끝
나지 않을 것 같은 건설 현장을 지나가는 지름길로 접어들었다.
서점을 정기적으로 방문하는 우체부와 마주쳐 인사를 건넨다. 우
체부는 기괴한 깔개를 팔기 위해 창가에 무시무시한 호랑이상을
세워 둔 근처 상점의 주인과 말씨름 중이다. 책 판매인의 삶은 생
각보다 직접 움직이는 일이 많다. 가장 직급이 낮은 수습 직원조
차 판타지 비디오게임의 하위 레벨에게는 어울리지 않는 퀘스트
를 수행하러 이리저리 뛰어다닌다.

　영업시간에 매장에 누군가가 있어야 한다는 것은 서점 운영

에 있어 최우선 사항이지만 누구도 매장을 책임지고 싶어 하지는 않는다(문득 '고양이 몰이 *herding cats*(고양이들을 조직화하는 것처럼 불가능하거나 어렵다는 뜻-옮긴이)라는 말이 떠오른다). 결국 매장에 남는 건 주로 제임스와 나다. 제임스는 매장에 붙박이처럼 남아 있으려고 하고, 나는 수습 직원이라서 당연히 프런트 데스크를 지켜야 하는 사람으로 취급당하기 때문이다. 특히 토요일에는 정말 우리 둘뿐일 때가 많다.

내게 토요일은 새로운 지식을 배울 기회였다. 둘만 있는 토요일이면 제임스가 주중에 따로 빼놓았던 물건과 책을 가져다 놓고 서로 토론을 주고받았다. 물론 일하는 와중에 이야기도 하는 식이었다. 그는 사생활을 중히 여기는 사람이었다. 그러니까 그가 몇 차례 자신의 삶을 흘긋하는 정도로 내보여준 건 나를 신뢰한다는 표시였다. 우리는 어느 면에서 비슷한 삶을 살았다. 또한 내가 뭘 찾을 것인지에 대한 준비 없이는 희귀 서적의 세계로 함부로 들어가지 않는다는 게 그에게는 대단히 중요한 부분인 것 같았다. 그가 매주 자신이 가장 좋아하는 걸상을 좁은 곳에 꽉 끼어 있는 내 조그만 책상 쪽으로 바싹 당겨 앉는 수고를 마다하지 않는 것은 그 때문이었다. 그럴 때마다 책 무더기가 딸려 오는 건 당연했다. 그가 지닌 풍요로운 경험은 결코 카탈로그에는 실리지 않는 내용들이었으며, 그는 컴퓨터를 싫어했지만 일생에 걸친 실용적인 책 판매 경험을 머릿속에 잘 저장해 두고 있었다. 그 경험들은 단편적으로 지금의 내게 남겨졌지만, 당시의 내게는 이해할 수 없는 내용들이 태반이었다.

사실상 토요일 영업은 크게 축소된 상태다.[+] 직원들 사이에 다툼이 벌어졌기 때문이다. 누구도 주말에 일하고 싶어 하지 않았기 때문인데, 신중한 협상 끝에 당번을 정해 근무하기로 했다. 이때 만들어진 서류가 오늘날까지 소서런 내부에서 만들어진 서류 중 가장 신중하고 일관되게 관리되고 있다. 이걸 영예롭다고 해야 할지. 서류에 따르면 토요일에는 두 명의 직원이 근무하게 되어 있다. 필요할 때마다 모두가 돌아가며 다른 직원 한 명과 함께 일을 하는 패턴이다. 당번 배정은 개인의 관심사에 따라 조정되었으며, 종일 둘만 갇혀 있는 걸 참을 수 없어 하는 이들이 서로를 피할 수 있게 짜였다.

예를 들어 앤드루와 제임스의 책상은 문학 부문 속으로 비집고 들어가 꽤 아늑하게 자리 잡고 있는데, 이는 주중에조차 두 사람이 서로를 피할 수 없음을 좋게 표현한 것이다. 게다가 제임스의 책상은 워낙 물건들을 정신없이 늘어놓아서 숨겨둔 물건을 꺼

[+] 때에 따라 12월에는 정상 영업하기도 하는데, 연말을 맞은 모두를 화나게 하고 혼란스럽게 만들기 일쑤다.

낼 때를 제외하고는 본인도 다가가기 힘들 정도다. 그래서 그는 작은 유리 책장을 임시 책상으로 쓰면서 작업 대부분을 거기서 하는데, 문제는 이 유리 책장이 앤드루의 책상과도 잇닿아 있다는 것이다. 결과적으로 두 책 판매인은 일주일에 5일을 서로의 개인 공간 안에 머무는 셈이 되는데, 이 두 분이 일주일 중 나머지 하루마저 함께 보내는 아이디어를 정말 괜찮게 여겼을지 궁금하다.

토요일 개점을 포함한 소서런의 일정은 전통을 따르지만, 영업시간은 더 짧아졌다. 내가 알기로 이렇게 된 이유는 서점에서 가장 바쁜 시간대가 개점 직후인 오전 9시경, 그리고 폐점 직전인 오후 6시경이 될 때가 많기 때문이다. 소서런의 영업시간 정책은 특이한 축에 끼지도 못한다. 많은 서점이 특이한 개점 관행을 지녔다. 예를 들어 길 아래쪽의 서점은 주중에 정해진 날만 문을 열며, 또 다른 서점은 하루 중 일정 시간에만 문을 열기도 한다. 또 어떤 서점은 믹스 앤 매치를 좋아해서 반나절만 영업하는 혼란스러운 일정표를 만들어 붙이기도 하는데, 언뜻 아무도 들어오지 말라는 의도 같기도 하다.

다른 동종업계와 비교할 때 소서런은 주 6일 문을 열며, 개점 시간도 긴 편이다. 그렇다고 우리에게 더 쉽게 접근할 수 있다는 뜻은 아니다. 그저 프런트 데스크에 메시지를 받아줄 누군가가 있긴 하다는 뜻일 뿐이다. 서적 판매인들은 서점 안에 있는 시간만큼이나 밖에 나가 있는 시간도 많다. 판매할 만한 책을 찾아 전국을 헤매고 다니기 때문이다. 서적 판매인이라면 북러너들이 가져오는 책을 받아서 재고를 확보하기도 하지만 책장에 꽂을 책들을 찾아 야생으로 나아가는 일에도 익숙해져야 한다. 경험이 쌓이면 날개를 펼쳐 뭔가 흥미로운 일을 발견하고자 하는 충동이 생기기 마련이듯, 수습 직원의 어린 깃털을 벗고 다 자란 깃털이 돋아나기 시작하자, 나 역시 둥지 너머를 바라보기 시작했다.

28

∞∞

위험한 저택 방문

그 편지는 언뜻 보기에 악의가 있어 보이지 않았다. 소서런에서
는 매주 이런 편지를 많이 받는다. 범죄의 기미라곤 없고, 오랫동
안 잊힌 혈통의 문장이 찍힌 편지지에 '삼가 아룀'이라고 첫 문장
을 시작하며, 고인이 된 먼 친척의 장서를 평가하러 자신들의 사
유지로 방문해 달라는 내용이 주를 이룬다. 아마 우리라면 그 친
척이 희귀하고 감명 깊은 책을 수집하는 취미가 있었음을 딱 알
아보리라고 기대하는 것이다. 우리는 스티븐 킹의 추리 소설 첫
째 장처럼 보이지 않는 편지들에는 웬만하면 답장을 쓰며, 나머
지는 폐기물 통에 넣는다(물론 이 속에 든 것들은 제임스가 서점을 위
해 적절히 재활용한다). 그중 현실적인 제안을 담은 편지들은 책 판
매인들 손으로 넘겨지는데, 누구에게 넘겨주느냐는 주로 관련 분
야에 어느 정도 지식이 있거나, 책이 보관돼 있다는 사유지와 가

까이 살거나, 그도 아니면 제비뽑기에서 걸리는 식으로 결정된다. 이 편지의 경우 서점에 별 도움이 되지 않으리라는 게 뻔해서 맡겠다고 나서는 책 판매인이 없었다. 다른 날이었으면 폐기물 통으로 들어갔을 터였다. 그런 참에 내가 나섰다. 마침 나는 현장으로 나가 책을 살펴보는 실전 경험을 해봐야겠다고 생각하고 있었기 때문에 이번이 좋은 출발점이 될 수 있으리라 생각했다. 나는 얼른 전화를 걸어 목소리가 작지만 아주 이성적일 것 같은 상대와 통화를 하고 혼자 그 집으로 찾아갈 약속을 잡았다.

내게는 중요한 순간이었다. 그동안 종종 소규모 컬렉션에 참석하거나 런던 내 위치한 장소를 방문하기는 했지만, 이번에야말로 혼자서 책으로 가득 찬 집 전체를 둘러볼 기회였기 때문이다. 다량의 희귀 도서를 발견해 내는 명예로운 일인데, 더구나 야생에서라니! 내심 나는 이런 순간을 갈망하고 있었다. 경험 많은 서적 판매인이라면 좀 더 조심히 다뤘을, 보물을 찾는 들끓는 본능 같은 것일지도 몰랐다.

나는 세심한 여행 계획을 세웠다. 목적지까지는 기차를 타고 가서 그 집까지는 적당히 걷기로 했다. 지도에 상세하게 나와 있는 지역은 아니었지만 어렵지 않게 찾아갈 수 있을 것 같았다. 자동차 운전을 하지 않으므로 차를 빌리거나 또는 택시를 부르는 일은 염두에 두지 않았다. 게다가 날씨가 화창할 거라고 했고, 기차에서 내려 힘차게 걸으면 장시간 기차 여행의 여파로 머릿속에 엉킨 거미줄도 털어낼 수 있을 게 분명했다.

　화창한 봄날 아침, 나는 출발했다. 기차는 들풀이 무성하기는 한데 완전히 버려진 것 같지는 않은 시골 역으로 들어섰다. 드문드문 인터넷이 끊기는 휴대폰은 사람을 위한 보도라기보다는 여우나 뛰어다닐 법한 지저분한 샛길로 가라고 알려 주었다.

　그리고 '사유지까지 조금 걷는다'라고 표현돼 있었다. 녹림으로 더 깊이 들어가면서, 나는 이 표현이 얼마나 절제된 것인지를 깊이 이해하게 되었다. 그 길은 따가운 쐐기풀이 일정한 간격으로 앞을 막았을 뿐 아니라 교묘한 샛길과 우회로들이 이리저리 얽혀 있었다. 여우와 야생 고양이, 오소리로 보이는 짐승 사체가 길을 가로질러 여기저기 널려 있었다. 나는 자신에게 저주를 퍼부으면서 혼자서 숲길을 걸어갔다. 때로 금속 격자 담벼락이 뒤틀린 채 앞을 가로막으면 파상풍의 위협에 굴복하여 허수아비가 세워진 들판이나 가시덤불 쪽으로 돌아가기도 했다.

　그렇게 경로가 현실 밖을 넘나들기 시작하면서 GPS를 붙잡고 씨름을 벌이던 어느 순간, 문득 내가 혼자가 아니라는 걸 깨달았다. 뒤쪽, 아슬아슬하게 시야를 벗어난 지점에서 뭔가가 나를 따라오고 있었다. 아주 잠깐 혹시 이 지역에 사는 사람인가 싶어 길을 물어봐야겠다고 생각했는데, 곧이어 더 중요한 질문이 떠오르면서 이 생각을 급히 틀어막았다. '누가 이렇게 외진 데 살지?', '왜 이렇게 몸집이 크지?' 나는 속도를 높였다. 정신없이 가시와 잎사귀를 뚫고 나아갔다. 그림자 같은 미지의 존재를 등 뒤에 달고 다닐 수는 없었기 때문이다. 그러다가도 도중에 잠깐 멈춰 누가 따라오는지 호기롭게 기다리기도 했다. 혹시 그냥 등산객이면 나를 앞질러 가겠거니, 하는 마음에서였다. 그러나 아무도 나타나지 않았다.

걷기 시작한 지 한 시간이 지나자, GPS가 깜빡거리며 다시 살아나더니 숲속 기찻길로 향하는 돌계단으로 나를 안내했다. 나는 기차가 들어오는 시간일지 아닐지 걱정하며 돌계단을 뛰어 올라갔다 내려왔고 비명을 지르며 흩어지는 까마귀로 가득 찬 옥수수밭으로 뛰어들었다.

드디어 길이 보였고, 경중경중 뛰어간 덕분에 이윽고 한적한 시골 저택의 정원 울타리 안으로 들어설 수 있었다. 나무들은 조심스럽게 가지치기가 되어 있었고 가을 분위기가 물씬 났다. 쌓인 낙엽을 밟으며 걸으니, 마치 한 계절에서 다른 계절로 들어간 것 같은 느낌이 들었다. 저택 앞쪽에 자동차들이 서 있었다. 나는 온통 가시로 뒤덮인 채 조개무지 사이를 기어 다닌 것 같은 몰골로 휘청거렸다. 현관에 서 있던 신사분은 예의상 충격받은 듯한 표정을 지어 보였다. "걸었다고요?" 그가 말했다. "여기선 아무도 걷지 않아요. 이곳까지 걸어오라고 말한 사람은 없을 텐데요." 나는 그만하라는 듯 차가운 표정을 한 채 책을 보여달라고 했다.

그는 집 안으로 나를 안내하며 책의 주인인 여성분이 얼마 전에 세상을 떠났다고 설명했다. 영적인 문제에 집착하며 삶의 대부분을 소모한 사람이라고 했다. "아주 오랜 시간 기도하셨죠." 그녀의 유산은 바스러져가는 저택, 몇 가지 당황스러운 가구, 주로 프랑스어로 된(따라서 내 능력으로는 읽을 수 없는) 책들이 전부였다. 나는 예의상 고딕 시집 한 권을 집어 들고 상속자들이 가구를 두고 이러쿵저러쿵 다투는 소리에 귀를 기울였다. 그 소리를 제외하면 집은 놀라우리만치 고요했다. 더 둘러볼수록 책들은 구제할 길 없이 삭아 있다는 것만 알 수 있었다. 가죽은 시들어 손가락이 닿기만 해도 떨어져 나갔다. 그야말로 뭐 하나 건진 것 없이, 화창한 아침은 흐린 오후가 되어 있었다. 집 안 여기저기에 흩어져 있는 가족 구성원들이 모습을 드러내더니 이상한 질문을 해대기 시작했다. 자기들이 나를 지켜보는 게 혹시 거슬리지 않더냐, 밖에서 함께 산책할 생각이 있느냐, 자물쇠로 잠긴 상자에 열쇠가 없는 걸 어떻게 생각하느냐 등등. 시간이 지날수록 그들과의 교류에서 순수한 의도는 가시고 목적을 가지고 나를 파악하려 든다는 느낌이 점점 강해졌다.

나는 집이 정적으로 빠져드는 순간을 놓치지 않고 (시집을 부적처럼 손에 움켜쥔 채) 또 다른 장서가 있는 부엌 아래쪽 방으로 들어갔다. 이곳에는 책이 지그재그 방식으로 벽에서 천장까지 쌓여 있었다. 전등조차 없어서 휴대폰의 손전등을 켜고 책장 가까이 다가가 들여다보았다. 잠깐 제목을 훑어보니 주제가 한눈에 들어왔다. 『주님을 통한 스스로의 구원*Saving Yourself Through the Lord*』 뒤에 퇴마에 관한 이야기를 담은 책 한 권, 악마적인 힘에 맞서는 신성한 기적에 관한 어린이용 문고판들이 주르르 꽂혀 있었다.

독자 여러분, 나는 먼지가 지하실에 채 내려앉기도 전에 위층으로 올라가 출입문으로 직행했다는 말씀만을 드린다. 어두운 형상이 한두 명 나타나 평가가 끝났는지 물어왔고, 내 손에 들린 시집을 보더니 결과가 괜찮다고 여기는 것 같았다. 나는 다소 날카로운 어조로 물었다. "날이 어두워지기 전에 출발하면 안 될까요?" 얼른 그 저택에서 나오고 싶은 마음에 양해를 구하고는 덤불과 구불구불한 길을 되짚어 역을 향해 달리다시피 했다. 이번에는 그림자처럼 따라붙는 관찰자의 기척이 없었다. 마치 그 집에서 필요한 걸 찾아 들고 나오는 순간 악몽에서 벗어날 수 있는 것처럼, 여행은 순식간에 끝이 났다.

나는 찢어진(가시덤불에 긁혀서) 셔츠 차림으로 서점에 도착했고, 손에는 고난의 흔적이라 할 만한 시집 한 권이 쥐여져 있었다.

어쩐지 희미한 악의의 냄새가 배어나오는 책이었다. 알고 보니 책 판매인들 사이에서는 누군가의 저택을 방문할 때 이런 일을 겪을 수도 있다는 (암묵적인) 공감대가 형성되어 있었다. 다음부터는 셔츠를 보호하기 위해 좀 더 튼튼한 재킷을 입어야겠다고 생각했다.

29

다락방의 초상화

나는 이 경험을 통해 미지의 경이로움을 발견하러 나설 때도 집에서 너무 멀지 않은 곳까지만 가야 한다는 교훈을 얻었다.[+] 그래서 다음번 방문 저택이 런던에 위치한 고풍스러운 타운하우스라고 해서 꽤 괜찮다고 생각했다. 낡고, 삐죽하게 높다랗기는 하지만 한때는 4인 가족의 수수한 보금자리였을 텐데, 지금은 그거라도 차지하겠다며 가족들이 서로를 해치려 들 정도의 값어치를 지닌 집이었다. 튼튼한 나무문에는 비명을 지르는 악마 모양의 문고리가 달려 있었다. 어찌나 녹청색의 이끼가 진하게 끼었는지 손을 대기가 무서워서 나무문을 두드리기로 했다.

[+]   만약 꼭 가야겠으면 횃불, 튼튼한 외투, 15미터 길이의 밧줄을 꼭 챙겨가기를 바란다.

나는 문 앞에 서서 잠시 고요한 평화를 누렸다. 도시에 몇 남지 않은 주택가의 한적한 분위기가 물씬 풍겼다. 낮게 드리워진 스모그야 어쩔 수 없지만, 나무를 베어내지 않아서 옛 모습이 그대로 남아 있었다.

나도 모르는 새 소리도 없이 문이 열렸다. 돌아보니 숄을 누에고치처럼 두르고 두 손을 엉덩이에 올린 집주인이 서 있었다. 언제부터 거기 서 있었던 걸까? 왜 아무 말도 안 한 거지? 그녀는 집에 가고 싶어지게 만드는 시선으로 나를 쳐다보았다. 일찍 잠자리에 들었다 거대한 딱정벌레로 깨어나 당신과 같은 상류사회의 일원이 되는 일 같은 건 절대 없었으면, 하고 바라게 되는 시선이었다.

그녀는 한참 동안 나를 아래위로 훑어보더니 내게서 기대한 무언가를 발견하지 못한 듯 눈에 띄게 표정이 찌푸룩해졌다. 사람들은 고서적 판매인의 외양에 관해 이상한 편견을 가지고 있다. 물론 모두가 그렇다는 건 아니지만, 솔직히 그들이 기대하는 외모는 이런 유형이다. 트위드 옷을 입은 장년의 남자가 구식 자전거를 끌고서 눈을 반짝거리며 당장이라도 다음 모험을 떠날 준비가 된 모습.

사실 소서런에 처음 다니기 시작했을 때는 나도 양복을 챙겨 입었다. 그러나 지저분한 온갖 것들로 옷을 망치기만 할 뿐 아무

이점도 없음이 분명해지자 주저 없이 멜빵바지로 바꿔 입었다. 물론 아무도 내 옷차림에 신경 쓰지 않았다. 아마 내가 감자 자루를 뒤집어쓰고 나타나도 그랬을 것이다. 사실 나는 원래부터 사람들이 보거트*boggart*(영국 전설에 나오는 심술궂은 도깨비-옮긴이) 같다고 표현할 만한 성격을 지니고 있다. 필요한 게 있을 때만 책이 잔뜩 들어찬 구덩이에서(나는 이것을 침실이라고 부른다) 기어 나와 구부정한 자세로 걸어가곤 한다. 결국 나는 서점에서 내게 편한 삶의 방식으로 돌아갈 수 있었던 셈이다. 만약 내가 서점에서 셔츠를 입는 일이 생긴다면 앞뒤를 바꿔 입는 바람에 티셔츠를 입은 걸로 착각했을 때 뿐일 것이다. 넥타이 같은 경우 더 많은 책들을 버틸 수 있도록 고장 난 가구에 묶어 놓은 걸 본 것이 마지막이다.

그리하여 나는 제일 좋아하는 카디건을 입고 있었다. 카디건 소매는 내가 좋아하는 방식으로 끝이 좀 풀어져 있었다. 어깨에는 낡아빠진 학생용 가방을 걸쳤으며, 테이프로 수선한 안경을 쓰고 있었다.[+] 고객의 표정은 이제 반감을 드러냈다고 할 수준에

[+]   내 안경은 늘 깨져 있다. 나는 이것을 우주의 섭리로 받아들인다. 그러지 않고는 새로 사서 쓴 후 24시간 안에 반드시 부러지는 현상을 설명할 도리가 없다. 예비 안경과 긴급 대체용 안경을 아무리 많이 준비해도 그조차 며칠을 못 버틴다.

이르러 있었다. 그녀가 평소 강력 범죄자나 재미 없는 광대, 기타 평화를 어지럽히는 존재들을 위해 준비해 놓은 표정이라고밖에 생각할 수 없었다. 내 소개를 하자 그녀는 한쪽으로 비켜서면서 나를 집으로 들였다. 물론 어느 순간에든 불상사가 생기면 경계할 수 있는 정도의 거리를 둔 채였다.

　앞서 집이 높다랗다고 말하기는 했지만, 거대한 현관문 양옆으로 빨간 양탄자가 깔린 계단이 위층으로 이어질 정도로는 충분히 넓었다. 붙박이 책장은 위층까지 높게 뻗어 있어, 리프트를 이용하거나 날개 달린 신발을 신지 않는 한 접근할 수조차 없게 되어 있었다. 집주인이 꼭대기부터 시작하자고 하면서 계단을 성큼성큼 올라가는 바람에 급히 뒤따라갔다. 계단은 다락방으로 올라가도록 만들어진 고정된 나무 사다리 앞까지 이르러서야 끝이 났다. 사다리 위가 남편의 작업실이었다고 그녀가 말했다.

　기가 차게도, 사다리는 설계가 잘못되었고 가로대마저 몇 개 빠져 있었다. 나는 사다리를 타고 올라가 뚜껑을 밀어 올려서 겨우 다락방에 들어섰는데, 그 방은 내 몸집에 비해 너무 작다는 것을 그제야 알아차렸다. 그녀의 남편은 아주 작은 사람이었던 게 분명했다. 나는 몸을 구부린 채 기어 다녀야 했다. 다행히 열린 창문으로 빛이 들어왔고, 다락방의 진짜 목적도 눈에 들어왔다. 초상화의 방이라고나 할까. 사방에 주름진 얼굴의 초상화들이 걸려 있었다. 액자에 넣어 벽에 걸린 것들도 있고, 천장에 걸쳐진 줄에 느슨하게 매달린 것들도 있었다. 느낌으로는 도리언 그레이*Dorian Gray*(아일랜드의 작가 오스카 와일드의 『도리언 그레이의 초상』의 주인공. 자신은 젊음과 아름다움을 유지하며, 초상화만 늙어간다─옮긴이)의 암실 그 자체였다.

　집주인의 작고한 남편이라고밖에 추정할 수 없는 이 초상들은 모두 잠들어 있거나 죽어 있는 모습이었다. 채도가 워낙 낮아서 죽은 모습일 수 있다는 추정도 배제할 수 없었기에 하는 말이다. 걸려 있는 사진이 다가 아니었다. 온갖 초상이 방 여기저기에 잔뜩 널려 있어서 밟고 다니지 않을 도리가 없었다. 나는 5분 남짓 사방을 둘러보며 책을 찾아내려 애썼다. 곧 건질 게 없다는 판단이 내려졌다. 아래로 내려가 나쁜 소식을 전할 수밖에 없었다. 책이라고는 없었지만 왠지 집주인이 인정하지 않으리라는 생각이 들었다.

　과연 집주인인 몸집이 작은 노부인은 단념하지 않았다. 그녀는 나를 다시 계단으로 밀어 올리면서 내부를 빙 두르고 있는 믿을 수 없을 정도로 높은 책장들을 가리켰다. "이것들은 어때요?" 그녀가 초조한 기색으로 말했다. 나는 가능한 한 정중한 말투로 어떻게 저 높이까지 올라가서 볼 수 있을지 방법을 알려달라고 했다. 혹시 높다란 사다리를 가지고 있으려나? 곧이어 혀 차는 소리와 코웃음 소리가 폭포처럼 쏟아지더니 그녀가 집 안으로 돌진해 들어갔다. 문이라든가 가구, 다른 일상적인 물건들이 알아서 비켜주면서 길을 터주기라도 하는 듯한 기세였다. 꽤 시간이 걸렸기에 나는 발끝으로 버티고 서서 목을 길게 빼고 책 제목들을 훑어보았다. 물론 대단히 열심히 살펴봤다는 뜻은 아니다. 눈앞에 보이는 정도만으로도 문고판이 거의 썩어 있고, 책등의 색이 바랜 상황은 충분히 파악할 수 있었다. 가죽으로 장정한 책들은 병충해로 이미 절반 이상이 삭아 있었다. 곰팡이 정도는 갖다 댈 문제도 아니었다.

이윽고 그녀는 조그만 발판 사다리를 가지고 돌아왔다. 기껏해야 발 받침대로나 봐줄 만했다. 그녀가 나를 바라보았고, 나도 그녀를 보았다. 그러고는 둘 다 발판 사다리 쪽으로 고개를 돌렸다.

결국 나는 아무리 복잡하게 계산해 봐도 손 닿지 않는 곳에 놓인 수백 권의 책이라는 핵심 문제를 해결할 수 없음을 보여주기 위해 다소 위험한 시연까지 해 보였다. 그러나 그녀는 내가 거미원숭이의 화신도 아닌데 12미터 높이의 책장을 기어 올라가지 않는다고 해서, 마치 내가 일부러 그녀의 노력을 좌절시키려고 한다고 받아들였다. 그러면서 다들 하는 걸 나만 못하는 것 아니냐, 하는 생각을 노골적으로 드러내기도 했다. 이러나저러나 막

다른 골목에 이른 셈이기는 했다. 중장비로 벽을 부수지 않는 한 책에 손이 닿을 방법은 없었었고, 다음 단계로 나아갈 수밖에 없었다. 스스로가 이 일을 해내지 못할 거라고 믿어 의심치 않았던 나는 간절한 눈으로 현관 쪽을 바라보았지만 그녀는 고집스레 나를 지하실로 끌고 내려갔다.

지하실은 대개 화려한 꾸밈과는 거리가 멀다. 그럴 이유가 딱히 없다. 그래서였겠지만 내부는 아주 어두웠다. 어둠 속으로 발을 내디디며 횃불에 의지해 지나가다 보니 못이 잔뜩 박힌 커다란 녹색 문이 있었다. 중앙에 엄청나게 큰 열쇠 구멍이 뚫려 있었고 그 안에서 불길한 의식이라도 열리는 것처럼 느낌이 으스스했다. 그녀는 잠시 멈춰 서더니 그 방에는 들어갈 필요가 없다고 말했다. 열쇠가 없어서 들어갈 수도 없는데 굳이 경고를! 그녀의 숄에서 풀려나와 늘어진 실을 따라가다 보니 그녀가 '서재'라고 부르는 공간이 나왔다.

작은 지하실 방에 화장실을 밀어 넣는 것이 유행했던 건축 시대가 있었는지 확실하지 않지만, 이 '서재'는 누군가가 기를 써가며 그걸 구현해 놓은 곳이었다. 흔들흔들하는 변기가 고르지 못한 바닥 위에 위태롭게 균형을 유지하고 있었으며, 방의 네 벽은 〈펀치 *Punch*〉(1841년에 창설된 영국의 유머 풍자 주간 잡지. 풍자적인 만화라는 의미의 카툰이라는 말을 현대적 의미로 정착시켰다. 2002년에 완전히 폐간되었다-옮긴이) 카툰이 실린 잡지 수백 권으로 빙 둘러져 있었다.

만약 〈펀치〉 카툰에 익숙지 않은 사람이라면, 이제 딱 하나 남은 재미있는 사실만 기억하면 된다. 이 잡지가 엄청나게 팔기 어려운 책이라는 것. 신문에 별다른 참고할 내용이 없어서 연재 만화나 보려고 대충 훑어본 적이 있다면 〈펀치〉 연감을 집어 들었을 때 어떤 것들이 나올지 이미 알고 있을 것이다. 한 세기도 넘는 시절의 뻐딱한 정치적 농담, 아무도 기억하지 않는 당시의 사건들과 오래전에 잊힌 사람들. 이따금 〈펀치〉를 빽빽하게 엮어 묶어 놓은 거대한 뭉치들을 마주하곤 하는데, 요즘 사람들이라면 일반적으로 그것들을 보관할 공간이 없다고 느낀다. 종종 나는 이것들의 유일한 실용적인 용도가 피라미드나 수력발전 댐을 건설하는 데 있지 않나 하는 생각을 하곤 한다. 아무튼 책 판매인으로서는 백 권짜리 백과사전이나 마찬가지로 웬만해서는 마주치고 싶지 않은 책들이었다. 아주 오랫동안 이 책들을 보관해온 누군가를 붙잡고 카툰이 재미는커녕 더는 이해되지도 않는다는 사실을 납득시키려 애쓰는 일은 빠르게 밑바닥으로 치닫는 대화에 불을 지르는 것이나 마찬가지였다. 그렇게 나쁜 소식을 전할 방법을 찾느라 나름대로 골몰하는 사이, 그녀는 이미 사라지고 나는 혼자 남겨져 있었다. 뻘쭘한 마음에 하릴없이 변기가 잘 작동하는지 레버를 잡아당겨 보았다.

신발이 온통 젖은 채로 서점에 돌아왔을 때 그걸 눈치챈 사람은 없어 보였다. 알았다고 해도 굳이 그렇다고 말할 정도로 무례한 사람들이 아니었고. 나는 망가진 신발을 책상 아래에 은닉하여 증거를 감췄다.[+]

[+]　신발 한 짝이 눈 깜짝할 새 사라졌는데, 도대체 어디로 갔는지 모르겠다.

30

∞∞

모자걸이와의 동행

소서런은 오랜 세월에 걸쳐 수많은 특이한 사건들을 겪으며 물건들을 빼앗다시피 쟁여왔다. 마음먹고 장식 하나하나를 자세히 들여다보면 고대 농신제에서 폐기된 유물 정도는 쉽게 찾을 수 있을 것이다. 십 년이 넘도록 서점을 배회하고 있는 엄청난 크기의 (그리고 슬프게도 비어 있는) 샴페인 병도 그런 물건 중 하나다. 그게 네부카드네자르*nebuchadnezzar*(일반 포도주병 20개 용량의 포도주병-옮긴이)인지 발타자르*balthazar*(일반 포도주병 16개 용량의 포도주병-옮긴이)인지에 관해서는 의견이 갈리지만, 아무리 더는 쓸 수 없는 병이라고 해도 갖다 버리는 건 못 할 노릇이라는 데는 모두가 동의한다. 서점 여기저기에는 이와 비슷한 잡동사니와 표류물들이 흩어져 있는데 이곳까지 흘러들어오기 전에는 모두 누군가의 소유물이었을 테다.

내가 아직 수습 초기였던 때의 어느 흐린 날 아침, 앤드루는 새로 들어온 반짝거리는 초심자, 즉 나를 십분 활용하기로 마음먹었다. 그동안 조심스럽게 휴전 상태를 이어온 인근 서점에 불편할 정도로 큰 모자걸이를 돌려주기로 한 것이다. 아마 이 물품을 계속 점유하고 있었던 탓에 느닷없이 양심의 가책을 느낀 것일지도 몰랐다. 이 모자걸이는 인근의 서점들이 파티를 열 때마다 가져다 쓰는 게 전통처럼 굳어져 운명의 돌*Stone of Destiny*(성서 속 인물인 야곱이 베개로 썼다고 전해지는 돌. 스코틀랜드 왕권을 상징했으며, 지금은 영국 대관식에 반드시 가져다 놓는 물건이다-옮긴이)처럼 이리저리 옮겨 다니곤 하던 물건이었다. 예리한 관찰자라면 모자걸이는 쉽게 구할 수 있는 물건인데 차라리 하나 살 것이지 왜 굳이 빌리러 다니는지 모르겠다고 말할 수도 있을 것이다. 그러나 내게는 이 문제를 곰곰이 생각해 볼 여유가 없었다. 앤드루가 짧은 길 안내와 발랄한 작별 인사에 덧붙여 이 공예품을 내 손에 맡긴 상태였기 때문이다. 작은 조각으로 분리되지도 않고, 바퀴도 달리지 않은 물건이었다. 택시를 부를 생각을 잠깐 했지만 오래 생각하지 않아도 답이 나왔다. 어떤 택시 기사든 거대한 모자걸이를 든 내 모습을 보면 즉시 샛길로 빠져나가리라는 건 불 보듯 뻔한 일이었다. 게다가 어차피 택시에 실리지도 않을 크기였다.

어느 매장 외부의 간판을 쳐서 떨어뜨릴 뻔한 후, 이 물건을 똑바로 세워 드는 건 좋은 생각이 아님이 증명되었고, 눕혀서 드는 것 또한 여러모로 민폐였다. 결국 마상 창 경기를 하듯이 이리저리 휘두르며 가는 게 유일한 대안이었는데, 어쩌다 내 앞이나 뒤, 양옆을 지나치는 사람들 모두에게는 불행한 일이 되었다. 목적지는 대영박물관 근처의 잔다이스라는 서점이었다.[+]

19세기 문학 전문가들로 이루어진 잔다이스는 1986년부터 그레이트러셀스트리트 46번지에 자리 잡고 있으며, 건물 자체는 1730년대부터 거기 웅크리고 있었다. 잔다이스의 유령은 킬트를 입는 스코틀랜드 사람으로 추정되며, 그동안 우리가 봐온 바에 따르면 딱히 악의적이지 않았다. 그럴 만한 사건 사고가 없었으므로.

아무래도 피커딜리 쪽으로 건너가 전설의 로터리를 빙 도는 수밖에 없을 듯했다. 피커딜리 광장을 걸어서 가로질러 봤거나, 가로질러 보겠다고 시도하는 불운을 아직 겪지 않았다면 앞으로도 그러지 말라고 추천하고 싶은 코스다. 광장 전체에 교차로가

[+] 나는 이 서점 이름이 디킨스의 소설 『황폐한 집Bleak House』(1852~1853년에 걸쳐 출간된 소설의 제목. 소설 속에서 실화를 바탕으로 한 잔다이스 대 잔다이스 소송이 다루어진다─옮긴이)에 나오는 유언 검인 소송의 이름을 딴 것이라고 짐작한다.

미로처럼 복잡하게 얽혀 있는 데다, 신호 체계도 엉망이라 자동차가 갑자기 방향을 틀어 달려오기도 하는 곳이다. 게다가 이곳이 인기 있는 관광지인 것도 교통 혼잡을 더하는 요인이 되는데, 아마 도로 이용자들의 눈에 번쩍 뜨이는 거대하고 대단히 어지러운 전자 광고판들 때문일 것이다.

아무튼 나는 모자걸이의 끝 부분으로 노부인을 찌르지 않으려 애쓰다가 또 다른 신사 한 분을 때려 거의 대자로 뻗게 할 뻔했고, 그 결과 재잘거리며 카메라를 들이대는 청소년들의 놀잇감이 되고 말았다. 내 악전고투가 고스란히 담겼을 그 '증거' 사진들은 십중팔구 그들의 '보관함' 어딘가에 지금까지도 담겨 있을 것이다. 이때까지도 나는 책 판매인으로서 입문 단계에 있던 시절이라 양복이라는 가장무도회 의상을 벗어 던지지 않은 채였다. 나는 종종 얼굴을 가리는 넥타이를 펄럭거리며 거대한 나무 삼지창을 끌고 세계에서 가장 붐비는 교통 체증을 뚫고 길을 건너고 있었다. 마치 벌집 속 여왕벌처럼 흥미로워하는 관광객들을 우글우글 끌어모으면서.

어찌어찌 섀프츠베리 애비뉴 뒤편의 샛길로 뛰어들자 뒤따르는 사람들이 웬만큼 떨어져 나갔다. 그곳은 게이 지구와 극장 후문들이 만나는 지점으로 낯선 광경이 다양하게 펼쳐져서 내게 쏠리는 관심이 높지 않았다. 그 뒤로도 또 한 차례의 생명을 위협하는 장대높이뛰기 같은 길 건너기가 이어졌고, 대영박물관[+]에서 폴짝, 펄쩍, 훌쩍 뛰어내린 끝에 마침내 목적지가 보였다. 우리 서점 앞길보다 더 소란한 길이었다. 하기사 그 어떤 길도 새크빌스트리트의 유혹적인 무기력 상태를 흉내 내기는 어려울 터였다.

런던의 고서점은 대개 간판 스타일만으로도 어딘지 알아볼 수 있다. 심지어 이름을 읽을 필요도 없다. 거의 예외 없이 색이 칠해진 나무판 형태로 벽에 붙어 있거나 화려한 금속제 걸이에 걸려 있는데, 상호의 서체마저 똑같다. 한 가지 문제가 있다면 녹색과 금색을 자신들의 색으로 정해 버린 북 딜러들이 너무 많아서 사람들이 종종 착각하여 원래 가려 했던 곳과 아예 다른 서점을 찾아가기도 한다는 것이다. 잔다이스는 간판에 비용을 아끼지 않았는데, 간판이 벽을 가로질러 큼지막하게 붙어 있는가 하면 머리 위까지 툭 튀어나오도록 걸려 있어 행인들을 유혹했다. 누가 봐도 매력적인 서점이었다. 비록 책들이 작은 창문 안쪽에 보관되어 나 같은 방문객은 안을 제대로 들여다볼 수 없다는 문제가 있었지만. 나는 엉망인 몰골로, 그래도 희망을 품고서 비참한 모자걸이를 끌며 커다란 붉은 문 앞에서 안으로 들어갈 방법을

[+]   좀 전에 등장했던 '증거물 보관함'이라는 말이 어울릴 수도 있겠다.

찾았다. 문은 밀어도 끄덕하지 않았고, 세차게 밀쳐도 소용없었다. 큼직한 금속제 고리를 몇 차례 두드렸지만 역시 아무 반응이 없었다. 맙소사.

서점 앞 돌계단에 앉아 잠시 기다리면서, 모자걸이를 들고 다시 소서런으로 돌아가지는 않겠다는 결론을 내렸다. 아주 잠깐은 마음이 나약해져서 그걸 덤불 속에 숨기고 달아나 버릴까도 생각했지만, 제임스가 범죄의 낌새를 눈치채고 내게 되돌려 줄 것만 같아서 포기했다. 결국 나는 아까와 달리 누구의 주의도 끌지 못한 채 왔던 길을 되돌아 걷기 시작했다. 서점 옆 상점은 옛날 동전과 여러 수집품을 취급하는 것 같았다. 나는 상점 문 안으로 머리를 들이밀고 혹시 잔다이스가 문을 닫았는지 아느냐고 물었다.

상점의 계산대 뒤에 앉아 있던 숙녀분은 어머니 같은 따스한 분위기를 풍겼다. 혹은 내가 너무 필사적인 나머지 그렇게 느꼈는지도 모르겠다. 떠듬거리며 뭐가 문제인지를 털어놓자마자 그녀는 격분한 태도로 서점을 향해 큰소리로 욕을 퍼부으며 빗자루를 꺼내 들었고, 반면 나를 향해서는 친절한 미소를 지어 보였다. 따라오라는 그녀의 말에 나는 그녀의 꽁무니에 매달린 모양으로 거리를 행진했다. 오늘은 그냥 돌아가고 다른 날 다시 오겠다고 건의하기도 했지만 들으려고도 하지 않았다. 그녀는 빗자루로 붉

은 문을 두드리며 누군가를 향해 "열어요!"라고 소리치면서, 쥐구
멍을 들여다보는 고양이처럼 목을 길게 빼고 창문 안을 들여다보
았다. 나는 땅이 꺼져서 나를 슬그머니 삼켜버리기를 바라기 시
작했다. 이 숙녀분이 마치 세금 징수원 혹은 죽음의 천사처럼 버
티고 서서 서점 문을 계속해서 두들기는 모습을 지나다니는 사람
들이 쳐다보고 있었기 때문이다. 온갖 노력의 결실 끝에, 마침내
커다란 문이 끼익 하고 열렸다. 문틈으로 불만스러운 얼굴이 슬
쩍 엿보이는 정도밖에는 열리지 않았지만, 나는 나름대로 분위기
전환용 헛기침까지 하면서 모자걸이를 건네주었다. 상대방은 혼
란스러운 표정으로 모자걸이를 넘겨받더니 고맙다는 말을 웅얼
웅얼 내뱉었고, 그와 동시에 코앞에서 문이 탁 하고 닫혔다. 숙녀
분은 나를 향해 크고 환한 미소를 지어 보이고는 가공되지 않은
순수함으로 무장한 채 내게 물었다. 정오가 되어야 문을 여는 서
점에 아침부터 찾아와서 급히 모자걸이를 반납해야 했던 중요한
이유가 뭔지 말해 보라고.

31

경매에 입문하려면

나는 비싼 양탄자를 지저분한 신발로 온통 밟아놓은 걸 마음에 걸려 하며 경매 회사의 지하층에 서 있었다. 정장용 실크 모자를 쓴 모습이 터무니없는 상업적 허세처럼 보이는 문지기가 나를 안으로 들여보내 주었다. 물론 내가 방문한 이유를 꼬치꼬치 캐물은 뒤였다. 문지기는 값비싼 장신구를 한 여자나 넥타이 차림의 분주해 보이는 남자가 들어갈 때는 제지하지 않았다. 삐딱하게 보려는 게 아니라 뻔히 보이는 상황이었다. 결국 내가 입은 카디건이 거슬렸던 거다.

내가 경매 회사를 찾아간 건 우리 서점이 경매에서 산 책을 수령해 오는 임무를 맡아서였다. 문지기와 옥신각신하기는 했지만 나는 비싼 경매 회사에서 뭘 받아오는 일을 해 본 적이 없는 초심자다운 자신감에 가득 차서 건물 안을 휘젓고 다녔다. 건물 내부는 읽어봐야 도움이 되지 않는 표지판과 그날따라 좋지 않은 분위기를 조성하는 조명들로 이루어진 미로 같았다. 카운터를 찾는 데만 25분이 걸렸다. 두 번째 나선형 계단에서 길을 잃어 기분 나쁠 정도로 사실적인 조각상 경매장으로 들어갈 뻔하다가 다시 나왔기 때문이다.

카운터에는 리투아니아 억양을 쓰는 피곤해 보이는 남자가 있었다. 그는 이른 아침부터 무거운 물건을 잔뜩 들어 올려 더는 뭘 들고 싶지 않다는 표정을 하고 있었는데, 그 태도 덕분에 경매 회사 내부에서 그때까지 만난 사람 중 가장 동정이 갔다. 내가 찾아온 이유를 설명하자 그는 길게 듣지 않고 말을 막았다. 그가 준 정보에 따르면 책을 수령하기 위해서는 특별한 번호가 매겨진 열쇠가 있어야 하는데, 건물 맞은편의 지하층에 있는 데스크에서 받아와야 한다고 했다.

나는 투덜거리며 왔던 길을 되돌아갔다. 뱅뱅 도는 복도를 통과하고, 의심스러운 경매장을 지나고, 불퉁한 표정의 문지기에게 손을 흔들고, 섬뜩하게 생긴 꽃병을 옮기는 두 여자와 부딪힌 후 지하층으로 내려갔다. 희미한 전등 빛 속에서 한 명의 직원이 최소 네 명의 직원을 수용할 수 있는 크기의 유리 부스 안에 몸을 사린 채 앉아 있었다. 유리는 중세의 공성전에 쓰던 통나무를 가져오지 않는 한 부서지지 않을 정도로 튼튼해 보였다. 여직원은 동전 뒷면에 새기면 딱 알맞을 정도의 딱딱한 표정을 한 채 짐짓 나의 존재를 모른 척했으며, 내가 자기 얼굴 바로 앞에 있는 작은 벨을 누를 때까지도 기척을 무시했다. 나도 미리 준비해 둔 퉁명스러운 얼굴을 해 보이며 수령 내용이 적힌 서류를 내밀었다.

그녀는 마지못한 듯 고개를 끄덕였다. 나는 내가 없었으면 비어 있었을 휑한 방에서, 내 얼굴 바로 앞에서 서류를 팔락팔락 넘기는 여자를 바라보며 한 시간을 기다렸다. 마침내 그녀는 결론에 이르렀다. "대단히 죄송하지만, 수령 승인자 목록에 없으시네요."

당황스러웠다. "제가 이 책을 수령해 가야 해서요. 어떻게 하면 목록에 이름을 올릴 수 있나요?"

그녀가 송곳니를 드러내며 씩 웃었다. "귀사의 승인자 목록이 있어요. 이미 승인자 목록에 올라 있는 분이 이 서류에 서명해 주시면 됩니다."

나를 승인해 줄 수 있는 사람들의 이름을 훑어보았다. "저기, 죄송하지만 실수가 있었나 봅니다." 나는 좀 주저하면서 웃었다. "이분들 중에 살아있는 분이 한 분도 안 계십니다."

여자는 이해할 수 없는 이상한 표정을 반복하더니 마침내 태도를 정한 듯 이렇게 말했다. "승인자들의 이름을 변경하실 수는 있어요." 그녀는 천천히, 그러나 점점 더 기세를 높여가며 이렇게 덧붙였다. "이미 승인자 목록에 있는 분 중 한 분이라도 서명해 주시면 됩니다."

"부인." 나는 되풀이해서 말했다. "그분들은 다 세상을 떠났어요. 서명이라는 걸 할 수가 없어요."

그녀는 나를 바라보았고, 나는 그녀를 바라보았다. 나는 책을 손에 넣을 때까지는 여기를 나서지 않겠다고 마음먹고 이 만남이 길어질 것에 대비했다. 아무리 그래도 그렇지, 시스템이라는 게 이딴 식으로 작동하지는 않을 터였다. 그녀가 규칙을 잘못 이해한 게 분명했다. 다른 사람을 불러달라고 부탁했다. 그러나 이것이야말로 큰 실수였다. 뒤쪽에서 놀랍도록 똑같은 여자가 나타나서 놀라운 솜씨로 맨 처음부터 똑같은 과정을 다시 시작했기 때문이다.

"아, 뭐가 문제인지 알겠어요"라고 더러운 천으로 안경을 닦으며 그녀가 말했다. "그렇군요. 승인자들이 모두 돌아가셨다는 거네요."

나는 이를 꽉 물었다. "그렇습니다만, 어쨌든 책을 수령해야 해요."

그녀는 또 한 번 곰곰이 생각에 잠긴 듯 눈을 몇 차례 천천히 깜박거렸다. "이런." 그녀는 고개를 흔들며 서류를 내게 다시 밀었다. "절차상 한 명의 서명이 꼭 필요해서요." 잠시 후 좋은 생각이 났다는 듯 그녀의 얼굴이 밝아졌다. "가서 다른 사람을 데려올게요. 잠깐 기다리세요."

　그리하여 감독관 두 명과 관리자 한 명, 일곱 차례의 내부 전화가 오가고 나자, 혼란에 빠진 직원들 한 그룹이 부스 하나에 모이게 되었다. 일찍부터 달려온 직원 한 명은 삼십 분쯤 지나자 괜히 친한 척을 해 보이기에 이르렀고, 나머지는 핑곗김에 경매 회사 안의 다른 달갑지 않은 사무를 피해 온 것처럼 보였다. 새로운 도움의 손길이 도착할 때마다 설명은 처음부터 다시 시작되고, 또다시 시작되었다. 여섯 시가 되었다. 그들은 정말 죄송하지만 문을 닫을 시간이라고 알렸다. 나는 빈손으로 그곳을 나왔다.

32

희귀 도서 세미나

모든 길은 로마로 통한다고 한다면 영국의 서적 판매는 결국 요크로 통한다고 할 수 있다. 하필 요크여야 했던 데는 잘 알려진 (나는 모르지만) 복잡한 역사가 분명히 있을 것이다. 아무튼 요크는 고서적 판매의 허브이며, 일반적인 분포와는 차원이 다른 고서점 밀집도를 자랑한다. 매년 그곳에서 열리는 도서 박람회는 규모 면에서 런던을 완벽히 능가하지는 않더라도 맞먹는 규모이며, 많은 서점이 매년 요크로 가서 옛 세상의 정취를 즐기는 일종의 순례 여행을 한다. 요크는 런던보다 고서적의 진정한 미학이 훨씬 더 많이 배어 있는 곳이다. 런던 같으면 이미 사무실 지구로 바뀌 버렸을 구불구불한 길과 삐걱거리는 오래된 상점 전면을 아직도 간직하고 있다.

한번은 '전율스러운 광기의 집House of Trembling Madness'

이라는 낡은 주점에 끌려간 적이 있었다. 투어 중인 책 판매인들에게 대단히 인기가 있다고 해서 억지로 따라갔는데, 천 개 정도 되는 동물 머리 박제들이 가득한 가게였다. 눈에 띄지 않는 곳에 위치하고 있어서, 주점이 거기 있다는 걸 미리 알고 가지 않는 한 우연히 찾아 들어갈 일은 거의 없으므로 고객이나 지방 행정관, 법조인들과 마주치고 싶지 않은 책 판매인들에게는 완벽한 장소였다. 나는 이따금 소서런도 이런 접근법을 채택해 보는 게 어떻겠느냐고 건의하곤 했다. 모험심이 투철한 건축가 한 명을 찾아 내 서점 입구를 바위 더미로 가리거나 현관을 사용하지 않는 건물 부지처럼 보이게 위장하는 설계를 맡기자는 내용이었다.[+] 아, 이야기가 옆길로 샜다.

　나의 수습 기간 동안 재정적 지원을 해주던 고서적협회는, 내가 매년 요크에서 열리는 희귀 서적 세미나에 참석하면 아주 좋겠다는 결정을 내렸다. 세미나 개최는 더 많은 사람이 업계에 참여하도록 장려하려고 고안된 비교적 최근의 아이디어로, 더 중요한 사실은 내가 공짜 샌드위치를 결코 거부하지 않는 사람이라

[+]　더글러스 애덤스*Douglas Adams*(1952~2001. 『은하수를 여행하는 히치하이커를 위한 안내서』로 유명한 영국의 과학소설 작가이자 풍자 작가─옮긴이)의 정신으로, 나는 오랫동안 '표범 조심'이라는 팻말을 내 책상 근처에 놔두고 싶었다. 고객들을 겁주기에 안성맞춤 아닐까?

는 것이다. 책 판매인들을 강연이나 질의응답을 위해 한 방에 모이게 하는 일이 쉽지 않으리라고 생각하겠지만, 내가 보기에는 한두 시간 정도 구체적인 관심 분야에 대해 신나게 이야기할 기회를 주겠다는데 굳이 싫을 이유는 없지 않겠나 싶다. 요크에 가본 적이 없어 낯설기는 했지만 소서런에서 숙식비를 내준 데다, 매장 일을 며칠이나 쉴 기회이기도 해서 나는 이 일정을 작은 휴가처럼 보내기로 했다. 에벌린은 다소 내키지 않는 표정으로 회사 신용카드를 건네주면서 방을 예약하라고 했다.[+]

나는 호텔을 선택할 때 가급적이면 돈을 아끼려고 애썼고, 그 결과 어느 노부인의 집 뒤편에 있는 비좁은 상자 같은 방에 머물게 되었다. 그 방은 요크 어딘가에 있기는 했지만 (중요한 건) 내가 가야 할 곳과는 턱없이 먼 데 있었다. 독자들은 아직 잘 모르겠지만 내가 여행 계획을 세우는 데 얼마나 서투른지가 곧 드러난다. 일단 내 옆방 사람은 그때까지 한 번도 만나본 적이 없는 유형이었다. 내내 쉭쉭거리거나 뭘 질질 끄는 소리를 내서 혹시

[+]   지금껏 나는 회사 신용카드를 사용할 수 있는 특권을 누리는 경우가 많지 않았다. 내게 큰 금액을 즉흥적인 판단으로 소비할 권한을 주는 것을 대체로 꺼리는 분위기다. 혹시나 내가 팔리지도 않을 꺼림칙한 책에 돈을 뭉땅 써버릴까 봐 두려워하는 눈치인데, 한편으로는 섭섭하기도 하고 다른 한편으로는 십분 이해된다. 그거야말로 정확히 내가 할 법한 행동이기 때문이다.

내가 도롱뇽과 같은 숙소에 들어왔나 하는 생각을 할 수밖에 없었다. 게다가 내게 방을 빌려준 노부인은 따로 현금을 내면 아침 식사를 제공해 주었는데, 지나가다가 부엌을 잠깐 들여다본 후 나는 배고픈 게 죽는 것보다는 낫다는 판단을 굳혔다. 그녀는 나를 붙들고 '서적 판매인 시즌'의 효과 등에 대해 불평을 늘어놓기 시작했고, 나는 바쁜 척하며 대화(길어질 이유가 하등 없는)에서 빠져나왔다.

아침에 좀 일찍 나와야 했기에 식사를 거르는 쪽도 나쁘지 않았다. 지도를 확인해 보니 계획했던 대로 거리를 둘러보며 걷는 건 좀 힘들겠고 가볍게 뛰어야 제시간에 맞출 수 있을 것 같았다. 도중에 허물어져 가는 철교를 가로질러 올라갈 때는**+** 언젠가 겪어본 일인 듯한 느낌이 살짝 나기도 했지만 다행히 시간 안에 도착해서 강의실 뒷자리 하나를 차지하고 앉아 공책을 꺼냈다.

나는 생리적으로 권위를 싫어해서 학창 시절 우수한 학생과는 거리가 멀었지만 이렇게 된 더 큰 이유는 십 대부터 시작된 기

+　영국에서 희귀 도서에 관련된 경력을 쌓고 싶으면, 사용하지 않는 철교를 헤매고 다니는 데 지나치다 싶을 만큼 긴 시간을 쏟아부어야 한다는 점을 지적하지 않을 수 없다. 책 수집가와 딜러들이 무슨 이유로 철교에 끌리는지 정확히는 모르겠지만, 튼튼한 신발은 필수이며, 녹슨 금속과 비틀린 구조물 위로 추락하는 걸 두려워하는 사람들은 아예 시도조차 하지 않는 것을 권한다.

면증 때문이었다. 조용하고 차분한 상황에 놓이면 어김없이 머리가 흐릿해졌다. 이를테면 선의의 책 판매인들이 몇 시간에 걸쳐 시원치 않은 조명이 켜진 방에서 차근차근 나누는 이야기를 듣는 상황이 그렇다. 어렵사리 스코틀랜드 근처까지 왔다는 데 흥분한 나머지, 이 중요한 사실을 새카맣게 잊어버린 게 문제였다. 첫 강의를 듣다가 꾸벅꾸벅 졸기 시작하면서 뒤늦게야 기면증 생각이 났다. 이 강의는 참고 도서를 주제로 한 대단히 유용한 내용이 가득했지만, 나는 결국 놓치고 말았다.

내가 강의실 뒤쪽에서 부당하게 얻은 낮잠을 즐기는 동안 내 양쪽에서는 희귀 서적의 세계를 배우고자 하는 학생들이 필기에 열중하고 있었다. 평소에 희귀 도서 세미나에 참석하는 사람들이 어떤지 잘 모르기는 해도 참 희한한 캐릭터들의 집합이었다. 강의실 수용 인원은 서른 명 정도였지만 가지각색 참여자들의 다양성이 묘한 열기를 부추겼다. 한구석에는 은퇴한 판사라도 되는 양 올빼미를 연상케 하는 얼굴을 하고서, 뭐가 불만인지 강의 도중 한 번씩 강사들을 향해 가만두지 않겠다고 위협하는 듯한 표정을 짓는 사람이 있었다. 내 앞에는 최고급 서점으로 짐작되는 데서 온 젊은 책 판매인들이 지나칠 정도로 잘 차려입고 모여 있었는데, 아마 자기들끼리 이미 무리를 지은 것 같았다. 반대쪽에는 몸에 문신을 새긴 거구의 웨일스 남자가 세 명은 앉을 수 있을 만한 자리를 차지하고 구부정하게 앉아 있었다. 그는 내가 평소처럼 꾸벅꾸벅 조는 것을 무정부적인 반항의 표시로 받아들인 모양이었다. 권력에 항거하라, 뭐 그런. 나는 그의 무지막지한 애정에 빠르게 (그리고 마지못해서) 호응했다. 심지어 강의 막간에 그는 오지의 북 딜러로 살아남는 법에 대해 이런저런 은밀한 방법들을 내게 주입하기도 했다. 이 지점에서 그만하라는 말을 해야 했지만, 문제는 내가 꽉 끼는 셔츠를 입은 남자들에게 약하다는 것이었다. 결국 나는 그가 나를 이단이라고 믿게 놔두었고, 그는 한쪽 팔에 책을 가득 안은 채 자동차 시동 거는 방법을 상세하게 늘어놓기 시작했다.

강의는 종일 계속되었으며, 매번 새로운 종류의 책 판매인들이 앞으로 나와 자신들의 특정 관심 분야에 관해 이야기했다. 어떤 이들은 누가 봐도 타고난 교사였고, 또 어떤 이들은 사랑하는 이가 끔찍한 운명을 맞이하지 않게 하려고 협박에 못 이겨 나선 것처럼, 공황에 빠진 듯한 퀭한 표정으로 강단에 서 있었다. 심지어 어떤 이는 말을 하다가 갑자기 멈추고는 아쉬운 표정으로 문쪽을 바라보는 행동을 계속했다. 그때마다 누군가 계속하라는 말을 했고, 그러면 그는 마지못해 강의를 이어가곤 했다. 강의 사이사이에 나는 고서적 공동체가 해마다 이 강좌를 열고 있으며, 업계 사람들이 다양한 호의와 의무감을 가지고 참여해 각자의 지식을 공유할 수 있도록 서로를 독려하고 있다는 걸 알게 되었다. 물론 겉보기에 일부 사람들은 내키지 않는 듯한 표정을 짓고 있기는 했지만, 속삭이는 말과 혼잣말들을 들어보면 책 판매인들 사이에 새로운 피가 수혈되고 자양분이 공급되지 않으면 업계의 전통이 사라질 수도 있다는 실제적인 두려움이 뚜렷이 보였다. 이 두려움의 압박이 사회적으로 불가지론자라고 할 책 판매인들을 한 방에 불러 모으고 좌중 앞에 나서는 용기까지 일으키는 위력을 발휘한 것이다.

버려진 책갈피처럼 이 사람 저 사람 사이를 다니며 강의를 듣는 학생 그룹들과 이야기를 나눠 봤는데, 강사들이 이들의 대화를 들었더라면 걱정을 좀 덜 수 있지 않았을까 싶었다. 책을 좋아하는 사람들, 고서적과 인연을 맺은 사람들에게는 한결같은 허기가 있었다. 주어지는 기회도 거의 없고, 부와 특권에 대한 아무런 현실적인 전망도 없이 남들과 다른 길을 가기 위해서는 합리성과는 좀 거리를 두고 그때그때 색다른 관계를 맺을 수밖에 없다는 생각이 든다.

제임스는 자주 소서런의 좌우명이 '여기서 일하기 위해 미쳐야 하는 건 아니지만, 미치는 게 도움은 된다'가 되어야 한다고 말하곤 한다. 내가 생각하기엔 희귀 서적 판매에 발 담글 정도의 괴짜들은 앞으로도 늘 있을 것 같다. 그보다 정말 중요한 사실은 많은 서점이 문을 닫으면서 오래된 책 판매인들이 점점 더 은둔하는 형태의 사업 모델 쪽으로 방향을 돌리고 있지만, 또 다른 유형의 책 판매인들은 요크 세미나 같은 방법을 찾아내서 지식을 전수해 나가리라는 것이다. 뭐, 그렇다면 나머지 문제들은 알아서 풀려나가지 않을까?

33

테트리스처럼 책 쌓기

기차에서 책 판매 자료를 공부할 때가 많다. 책 판매인은 수시로 한 장소에서 다른 장소로 기차를 타고 휙휙 옮겨 다니기 때문이다. 그날도 나는 교외의 어느 주택으로 기차를 타고 가고 있었다. 고객 한 명이 웬일로 장서를 다 처분하고 싶다고 와 달라고 해서였다. 동료 레베카가 이미 도착해 나를 기다리고 있을 게 분명했기 때문에 마음이 좀 급했다.

우리 서점에서 레베카를 고용한 것은, 혹은 내가 생각한 그녀의 고용 이유는 문학이 매우 광범위한 분야이기 때문에 방대한 내용을 관리할 직원 여러 명이 필요해서였다. 그러나 레베카가 들어오고 나서 나는 생각을 바꾸었다. 문학을 관리하는 데는 여러 명의 책 판매인 또는 한 명의 레베카가 있으면 된다고. 레베카의 면접 자리에 참석하지 않아서 어떤 이야기가 오고 갔는지는 모르지만, 그중 누구도 레베카를 고용함으로써 무엇이 달라질지 정확히 예측하지는 못했을 것이다. 무엇보다도, 레베카는 일을 열심히 한다. 그녀는 일주일 정도 아예 자리에 앉지도 않은 채 목록 작성 작업을 완료해 버렸다. 앤드루가 20년째 마무리하지 않고 버려두었고, 내가 물려받았지만 손대지 않고 있었던 일이다. 그 일을 건네받고서 그녀는 (나는 그 일을 넘겨주면서 그녀도 나처럼 대충 무시하고 넘기리라 짐작했고 그걸로 임무 완수라고 생각했다) 그날 오후 일에 착수했다. 기본적으로 그녀는 책 판매 일을 무척 '좋아 하는' 것처럼 보인다. 있는 그대로 받아들이는 자세로 일하는 나에 비하면 더 그렇다. 그래서 더욱 그녀와 나는 팀으로서 밸런스 가 맞는 편이다.

책 판매인 두 명이 조를 이뤄 하나의 컬렉션을 다루는 게 드 문 일은 아니지만, 레베카와 나는 둘 다 문학 분야를 다루므로 공 동 작업에 더 익숙한 편이다. 한 사람이 다루기에 너무 방대한 컬 렉션일 때, 걸려 온 전화 속 목소리가 우리를 마법 구슬에 가둔 뒤 성에 감금할 것만 같이 들려서 백업이 필요할 때 함께 작업할 수 있기 때문이다. 다 떠나서, 누군가와 얘기하고 의견을 물어볼 수 있으며, 유난히 비극적인 운명을 지닌 책을 두고 함께 애도할 수 있다는 건 좋은 일이다.

레베카와 함께 방문한 집은 차분하게 꾸며져 있었고, 신사분은 잘 오셨다며 차를 내주었다. 우리는 그의 장서에 관해 의논했다. 그런데 몇 분이면 될 줄 알았던 이야기가 한 시간으로 늘어나자, 서재를 언제 보여주려고 그러나 하는 생각이 들기 시작했다. 레베카가 메모장을 꺼냈다. 나는 기껏해야 낙서를 끄적거리는 용도로나 메모장을 썼기 때문에 제 용도로 쓰는 모습이 대단해 보였다.

결국 그는 핑계를 더 대지 못하고 한쪽 벽을 따라 책이 가득 들어찬 방으로 우리를 안내했다. 그는 아내가 책을 처분하기를 바란다고 슬프게 말했다. 책을 줄여 더 작은 집으로 옮겨 가자고 했다는 것이다. 물론 그는 그 생각에 동의하지 않는 것 같았다. 그는 나머지 방들도 보여주었는데, 여전히 책장들이 즐비했지만 갈수록 책의 정돈 상태는 나빠졌다. 몇몇 방들은 책이 문지방을 완전히 틀어막고 있어서 접근할 수조차 없었다. 집주인의 표현을 빌리면 3차원 테트리스를 할 때처럼 전략적으로 빈 데를 메워 가는 방식으로 책이 쌓여 있었다. 나 때문에 책의 산이 무너져 내리는 일은 피해야 한다는 생각에 책더미를 뛰어넘어 다니는 동안 점점 더 그에 대한 동정심도 옅어졌다.

네 시간의 작업 끝에 우리는 어느 방에 있던 책장 하나를 겨우 정리했으며, 그중 서점으로 가져가서 살펴볼 책 몇 권을 추려냈다. 책망하는 기색을 감추지 못하던 집주인은 우리가 더는 작업할 시간이 없다는 말을 하자마자 표정이 밝아졌다. 서둘러 우리를 집 밖까지 배웅한 그는 와줘서 고맙다면서 나머지는 다른 날 약속을 잡아서 다시 와서 살펴보시면 될 거라고 말했다.

서점으로 가져온 책에 대해서는 구매 결정이 내려져 책값이 지불되었다. 그러나 이후 연락을 취했을 때 그는 아무런 답을 하지 않았다. 그 집으로 다시 초대되는 일도 없었다.

34

지하 던전 탐사 기록

'기타 지하 저장고'라는 게 존재한다는 걸 알게 된 시점은 소서런에서 일한 지 일 년이 다 되어갈 때쯤이었다. 그 무렵 그것들은 오로지 그림자처럼 움직이는 제임스 한 명의 영역에만 속해 있었다. 제임스는 조용한 관리인이었다. 그러나 마침내 무릎이 삐걱거리지 않는 누군가가 그 안에 든 물품 일부를 옮겨야 할 일이 생겼고, 그런 이유로 내가 킹스크로스에 있는 기타 지하 저장고의 비밀 속으로 입장하게 되었다. 기타 지하 저장고를 가볍게 생각해서는 안 되며, 부주의하게 함부로 손대서도 안 된다는 다짐과 함께. 기타 지하 저장고는 살짝 비현실적인 느낌의 또 다른 세상이었으며, 제임스는 이 지하 은신처의 경계심 많은 마왕이었다. 희한하게도, 누구도 기타 지하 저장고에 관심이 없는 것 같았다. 오로지 제임스만이 아주 드물게, 보물들이 영원히 사라져 버리는

일을 방지하도록 몇몇 중요한 물건을 가져오라는 지시를 받곤
했다.

연대기에 따르면, 20세기로 거슬러 올라간 무렵 소서런은 와
인렙이라는 쇠퇴해 가는 건축 서적 판매상의 책을 사들인다는 멋
진 결정을 내렸다. 드문 일은 아니었다. 특히 명성 있는 서적 판매
상이 은퇴할 때는 그가 가진 재고 전체를 사들이는 게 관행인 시
절이었다. 남김없이 몽땅 다. 지금쯤이면 독자 여러분도 눈치채
셨겠지만, 괜찮은 고서적상은 성공적인 경력을 쌓아가는 동안 별
상관없는 물건, 자질구레한 골동품, 쓸모없는 잡동사니들을 꽤
많이 쌓아두기 마련이며, 와인렙도 다르지 않았다. 소서런은 흔
쾌히 그것들 전부를 싹 다 현금을 치르고 가져왔다. 모르긴 해도
와인렙은 지금까지도 무덤에서 웃고 있을 것이다.

아마 당대의 소서런 직원들은 고약한 와인렙의 책들을 멀리
떨어진 지하 저장고에 숨겨두면 수십 년 후에나 누군가 눈치챌
수 있으리라고 생각했던 것 같다. 그리고 이는 전적으로 사실로
밝혀졌다. 와인렙의 재고 중 괜찮은 책들을 골라내어 팔고 난 후,
기타 지하 저장고에 보낸 나머지 것들은 말 그대로 영원한 고통
에 시달리게 되었으니 말이다. 한때 고귀함을 뽐낸 물건들이 지
하 저장고를 차지한 적도 있었지만, 와인렙의 퇴적물이 밀려든
후로는 그 모든 유물들이 건축 관련 세부 사항을 다룬 대수롭지

않은 책들 속에 파묻혀 버렸다. 이후 산업용 기계까지 동원해 가며 몇 차례 정리해 보려고 시도는 했지만 결국 기타 지하 저장고는 매장에서 떨려난 물건들을 보관하는 뒤죽박죽 상태의 창고로 전락했다. 책이 기타 지하 저장고로 넘어간다는 것은 사형 선고나 마찬가지다.

그렇기는 하지만, 때로는 절대로 팔리지 않으리라 판단해 오랫동안 잊혀진 책을 지하 저장고에서 꺼내와야 할 때가 있다. 그런 경우 누군가는 어둠 속으로 내려가는 불유쾌한 여정을 떠나야 한다. 웨스트엔드의 거리가 혼잡하다 보니, 기타 지하 저장고로 가는 길은 여러 가지다. 내 생각에 가장 빠른 길은 소호의 게이 구역을 통과해 극장 뒤편의 사용하지 않는 식당 하역장으로 들어가는 것이다. 그러나 크리스는 웬만하면 음침한 공원을 지나가려 하지 않을 것이고, 퍼비싱 담당인 스티븐은 오래된 상점들이 즐비한 거리를 느긋하게 걷기를 좋아하니 그와 동행하지 않는 사람들은 절대 찾지도 못할 상점가만 돌아다닐 게 분명하다. 게오르크는 그때그때 내키는 길로 갈 것이고, 레베카는 아직 한 번도 가보지는 않았지만 가게 되면 가능한 가장 긴 길을 택할 가능성이 크다. 그녀는 어찌해 볼 수 없을 만큼 걷는 걸 좋아하니까. 제임스는 가끔 그곳을 킹스크로스에 있는 지하 저장고라고 부르지만 킹스크로스와는 턱없이 멀기 때문에 일말의 도움도 안 되는 표현이라고 할 수 있다. 제임스의 말을 듣고 '무슨 소리야?'라고 생각했다면 옳은 방향이다. 이론적으로는 운전을 해서 가는 방법도 있기는 하지만, 몸이 시들어 가죽만 남을 때까지 일방통행 길에 묶여 있고 싶지 않다면 반드시 피해야 할 옵션이다.

낯설고 황량한 거리에 들어서면 오래전 런던의 공공 임대주택으로 지어진 아파트 단지가 나오는데, 얼핏 버려진 건물처럼 보이지만 그렇지는 않다. 제 열쇠를 끼우면 바깥 문을 지나 황폐한 대기실에 입장할 수 있는데, 거기에는 '도둑 조심'이라는 낡은 표지판이 아슬아슬하게 붙어 있다. 사람들이 여전히 살고 있는 것은 확실해 보인다. 누군가 식물을 아주 잘 돌보고 있기도 하고, 이따금 아파트 위층에서 삐걱거리는 소리도 들리니까.

지하 저장고로 가려면 아래쪽으로 내려가는 문을 찾아야 한다. 검정 격자 문이 약간 부서진 맹꽁이 자물쇠로 잠겨 있다.[+] 요령만 깨우치면 희한하게 생긴 열쇠로 격자 문을 열 수 있다. 이때 맹꽁이 자물쇠를 반드시 빼서 들고 들어가야지, 안 그러면 모르는 사람이 따라와 등 뒤에서 문을 잠가 버릴 수 있다. 여기서 맹

[+] 나는 종종 지하 저장고로 내려가라는 요청을 받곤 하는데, 내가 이 특별한 자물쇠를 사용할 수 있는 유일한 사람이기 때문이다. 딱 알맞은 순간에 손목을 돌리는 특별한 요령이 필요하다.

꽁이 자물쇠는 반대편에서 열기가 훨씬 더 어렵다는 정도만 알려드린다. 아무튼 내가 손재주가 좀 있었으니 다행이었지, 그렇지 않았으면 나는 지금도 저 깊은 지하에 갇혀 있었을 것이다.

문 안으로 들어서면 돌계단이 나선형을 그리며 어둠 속으로 내려가게 되어 있다. 전등은 없지만 대담무쌍한 책 판매원이 지하 저장고의 방문 시간을 낮으로 택할 정도의 현명함만 있다면 희미한 빛이 첫 번째 커브까지는 비춰들기 때문에 방향을 가늠하는 데 큰 무리는 없다. 바닥까지 내려가면 한쪽 구석 우묵한 곳에 어디에 쓰는 건지 모를 폐기된 연장들이 쌓여 있고, 지하 통로를 따라가면 위가 뚫린 폐쇄된 복도가 나오는데 이쪽은 대체로 젖어 있다. 비가 새거나 배수구가 막혀서 모인 물이 바닥에 고여 웅덩이를 만들고, 그 때문에 벽돌이 젖는다. 때때로 물이 고인 웅덩이는 축제에서나 볼 법한 화려한 색을 띠기도 하는데, 왜 그런지 설명할 길은 없다. 그림자 진 창문과 짙은 파랑의 페인트칠이 벗겨진 문들이 터널 벽을 따라 고른 간격으로 늘어서 있고, 그 끝에 소서런의 지하 저장고가 있다. 여기서 세 번째 열쇠를 꺼내 무시무시한 맹꽁이 자물쇠의 잠금을 풀면 문이 안쪽으로 회전하면서 저장고가 개방된다.

가장 먼저 부딪혀 오는 것은 냄새다. 수십 년간 손대지 않은 채 촘촘하게 쌓여 있던 책들에서는 특유의 강렬한 냄새가 풍기는

데, 이 냄새는 나중에 책을 치우거나 책장을 옮겨도 사라지지 않는다. 기타 지하 저장고들은 모두 이 냄새에 찌들어 있다고 해야 할 것이다. 이 말은 지하 저장고를 여는 순간 냄새가 온 얼굴에 훅 끼쳐와 정신을 차릴 수 없게 된다는 말이다. 우리 나름대로는 퇴적물 더미인 기타 지하 저장고를 치우기 위해 수년 동안 온갖 노력을 해 보았지만, 뭘 하든 다시 엉망이 되기까지는 채 몇 주일도 걸리지 않았다. 또다시 좀먹은 상자들, 찢긴 장정들, 길 잃은 삽화들이 어두운 구석으로 끌려 들어가 온갖 물건들의 둥지로 전락한다.[+] 사방의 구석과 벽에는 거미줄이 잔뜩 매달려 있는데, 가닥마다 먼지가 많이 쌓여서 흡사 커튼이나 장식용 밧줄을 매단 것처럼 보인다. 거기다 꽤 오래전에 어떤 분이 좋은 뜻으로 만들어 준 책 보관용 철제 선반들도 세월이 흐르면서 천천히 녹슬어 으스스한 분위기를 더하고 있다. 무얼 찾든, 처음의 장벽을 뛰어넘어야 하는 건 기본이다(이때 초자연적으로 커다랗게 자란 거미가 있는지 잘 살펴야 한다). 그런 다음 뚜렷한 목적을 갖고 선반을 헤집

[+] 지금껏 지하 저장고에서 생쥐나 시궁쥐를 본 적이 한 번도 없다. 둥지로 삼을 만한 재료들이 널려 있는 환경임을 생각하면 놀라운 일인데, 나는 개인적으로는 다음의 두 가지 이유로 짐작하고 있다. 쥐들이 (자원이 풍부하여) 자신들의 존재를 감출 수 있을 정도의 수준으로 사회적으로 발전했거나, 지하 저장고에 쥐들조차 피하고 싶은 정도로 불쾌한 것이 있거나.

고 다닌다. 라벨이 붙은 건 아예 없으니 무작정 찾는다.

여러 해 동안 기타 지하 저장고를 드나들었지만 동료와 함께 가는 행운을 누린 적은 거의 없었다. 유난히 많은 책을 옮길 일이 생기지 않고서는 한 명이 움직이는 정도로 충분한 일이기 때문이다. 그러나 섬뜩한 일이기는 하다. 전등 스위치가 오로지 하나 있는 데다(흐릿한 오렌지색 전구가 아무렇게나 얽힌 전선에 매달려 있다), 사납고 무시무시한 거미류 동물들이 제 영역을 지키겠다고 버티고 있다. 나로서는 이들이 언제 책벌레 따위는 그만 먹겠다면서 다른 먹이를 찾아 나설지 모르는 상황에 괜히 이들의 움직임을 부채질하고 싶지는 않다. 저장고 방문객들은 대개 어둠 속을 빠르게 수색하기 위해 회중전등을 들고 간다. 가능한 한 빠르게 임무를 끝내고 되도록 신속하게 비참한 곳을 뒤로하는 게 목표다. 그러나 서둘러 문을 열고 들어가 가능한 한 빨리 상자들을 열어젖혀 돌진하다시피 내용물을 솎아내는 불안한 과정 속에서도 '지하 저장고 부인'을 깜박하면 안 된다.

내가 이름을 몰라서 지하 저장고 부인이라고 부르기는 하는데, 나중에 들은 이야기로는 그녀에게도 이름이 있다고 했다. 아무튼 아래쪽에 늘어선 문 가운데 하나가 그녀의 소유다. 근처에는 사람들이 편지를 넣을 수 있는 작은 상자가 하나 놓여 있다. 사람들에 따르면 그녀의 거처가 그곳이 된 지는 오래됐다고 한다. 그러나 내가 회중전등을 들고 상자를 뒤지다가 그녀와 맞닥뜨리기 전까지 누구도 그런 사실을 내게 알려줄 생각을 하지 않았다. 나는 상자와 종이들이 저 혼자서 바스락거리는 소리를 내는 데 꽤 익숙해져 있었다. 확인할 길이 없으니 막연한 초자연적 현상이겠거니, 하고 마는 편이다. 그래서 어둠 속에서 "당신, 누구예요?" 하는 못마땅한 목소리가 들렸을 때 나는 거의 심장이 멈추는 기분이었다. 어찌나 놀랐는지 펄쩍 뛰어오르는 바람에 들고 있던 책들이 사방으로 흩어졌다. 머릿속에 갑자기 그 모든 소음을 상상 속의 소리라고 되뇌며 지냈던 온갖 시간들이 꽉 차올랐다. 그때마다 나 혼자 있는 상황이라고 믿어 의심치 않았다. 거대한 거미들과 말도 안 되는 형상을 한 괴물들이 불쑥 뇌리에 떠올랐다.

그녀가 다시 같은 질문을 했을 때야 비로소 내게서 대답 비슷한 말이 나갔다. 그전까지 나는 (싸우느냐 달아나느냐의 양 갈래 길에 서서) 본능적으로 무기로 삼을 만한 것을 찾아 주위를 살피느라 정신이 없었다. 그녀는 키가 크지 않았고, 자기가 거기서 뭘 하는지 알고 있는 사람의 분위기를 풍겼다. 그러나 내가 왜 자기 집 앞에 있는지는 모르겠다는 표정이었다. "누구냐니까요?" 그녀가 다시 말했는데, 이번에는 목소리에 짜증이 좀 배어 있었다. 나는 용기를 짜내어 이름을 말했다.

"이 지하 저장고는 서점 거예요." 그녀는 마치 내가 못된 짓을 저지르는 현장을 잡은 듯한 말투로 되받아쳤다. "여긴 소서런 서점의 지하 저장고라고요."

나도 방어에 나섰다. "네, 제가 거기서 일합니다." 그러나 목소리에 힘이 실리지 않았다(꼬질꼬질한 형색을 한 데다 소서런 직원의 평균 나이보다 스무 살 정도는 어렸으므로).

"당신이 거기서 일한다고요?" 그녀는 의심스럽게 되물었다. 그러고는 나를 날카롭게 쳐다보았다. "난 당신을 몰라요."

그 말에 반박할 수가 없었다. 그러고 싶어도 내 마음은 여전히 그전까지 혼자서 여기에 왔던 일들을 되새기는 데 온통 쏠려 있었다. 이 여자분이 그때도 있었다고? 도대체 몇 차례나 나는 이 미스터리에 싸인 여자분의 존재를 털끝만큼도 모른 채 어둠 속을 헤매다녔던 걸까? 그럼 내가 잠깐 점심을 먹을 때도 봤을까? 같이 드시자고 권했어야 했나? 지하 저장고에서 마주쳤을 때 예의를 차리려면 뭘 어떻게 해야 하는 거지?

그녀는 내가 어쩔 줄 모르자 안쓰럽다는 듯한 표정을 지어 보였다. "여기 지하에서는 조심해야 해요." 그녀가 말했다. "안으로 들어올 때는 자물쇠를 꼭 쥐고 있어야 하고요." 그녀는 문간에 내가 아무렇게나 던져둔 녹슨 맹꽁이 자물쇠를 가리켰다. "여기 갇히는 경우가 있거든요. 도둑들이 돌아다니니까요. 그건 몰랐죠?"

나는 말없이 고개만 끄덕거렸다. 그녀는 그제야 내가 이해했다고 생각하는 듯 머리를 절레절레 흔들며 자기 방 쪽으로 걸어갔다. 나는 그녀에게 내가 어떤 사람이라는 인상을 전혀 남겨주지 못한 채 불빛이 비치는 쪽으로 발걸음을 옮겼다. 생각해 보니 그녀는 그저 이러다 지하에 갇힐 우려가 있다고 충고해주려 한 친절한 숙녀분일 뿐이었다.

나는 당황한 나머지 야단맞은 강아지처럼 꼬리를 내린 채 서점으로 달려갔다. 동료들이 공감해 주리라 생각하면서 숨을 가다듬지도 못한 채 앤드루에게 내가 겪은 일을 털어놓았다. 앤드루는 아무렇지도 않은 표정이었다. 이건 좀 심하게 무심한 반응이라 (내가 대단히 극적으로 묘사했는데도) 이번에는 제임스를 상대로 다시 하소연을 늘어놓았다. 그러자 그는 내가 새로운 개념을 이해하는 데 너무 오래 걸릴 때면 내보이곤 하는 엄한 어조로 물론 지하 저장고에는 여성분이 살고 있으며, 다음부터는 좀 더 예의를 갖춰 대하라고 말했다.

덧붙여, 우리가 기타 지하 저장고를 추가로 발견한 것은 몇 개월 전의 일이었다. 재무 기록을 살펴보던 에벌린이 사근사근하면서도 단호한 자신의 방식대로 모두에게 우리가 실제로는 어둠 속 두 개의 지하 저장고에 임대료를 내고 있다는 사실을 선포했다. 그러면서 그녀는 정중하지만 큰 소리로 우리가 두 번째 지하 저장고를 쓰고 있느냐고 물었다. 당연히, 거기에 두 번째 지하 저장고가 있다는 사실을 기억하는 사람은 아무도 없었다.

그리하여 열쇠 찾기가 시작되었다. 서랍들을 일일이 열어보고, 열쇠고리를 하나하나 살폈다. 후보가 추려지고, 탐험대가 꾸려졌다. 경치를 즐기며 잠깐 거리를 산책해서 도착했더니 운 좋게도 우리가 가져간 열쇠 중 하나가 맞아 들어갔고, 수십 년 동안 사용하지 않았던 또 하나의 지하 저장고 문이 끼익 하고 열렸다. 저장고 안은 먼지로 뒤덮여 있었지만, 그 안에 아직 발견되지 않은 보물이 있다면야 상관없었다. 혹은 적어도 커다란 스캔들을 일으킨 인물들의 편지 묶음이라도 들어 있기를 바라지 않았다면 거짓말일 것이다. 그러나 발견한 건 다음과 같은 것들이었다. 플라스틱 대야(퀴퀴한 물이 반쯤 담긴), 비어 있는 꺼림칙한 초상화 액자 몇 개, 경쟁 서점의 서류들로 가득 찬 커다란 문서 보관함. 어느 모로나 삼십 년 전에 강도 사건이 일어난 채 버려진 현장처럼 보였다.

35

서점 직원의 석사 학위

처음 내가 희귀 서적의 세상으로 들어가겠다고 친구와 가족에게 말했을 때, 그들이 상상한 내 모습이 적어도 지저분하게 버려진 지하 저장고로 어깨를 들이미는 건 아니었을 테다. 몇 년의 수습 기간이 지난 후에는 트위드 재킷을 입을 정도의 여유는 있으리라 생각했을 것이고, 어쩌면 독립해서 집세를 낼 정도의 수입은 벌 수 있을 거라고 믿었을지 모르겠다. 어머니는 내 직업 선택에 의구심을 나타냈지만, 누가 봐도 책더미에 눌린 상태로 그녀에게 소신을 이야기하기란 너무 어려운 일이었다. 물론 어머니는 내가 소서런에 다니는 게 야단맞은 강아지처럼 기죽은 상태로 돌아와 집 안에서 뒹굴뒹굴하는 것보다 낫다고 여기기는 하셨지만, 고서점의 가난뱅이 직원보다는 좀 더 나은 삶을 기대하신 것도 사실이었다. 어머니는 문제의 뿌리가 나의 고등 교육 부재에 있다고 생각하셨다. 경력이 아무리 쌓여도 결국 학위가 발목을 잡아 도서관처럼 좀 더 괜찮아 보이는 직장으로 옮겨갈 수는 없겠다고 여기셨다. 하지만 그렇게 된 데는 기면증이 결정적인 영향을 끼쳤다. 당시 기면증인 줄도 모른 채로 치른 시험들이 잇따라 '실패'로 이어졌고, 합격이 확실하다고 믿었던 대학 입학 자격도 줄줄이 취소되었다. 처음 수습 직원으로서 일자리를 찾을 때도 같은 일이 반복되던 상황이었다. 당시에 나는 할 수 있는 일이 아무것도 없었고, 소서런에서 평소의 내 모습 그대로 실수하면서 떠듬떠듬 지낼 수 있는 것만으로도 아주 만족스러웠다. 학위가 어떻고 하는 쪽으로는 어깨 너머로 고개도 돌리지 않았다.

그런데 소서런에서 일하면서 어느 정도 시간이 지나 자리가 잡히고 뭘 좀 알 것 같다는 생각이 들기가 무섭게 이곳에서의 전망이 무엇이냐는 주위의 질문이 쏟아지기 시작했다. 딱히 전망이랄 게 없다는 말은 정말로 하고 싶지 않았다. 괴혈병이나 다른 영양 부족 현상으로 죽을 때까지 곤궁한 삶을 살게 될 거라고 말하는 것이나 마찬가지기 때문이었다. 근본적인 문제는 오해였다. 희귀 서적 업계를 바깥에서 보는 사람이라면 고서점에서의 경험이 도서관이나 기록보관소 같은 기관 취업 시 꽤 도움이 되리라고 생각한다(물론 꽤 합리적인 생각이기는 하다). 그렇게 생각할 만하다. 사람들은 희귀 서적을 취급하는 매장들 대부분이 실상은

자신들만 아는 매우 특화된 자질을 요구한다는 사실을 알면 상
당히 놀라워한다. 그만큼 도서, 특히 희귀 도서를 다루는 길로 들
어서는 데는 진입장벽이 거의 없고, 대부분 누군가의 감독 아래
에서 체계적인 경력을 쌓지도 않는다. 따라서 도서관의 경우 도
서관학이라든가 박물 감정학 같은 관련 분야의 고급 학위를 따
지 않은 한, 희귀 서적 업계 경험을 탄광 경력 정도의 가치로만
여긴다. 흔치 않지만 매우 제한적인 경력으로 받아들인다는 뜻이
다. 논쟁 중에 나도 모르게 이런 내용을 발설해 버린 게 실수였다.
그 순간 학위에 한 번 더 도전해 보겠다는 욕심이 생겨나고 만 것
이다.

　일 년 정도 맹렬히 인터넷을 뒤지며 독립을 포기하지 않고
병행할 수 있는 학위를 찾아보았다. 친구네 집 골방[+]의 월세를 겨
우 낼 수 있을 정도의 벌이기는 했지만 힘들게 얻은 독립 생활을
단념하기 싫었다. 학업을 이어가더라도 소서런에서 맡은 일을 동
시에 해낼 수 있어야 했으며, 여기에 더해 관련 학문이었으면 했
다. 이제 독자분도 문제를 파악하기 시작했을 것이다. 소서런에

[+]　천장이 비스듬하게 경사져 있어서 내 키 정도인 사람은 똑바로 설 수 없다. 내 생
각에 처음 용도는 석탄 창고였을 게 분명하다. 그렇기는 하지만 나는 지금도 그쪽 지역
으로 갈 일이 있으면 그곳에 묵는다. 그 방에 정이 들었고, 집주인이 음식을 잘하며, 내가
이사한 뒤로 방의 청결 상태도 훨씬 나아졌기 때문이다.

서 걸어갈 수 있을 정도의 거리에 있는 융통성 있고 학비가 저렴한 대학, 게다가 희귀 서적 업계에 특별히 쓸모 있는 학과라니. 그런 데가 몇 군데나 있을까.

그런데 '한 군데'가 있었다.

힘껏 돌을 던지면 닿을 거리인 블룸스버리에 '영어연구소*The Institute of English Studies*(런던대학교 산하의 연구 기관-옮긴이)'가 있었다. 여기서 '서적사*The History of Book*' 석사 학위 프로그램이 운영되고 있었는데, 학사 학위가 없는 내게는 자격조차 주어지지 않을 것이어서 그야말로 알맞은 표적이라 할 수 있었다. 일단 지원하고, 절차상의 문제로 실패하게 되면 내가 최선을 다했다는 지점에서 모두 만족할 수 있으리라 생각했다. 그러나 아뿔싸! 나의 교활한 계획은 두 가지 면에서 소홀했다. 첫째는 내가 예상 밖의 순간에 성공 쪽으로 몸을 기울이는 놀라운 재주를 가지고 있다는 것이었고, 둘째는 신시아였다.

대학 측에 메일을 보내 놓고도 나는 미안하다는 말 따위 없이 바로 거절당할 거라고 믿어 의심치 않았다. 그런데 운이 따른 것인지 면접을 보고 싶다는 내용을 쓴 메일이 하필 신시아에게 도착했고, 규칙에 얽매이지 않는 자유분방한 성격의 신시아는 만나서 이야기를 나눠 보자는 답을 보내왔다. 이제 상황이 걷잡을 수 없이 소용돌이치기 시작했다.

영어연구소는 바벨탑을 기념해 아르데코풍으로 높이 세운, 원래 런던대학교 평의회 회관인 건물에 위치해 있다. 블룸스버리의 녹음이 우거진 대학 지구에 있는 건물이다. 가을이 흔적만 남기고 지나가버렸어도 여전히 아름다운 풍광을 간직하고 있었다. 문을 열고 아트리움으로 들어서자 가장 먼저 느껴지는 건 정적이었다. 내가 매일 일터에서 익숙해지지 않았다면 처음 마주쳤을 때 나를 내리누르거나 위협으로 느꼈을 수도 있을 그런 정적, 바로 소서런을 감싸는 정적이었다. 오로지 책만 벗하고 싶어 하지만 대중과 교류할 운명인 학자들의 주위에 생겨난 이상하고 억압적인 분위기라고 할까. 이 분위기가 오히려 내게 비뚤어진 자신감을 불러일으켰다. 나는 똑같아 보이는 방들의 미로를 헤매면서 신시아의 사무실로 향했다. 방마다 참고 서적이 높다랗게 쌓여 있었고, 아니나 다를까 거기 있는 사람들은 한결같이 내가 방해하지 않고 곱게 가주기를 바라는 표정이었다. 이쯤에서 나는 이미 이곳이 내 학업을 쌓아가기에 적합하다는 결정을 내린 상태였다. 어떻게 봐도 그들은 나의 동족이었다.

신시아를 어떻게 설명할까? 내 깜냥으로 그녀를 제대로 정의하기는 힘들 것 같다. 신시아는 말하자면 희귀 도서의 세상에서 내가 사랑하는 모든 걸 한 사람에게로 정제해 넣은 듯한 존재다. 어떤 경우에도 그녀는 우아한 태도를 잃지 않는다. 그녀를 만나

기 전 학계에 대해 내가 어떤 생각을 지녔었는지 정확히는 기억
나지 않지만, 어느 수준 이상으로는 접근을 막는 곳이라는 선입
견이 있었던 건 확실했다. 신시아는 부드럽지만 단호하게 다소
건조한 말투를 썼는데, 그녀의 목소리를 듣고 있으면 저절로 고
개가 살짝 흔들리곤 한다. 마치 그녀만이 비밀을 알고 있는 재미
있는 농담을 내게 들려주는 느낌이 들기 때문이다. 깊은 친밀감
을 공유하는 이를 만났을 때의 느낌이랄까. 내 경우에는 세상 모
든 게 귀찮지만 그 귀찮음이 때로 그만큼의 가치가 있다는 걸 이
해하는 사람을 만나는 느낌이라고 하면 될 것 같다.

　내가 영어연구소를 졸업하기까지의 과정은 그 자체로도 회
고록 한 권을 채울 수 있을 정도로 우여곡절이 많았다. 2년에 끝
냈어야 할 과정을 4년 내내 고생 고생한 끝에 끝냈다고 하면 짐
작할 수 있으리라. 그 모든 단계에 신시아가 있었다. 신시아는 에
세이 제출 마감 시간의 편의를 봐주었고, 마지막까지 남아서 개
인 지도를 해주었으며, 나를 지도할 의무가 없어진 한참 뒤까지
도 이런저런 조언을 아끼지 않았다. 물론 내가 그곳에서 공식적
으로 환영받을 만한 기간이 지난 건 오래전이었다.

　나는 학문적 소양이 빈약한 사람이다. 그런대로 잘나가는 책
판매인들이 흔히 그러듯이 학계의 관행을 대놓고 무시하는 성향
도 있다. 그렇지만 나는 저녁마다 공부했고, 주말에도 공부했다.

휴가 때도 공부했으며, 고객들을 만나는 사이사이에도 공부했다. 아마 태어나서 처음 그렇게 열심히 공부했던 것 같다. 그리고 노력에 대한 보상도 따랐다. 신시아가 조용히 건네준 장학금 신청서가 통과되어 학비가 전액 면제된 것이다. 누가 봐도 자격이 충분하지 않았을 텐데, 이번에도 그녀가 나서서 다른 가능성을 제시하며 변호해 준 게 틀림없었다.[+] 그리고 마지막으로, 내가 만신창이가 된 몸으로 간신히 결승선을 통과할 수 있게 해준 사람도 역시 신시아였다. 그녀가 담당 부서에다 통상 1년인 추가 기간을 2년으로 연장할 수 있게 애써준 덕이다.

오늘날 나는 자랑스러운 석사 학위 소지자다. 이 학위를 가지고 소서런에 돌아와도 급여가 인상될 확률이 전혀 없다는 것을 알면서도 순전히 노력으로 얻은 전문 지식의 증거다.

[+] 내게 추가 메모를 적어 주거나 개인 장서였던 책을 빌려주며 여러모로 애써준 교수님이 신시아 한 분만은 아니었다는 점을 밝혀둔다. '책의 역사' 프로그램 교수진들 모두가 동료들의 표현에 따르면 학생들을 공부로 괴롭히며 '사악한 기쁨'을 즐기는 사람들이었다. 덕분에 나는 정말 내 집처럼 편안하게 학업에 임했다.

4부

자연사 박물관

흔히 볼 수 있는 표본들로 구성된 동물도감,
희귀한 표본을 담은 카탈로그,
그 외 여러 종류의 기괴한 문학 등

자연사는 흔히 과학적이라고 하는 것들뿐 아니라 기어 다니거나, 날거나, 헤엄치는 온갖 생명들을 모두 포괄하는 광범위한 영역을 아우른다. 여러분이 이해하셔야 할 것은 이런 부분이다. 빈대에 관한 17세기의 책과 『시간의 역사 *A Brief History of Time*』(1988년에 스티븐 호킹이 쓴 책-옮긴이)가 여러분이 보기에는 완전히 다를지 몰라도 소서런의 입장에서는 두 책이 이미지 확대 배율만 다를 뿐 본질적으로 똑같다는 것.

물론 사망했다고 볼 수 있지만 여전히 상태가 귀여운 외양간올빼미.
군데군데 색이 바랬기는 했지만 잘 보존되고 있다.
구매 시 장식용 유리 덮개를 추가 비용 없이 제공해 드린다.

36

고서점의 저녁 파티

일반적인 편견과 달리, 그리고 지금까지 내가 책 판매인들을 묘사한 방식에 비하면 놀랍게도 소서런에서는 폐점 후의 밤 모임이 곧잘 열린다. 또한 앞서 내가 파워스, 즉 서점 소유주들이 접근하기 어려울 정도로 멀리 있다는 식으로 암시를 했다면 이것도 일부 수정해야겠다. 아주 드물기는 하지만 파워스들이 파티를 벌이거나 출판기념회를 열기 위해 소서런으로 들이닥칠 때가 있기 때문이다.

서점이 어떤 곳인지 알만한 사람이라면 누구나 서점에서 시간을 보내고 싶어 할 것이라 믿는다. 나로서는 서점보다 시간을 보내기에 더 즐거운 장소는 생각할 수가 없다. 널찍하고 조용해서 딱히 책과 관련되어 있지 않더라도 온갖 행사를 열기에 알맞은 곳이다. 하필 분위기 있는 고서점을 소유하고 있는 사람이라면 한껏 고풍스러운 장소를 이런 목적으로 이용하지 않을 이유가 없다. 내가 서점 주인이라면 나 역시 정확히 그렇게 했을 것이다 (그렇게 해서라도 사교라는 걸 잘할 수 있으면 좋겠다).

파워스는 이런 행사들이 어떻게 치러질지는 고민하지 않으며, 매번 책 판매인들에게 진행을 맡아달라고 정중하게 요청하곤 한다. 매번 그러는 걸 보면 심각한 기억상실에 걸린 것처럼 느껴질 정도다.

여러분이 이 책을 읽으면서 희귀 도서 업계에 몸담은 사람들이 어떤 사람들인지 어느 정도 이해했다면, 이들에게 호화로운 행사를 준비하여 음료를 나르고, 외투를 받아 정리하고, 장내를 치워 달라고 요청했을 때 모두가 어떤 반응을 보였을지 충분히 짐작할 수 있을 것이다. 굳이 말하자면 아무런 반응이 없다. 파티가 시작되기 몇 시간 전까지도 무슨 일이 있었는지, 무슨 일이 일어날지 모두가 짠 듯이 아예 모른 척하고 있다. 파워스는 행사 때마다 매번 직원들이 스탠바이 하고 있으리라고 믿는 듯한데, 이야말로 아무런 득이 없고 해롭기만 한 낙관주의가 아닐까?

아무튼 행사 때마다 우리는 손님들이 도착하기 전에 매장에 있는 위협이 될 만한 물건들을 안전한 상태로 만들고, 바닥을 쓸고 다니며 역시 위험한 장비를 치우거나 숨겨놔야 한다. 또 사다리와 무거운 책은 넘어지거나 손님이 깔리지 않을 만한 곳으로 옮긴다.⁺ 무시무시한 공예 칼은 서랍 속에 감춰둔다. 직원들은 엉뚱한 이름표를 달 때가 많다. 서랍이 뒤엉켜서 손닿는 데서 꺼낸 이름표가 마이크일 수도 있고 데이지일 수도 있기 때문이다. 상자들은 탁자 아래로 대충 밀어 넣는데, 밖으로 튀어나온 상자도 더러 있어서 걷다가 위장 폭탄을 밟는 것 같은 사고를 당할 수도 있다.

가장 중요한 업무는 매장 전체의 책과 유물을 치우는 일이다. 여러분 중에 무시할 수 없는 친척에게서 원치 않는 장식품을 받아본 적이 있다면 왜 그러는지 이해할 것이다. 손님 중에는 눈에 불을 켜고 직원들은 본 적도 없는 다양한 물품들을 어디선가 자꾸 찾아내 오는 이들이 있는데, 가령 손님(혹은 손님의 가까운 가족)이 오래전에 직접 서점에 기증한 책 같은 물건들이 자꾸 나오면 성가셔진다는 이야기다. 선물 받았을 때는 채워져 있었겠지만 어느덧 속이 빈 채로 놓여 있던 커다란 샴페인 병도 마찬가지. 또 어떤 물품들은 이전 파티에서 폐기된 걸로 말해 놓았다는 이유 때문에 감춰야 한다. 이게 왜 아직 있느냐는 둥 원래 주인은 뭐라

⁺ 할아버지들은 종종 위험한 사다리에 끌려 한다. 올라갈 발판이 있는 물건을 숨겨두지 않으면, 1미터 높이의 계단에 위험하게 올라서서 불안정하게 흔들리며 낄낄 웃는 무모한 팔십 대 노인에게 "비크먼 씨, 제발 내려오세요"라고 외치는 사태를 맞게 된다.

고 하느냐는 등 대화가 길어지는데 그런 대화를 하고 싶어 할 사람은 없기 때문이다.

행사 전 분주하게 준비하는 도중에 제임스는 꼭 한마디 한다. 소서런 파티는 오후 5시에 열려서 7시에는 저녁 식사를 하러 갈 수 있게 배려한 우아하고 분별 있는 모임이라는 것이다. 제임스가 굳이 이 부분을 짚고 넘어가는 것은 파티 준비를 하느라 서점이 한 시간 일찍 문을 닫아야 하기 때문인데, 중얼거리는 말투와 어두운 분위기로 보아 그가 사실은 조용한 분노를 품고 있음이 느껴지곤 한다.

오후 4시 55분경이면 손님들이 도착하기 시작한다. 그들은 잘 찾아왔는지 확신이 없는 표정으로 머뭇머뭇 안으로 발을 들여놓는다. 사람들은 딱 한 번 제시간보다 일찍 도착하고 나서는 소서런 파티가 그럴 필요가 없는 행사라는 걸 알게 된다. 오후 5시 정각까지 그들은 긴장한 채로 서성거리고 있어야 하고, 땡 하고 5시를 알리는 종이 울리면 제임스가 득달같이 달려가 모두에게 모자를 벗어 달라고 요구한다. 만약 서점에 모자걸이가 딱 하나 있고 그걸 잔다이스에서 사 왔다면 시야에서 벗어난 아래층에 설치했을 테고, 그러면 손님들이 거기다 모자를 걸 수 있을 텐데 하는 생각이 드는 순간이다. 아무튼 손님들 대부분은 모자걸이를 찾아보지 않고 자기 걸 꼭 움켜쥐고 있는 쪽을 택했다. 커다란 모자를 일 분 이상 어딘가에 내려놓으면 다시는 모자를 보지 못할지도 모른다는 두려움에 떠는 듯하다.

　더 많은 손님이 도착하면서 어김없이 기회를 틈타 관계없는 고객들이 섞여 들어온다. 사적인 모임이라는 공지를 따로 하지 않기 때문에 어차피 예견된 일이다. 하필 그 시간에 들이닥치는 말 많은 고객들, 무슨 일인가 싶어 몰려온 관광객들, 그리고 드문드문 끼인 크립티드들까지 뒤섞여 정작 진짜 손님들은 겁에 질리고 파티의 불청객들은 눈을 데굴데굴 굴리는 흥미로운 조합이 성사된다. 물론 파티의 단골 불청객들은 공짜 와인과 자기 말을 들어줄 청중을 확보하는 데만 관심이 있다. 행사 전에 불청객들에게 소문이 나지 않게 나름대로 보안을 유지하기는 하지만 스핀들맨이 어떻게든 숨어들어와 캐스터브리지 공작을 코너에 몰아놓고 동판화로 된 섬뜩한 책을 파는 광경은 반드시 연출되고 만다.

　게다가 손님들은 책 판매인들도 참아내야 한다. 책 판매인들이 지저분하게 군다는 말은 아니다. 우리는 대체로 그러지 않으니까. 그러나 직업에서 오는 영혼의 풍화 작용이라는 게 있다. 이를테면 가장자리가 닳는 현상이다. 깔끔한 넥타이를 가져다『영국 공예 제본의 역사A History of English Craft Bookbinding』의 책갈피로 쓰는 사람들이라서 그렇다. 책 옆에서 세월을 보내면서, 보통의 고서적 판매자들은 한때 소유했던 반짝이는 겉모습을 서서히 잃어가고, 약간 초라하지만 매우 진실한 모습만을 남기게 된다. 여러분의 멋진 행사에 고서적 판매자들을 무더기로 몰아놓고 호스트 역할을 떠맡기는 것은 대형 트럭 경주에 여왕을 초대하는 일이나 마찬가지라는 말을 에둘러 해보았다. 흥미롭기는 하지만 썩 어울리지는 않는다는 뜻이다.

　　수년에 걸쳐, 파워스는 소서런의 직원들을 파티에 끌어들이는 일을 서서히 중단했다. 그게 최선이기는 하겠지만, 사람들이 모피 외투를 찾아들고 허겁지겁 나서는 모습 뒤로 천천히 격자로 된 서점 문을 내려 잠그고 퇴근할 일이 다시 없으리라 생각하니 좀 아쉽기는 하다.

37

서점을 덮친 싸움꾼들

폭력 사건이 일어났을 때, 사람들은 직접 그 상황을 맞닥뜨리기 전까지는 자신이 어떻게 반응할지 결코 알지 못한다. 고서적 판매인들이라면 단호한 태도 혹은 날카로운 책갈피 하나로 침입자를 제압할 거라는 거창한 환상을 갖고 있을지 모르겠지만 당연히 실제와는 거리가 멀다.

소서런에는 혼자 오는 십 대 청소년이 거의 없다. 물론 있기는 하다. 그런데 그들은 책에 대한 갈망으로 불타오르는 얼굴을 하고서 표지를 활짝 열어젖히지도 못하고 조심조심 책을 들여다보느라 시력이 상한 아이들이다. 플래시를 번쩍거리며 아무 데나 카메라를 들이밀거나 시끄럽게 떠들어댈 걱정이 없어서 혼자 내버려 둬도 될 그런 십 대들이다. 다른 유형의 십 대, 특히 말썽거리를 찾는 십 대들을 보는 일은 손에 꼽을 정도다. 성인도 마찬가지지만, 무덤처럼 고요한 서점에 들어와 하나같이 깊이 가라앉은 눈초리를 한 책 판매인들을 상대로 소란을 일으킬 정도로 용감한 십 대들은 드물다는 이야기다.

　내가 안전불감증에 빠져들게 된 건 그래서였다. 툭하면 서점에 나타나는 온갖 괴상한 존재와 낯선 고객들에게서 실제로 위협감을 느끼는 일은 거의 없다. 일상에서 가장 위급한 순간이라고 해봐야 책 한 권을 두 명에게 팔아버리는 사고 정도인데 하루나 이틀 정도 고민하면 끝날 일이다.[+] 그런데 이 낙원의 평온함이 어느 날 오후 한순간에 사라졌다. 거리에서 들려온 시끄러운 소동이 조용히 요동치는 그림자를 꿰뚫고 들어왔다. 짙은 아일랜드 억양을 쓰는 사람들이 논쟁 중이었는데 두 사람 다 뭔가 대단히 소중한 주제 때문에 화내고 있는 게 분명했다. 이 목소리들은 권투 선수들이 상대를 가늠할 때처럼 빙빙 돌면서 점점 서점을 향해 다가오고 있었다. 제임스가 아일랜드 상자로 손을 뻗는 것이 보였다.[++]

[+]　둘 중 더 마음에 드는 사람에게 책을 넘겨주면 된다.

[++]　제임스가 온갖 우발적인 상황을 대비해 준비해 놓은 것 중 아일랜드의 자료와 작가들의 정보, 지도, 일회성 인쇄물이나 물품 등을 모아 놓은 조그만 상자를 가리킨다. 제임스는 왜 아일랜드만 그처럼 특별한 배려(혹은 격리)의 대상이 되는지 한 번도 설명해 준 적이 없는데, 자주 사용된다는 사실도 놀라웠다.

　순간 문이 쾅 열리면서 몸과 마음이 뜻대로 안 돼 분노로 들끓는 단계에 접어든 십 대 청소년 둘이 소리를 지르며 들어섰다. 두 사람은 어느 쪽도 첫 주먹을 날릴 적절한 시점을 찾지 못한 상태였지만 이미 서로의 어머니를 모욕하는 단계까지 넘어가 누가 봐도 돌이킬 수 없는 지경에 이르러 있었다. 두 사람은 회전문을 휙 밀치며 욕설의 회오리를 몰고 들어왔고, 대화의 강도가 점점 높아져 전투가 불가피한 상황이 되었다는 게 확연해 보였다.

　놀랍게도 두 교전 상대는 대개의 사람이 당황스러울 정도의 고요한 침묵에 맞닥뜨려 주춤거리게 되는 풍경 앞에서도 이례적으로 빠르게 회복했다. 누구도 아랑곳하지 않고 고래고래 목청껏 소리를 지르는 대담한 사람들조차 사방에 메아리처럼 퍼져 있는 서점의 침묵에 얼어붙은 듯 움찔하는 데 반해 이 두 십 대는 기세등등하게 내 쪽으로 직진해 들어왔다. 갑자기 계단 앞쪽, 정문에서 곧바로 보이는 위치의 내 작은 책상이 지닌 역할이 뭔지 알 것 같았다. 바로 공격에 맞서는 일차 방어선이었다. 지금껏 이 의무를 이행할 만한 상황이 벌어지지 않았을 뿐이었다. 운명이 문턱을 넘어 내게 달려들자, 전광석화와 같은 깨달음이 몰려왔다. 소매업 종사자라고 하는 직업이 무엇을 의미하는지를 부정하면서 그동안 내가 행복한 착각에 빠져 살았다는 것 말이다.

　순간 시간이 멈춘 듯했다. 나는 점점 커지는 재앙에 개입하여 막아 보겠다고 나서는 게 시간과 노력을 현명하게 사용하는 일인지 생각했다. 그동안 배워온 지식, 동료들이 보여준 사례들을 떠올려 보았다. 소서런의 유산, 서적 판매의 자랑스러운 전통, 나를 고용한 사람들에게 바치는 나의 책임에 대해서도 생각했다.

독자 여러분, 나는 비켜서서 길을 터주었다. 얼른 배경 속에 몸을 숨겼다는 이야기다. 제임스는 하필 콘래드*Joseph Conrad* (1857~1924. 폴란드 출신의 영국 소설가—옮긴이) 파일 더미 아래를 뒤져가며 아일랜드 상자를 찾느라 내가 피하는 모습을 못 봤지만 봤다면 잘했다고 하지 않았을까? 이제 싸움꾼들은 본격적으로 싸움을 시작했다. 하나가 계단 사이로 다른 하나를 뒤쫓았다. 왜 그러는 건지 도무지 이해되지 않았다. 아무튼 두 사람이 나를 휙 지나쳐 아래층으로 내려갔고, 그러자마자 곧바로 모두의 긴장이 눈에 띄게 풀렸다. 다른 층에서 무슨 일이 일어난다면 이미 딴 세상의 일이다. 두 사람은 위층에서 아무런 제지 없이 뛰어나섰으니 아래층도 마찬가지라고 생각했을 것이다. 그러나 그들은 리처드와 맞닥뜨렸다.

소서런은 서점이지만 동시에 갤러리 공간이기도 하고 먼 과거로 거슬러 오르는 오래된 인쇄물 판매처이기도 하다. 기억나지 않는 과거의 한때는 프린트 갤러리를 별도로 운영하기도 했다는데, 지금은 지하 공간에서 좀 더 소극적으로 운영하고 있으며 리처드가 이 부문을 책임지고 있다. 리처드의 지하 갤러리에는 케이스에 담긴 독특한 인쇄물, 삽화, 포스터들이 넓은 벽을 장식하고 있는데, 덕분에 단조로운 책장의 끝없는 나열이었을 공간이 다채로운 색을 띠고 있다. 그동안 그가 거의 등장하지 않은 게 이상해 보인다면 다른 이유가 아니라 그가 가능한 한 책과 거리를 두려고 애썼기 때문이며, 이는 그가 서점의 다른 모두와 달리 포스터에 지극한 정성을 쏟는다는 의미다. 그의 서랍은 하나하나마다 라벨이 붙어 있다. 포스터가 팔리면 그때마다 봉투를 따로 만들어 포스터 거래에 관한 모든 정보를 넣어 둔다. 그의 지하 갤러리는 마치 일반적인 일상을 살아가는 세상과 나란히 놓인 다른 세상과도 같다.

리처드는 포스터들 앞에 놓인 깔끔하게 정리된 책상에 앉아 있곤 한다. 뭔가를 메모하거나, 꼼꼼하게 사물의 크기를 재거나, 다른 사람들이 그에게서 훔쳐 간 이런저런 문구류를 찾으러 다닌다.[+] 그를 자기 자리에서 일으켜 세울 수 있는 이슈는 거의 없다. 모든 사람에게 차를 끓여 대접할 때가 유일한 예외다. 그는 신사답게, 반드시 서점 식구들에게 차를 돌리고 나서야 자신도 차를

[+] 그건 나다. 주로 내가 그의 물건을 훔친다.

마신다. 나는 오랫동안 그가 끓여주는 차를 마셨지만, 한 번도 내 쪽에서 먼저 대접한 적은 없다. 사실 나는 그가 이처럼 호의를 차 곡차곡 쌓아가고 있는 데 은근한 두려움을 갖고 있다. 어느 예기치 않은 날, 차 천 잔의 호의를 한꺼번에 갚아야 하는 순간이 닥치면 어쩌나, 하는.

그가 자리를 뜰 일이 생길 때마다 새삼스럽게 느끼는 건 그가 일반적인 사람들에 비해 키가 아주 크다는 사실이다. 또한 리처드는 동요하는 법이 거의 없다. 모든 일을 대수롭지 않게 받아들이며, 그러면서도 결연한 경계 태세를 잃지 않는다. 말 조련사나 컬트 지도자로서의 소명을 타고났는데 그걸 마다하고 서점으로 온 게 아닌가 생각할 정도다. 그가 조용하고 확신에 찬 목소리로 말을 걸면 모두 사실인 것처럼 느껴진다. 그게 뭐지, 리처드? 내일은 해가 뜨지 않을 것 같다고? 글쎄, 리처드가 당황하지 않으면 크게 걱정할 일은 아닐 거야.

말썽꾼들은 지하층에 이르자 체면 때문에라도 그만둘 수 없는 상황이라는 걸 깨달았을 때 어쩔 수 없이 하는 어정쩡한 주먹다짐을 시작했다. 딱히 숙련된 싸움도 아니었고, 액션 영화 장면처럼 짠 듯이 우아하게 오가는 몸짓과는 아예 거리가 멀었다. 실제 싸움은 오히려 꼴사납고, 서툴고, 품위라고는 없었다. 둘은 상처 입은 자존심을 넘어서는 피해를 서로에게 입히지 못한 채 지하실 바닥을 훑었다. 누구든 진 쪽은 자신에게 유리한 쪽으로 무게가 실리지 않으리라는 사실을 깨닫자, 승산이 있는 무기를 찾기 위해 주위를 둘러보았다.

선택할 수 있는 옵션은 아주 많았다. 게오르크가 계단 아래에 보관해 둔 커다란 금속제 막자사발 중 몇 개를 집어들 수도 있었고, 스티븐이 걸어둔 기다란 공예 칼 중에서 마음대로 골라잡을 수도 있었으며, 묵직한 책들도 여기저기 흩어져 있었다.

또 더는 사람이 앉기에 적합하지 않지만, 훌륭한 몽둥이의 재료가 될 만한 못생긴 의자도 하나 있었다. 고를 수 있는 무기가 너무 많은 게 문제였을까, 소년은 선택에 실패했다. 차라리 앞서 말한 것 중 하나를 선택했다면 그게 뭐였든 아무도 뭐라 하지 않았을 것이다. 그런데 어쩌나, 안타깝게도 그의 잘못된 영혼은 리처드가 정리해 둔 인쇄물 더미에서 꼼꼼하게 말아 놓은 포스터 하나를 집어 들고 말았다.

그 가련한 부랑자가 이 전략으로 정확히 뭘 달성하고 싶어 했는지는 지금까지도 미스터리로 남아 있다. 그의 선택한 포스터는 효과적인 무기와는 아무런 관계가 없었기 때문이다. 어쨌든 그가 얇은 종이 두루마리를 간신히 집어 위로 쳐들었을 때 그림자 하나가 그의 머리 위로 내려앉았다. 두 전투원은 처음으로 거기에 자신들만 있었던 게 아님을 깨달았다.

두 명의 낯선 젊은이들이 자신이 힘들게 일군 체제를 망치고 있다는 생각이 리처드의 마음 깊은 곳에 차분히 가라앉아 있던 분노의 감정을 예리하게 자극한 듯했다. 그가 그러는 건 아주 보기 드문 일이었다. 격이 떨어지는 사람이라면 곧장 달려들어 인쇄물이 상할 위험을 무릅쓰고 적의 손아귀에서 포스터를 낚아챘을 것이다. 그러나 리처드는 바보가 아니었다. 대신 그는 무시무시한 표정으로 몸을 일으켜 부랑자에게 다가갔으며, 평소와 다름없는 태도로 그 포스터가 실제로 아주, 매우, 많이 비싸다는 사실을 알려주었다.

두 젊은이는 주위를 둘러보다가 리처드의 무시무시한 얼굴에 멈칫했다. 둘은 조심스럽게 포스터를 제자리에 돌려놓고, 죄송하다는 말을 중얼거렸다. 그런 다음 엎치락뒤치락 계단을 올라가서는 가능한 한 빨리 벗어나겠다는 듯 필사적으로 문밖으로 뛰쳐나갔는데, 그렇게 서점에서 빨리 나가는 사람들을 본 적은 한 번도 없었다.

그 뒤로 나도 그런 식으로 경외를 불러일으키는 표정을 지어보려고 해봤지만, 리처드 같은 중량감은 절대로 가질 수 없다는 현실만을 깨달았다.

38

더욱 불유쾌한 소란

어느 날 저녁 폐점 직전, 거리에는 등불이 켜지고 이른 일몰이 핌불베르트*Fimbulwinter*(북유럽 신화에서 종말 전쟁 라그나로크의 전조 현상. 겨울이 계속되어 여름이 겨울에 집어 삼켜진다고 표현되는 때다−옮긴이)의 첫 번째 마수처럼 새크빌스트리트에 내려앉고 있었다. 그때 값비싼 정장 차림의 남자가 얼굴을 오만상 찌푸린 채 들어왔다. 그의 내면에서 울리는 소란스러운 덜그덕 소리와 빵빵 소리가 함께 밀려 들어와 매장 내부 음향이 증폭되는 느낌이었다. 그는 온몸으로 자신의 존재 자체가 '나쁜 소식'이라는 분위기를 뿜어내고 있었다.

그가 매장의 물건들을 이리저리 부딪치고 다니기 시작하자 직원들은 슬슬 자취를 감추었다. 그는 매장을 돌아다니며 큰소리로 외치기 시작했다. 서점에 찾아오는 고객들이라고 해서 모두가 내면의 목소리가 요구하는 양서를 찾는 손님들은 아니고, 일부 고객은 소란을 일으키길 좋아한다. 이 남성도 말하자면 이따금 출몰하는 소란 유발자였다. 곧이어 그는 외설적일 뿐만 아니라 관음증과 잔학 행위 등에 탐닉하기를 추구하는 보기 드물게 불쾌한 수집가임을 드러내며 큰소리로 원하는 걸 요청하기 시작했다. 그 순간 나는 몸이 뻣뻣해졌다. 그때까지도 나는 사람을 매장 밖으로 몰아내 본 적이 없었으며, 그 남자를 어떻게 다루어야 할지 알 수 없었다.

　　희귀 서적 업계에서 일하면 충격적인 내용의 책을 접하게 되는 건 시간문제다. 골리워그*Golliwog*(흑인을 괴상하게 표현한 단어-옮긴이), 나치즘, 그 외 인간성의 상실을 상기시키는 주제들이 거래 품목에 올라오며, 고객들도 다양한 이유로 이런 책들을 사고 싶어 한다. 희귀 서적 판매점의 책장을 훑어보면 인간이 대부분의 시간을 이 뜬 돌(낙하할 우려가 크고 불안정한 돌이나 바위-옮긴이) 위에서 서로에게 끔찍한 일들을 해대며 보낸다는 증거가 수두룩하다. 따라서 민감한 자료를 다룰 때는 한눈에 파악해서 어려운 주제를 요령 있게 다룰 준비를 갖춰야 한다.

　　사람들은 온갖 종류의 불편한 책에 대해 전화로 물어오는데, 나로서는 대답이 마땅하지 않을 때가 많다. 한번은 '종교를 위해 동성애를 포기하는 주제를 다룬 책'을 요청하는 전화가 걸려 왔는데, 그런 요청은 들어드릴 수 없다고 간결하게 대답했다. 그러자 그는 '유대인이 날씨를 조종하는 마법에 관한 책'으로 주제를 바꾸었고, 나는 전화를 끊어버렸다. 이것이 당연히 소서런에 걸려 온 가장 이상하고 불쾌한 전화가 아니라는 사실을 이야기하며 말을 줄이겠다.

내가 처음 소서런에 왔을 때는 골리워그 같은 인종 차별적인 것들은 공개적으로 전시하지 않고 찬장에 보관하는 게 일반적인 태도였고, 그에 대체로 만족하는 분위기였다. 그러나 내심으로는 서점에서 사람을 골라가며 책을 팔 수는 없는 것 아니냐고 생각했고, 거기엔 선택의 여지가 없다고 여겼다. 물건이란 돈을 따라가니까. 그러나 내 생각과는 달리 소서런은 민감한 자료를 올바른 맥락에서 비치하고 올바른 이유로 보존하는 '기관'에 팔기 위해 최선의 노력을 기울이고 있다.

사실 어떤 책이 '적절'한가의 여부를 두고 의문을 제기할 수는 없다. 모든 책은 우리에게 가르침을 준다. 교훈의 성격이 천차만별일 뿐이다. 마들레네 디트리히*Marlene Dietrich*(1901~1992, 독일 출신의 미국 영화배우-옮긴이)가 가지고 있던 『나의 투쟁*Mein Kampf*』(1925년에 출간된 아돌프 히틀러의 자서전-옮긴이)은 혐오스러운 책으로 세상에 추가 사본이 있을 필요는 없지만, 이 단 한 권의 책에 대해서 말하자면 맥락에 따라서는 중요하게 다뤄질 수도 있다.[+] 즉 올바른 컬렉션에서라면 보존 가치가 있다는 뜻인데, 이 말인즉 우리가 올바른 맥락에서 이런 책들을 거래해야 한다는 의미가 된다.

　모든 규칙을 마음에 새겨야 하겠지만, 나에겐 다른 무엇보다 우선하는 기본 규칙이 있다. 나치와 같은 사람들에게 책을 팔지 않는다는 것. 서점은 법정이 아니다. 책의 관리자로서 우리는 누구에게 책을 팔지 결정할 재량이 있으며, 법정과 달리 증거를 댈 필요도 없다. 다만 인종주의자 한 명에게 책을 팔면 더 많은 인종주의자를 끌어들이게 된다는 것을 알고 있다. 홀로코스트와 같은 주제를 다룬 중요한 자료가 해당 주제를 파괴하지 않을 기관이나 수집가에게 전달되도록 노력하고 확인하는 일이 우리의 책임이다(물론 이건 어디까지나 가능성의 문제로, 절대적인 확신이란 없다). 반발하는 사람들도 분명히 있을 것이다. "내가 책임감 있는 소유자가 될지 말지를 결정하는 건 당신네 일이 아니야"라고 말할 수도

[+]　디트리히는 확고한 반 나치주의자였으며, 이 책은 그녀가 할리우드에서 활동할 당시 〈서부 전선 이상 없다*All Quiet on the Western Front*〉의 저자인 에리히 마리아 레마르크*Erich Maria Remarque*(1898~1970, 독일의 소설가—옮긴이)에게서 저자 자신의 조국이 얼마나 부패했는지를 드러내 보이는 상징물로서 선물 받은 것이었다. 소서런은 엄격한 반 나치 정책을 고수한다. 나치에게 책이나 서점 같은 좋은 것들은 결코 주어지지 않아야 한다.

있다. 실제로 우리는 서점에 들어서는 사람들에게 일일이 퀴즈를 내서 어떤 사람인지 파악하지 않으며, 별달리 이상한 행위를 하지 않으면 기본적으로는 괜찮은 사람이라고 생각한다. 그러나 그가 거위처럼 굴기 시작하면 그때는 상황이 달라진다. 거위처럼 꽥꽥거리고, 걸어 다니면 그를 나치일 수도 있다고 판단할 수밖에 없다. 내가 "인종주의자에게는 책을 팔지 않습니다"라고 말할 때 불평하는 사람들은 딱 한 부류, 인종주의자다. 자기들끼리는 이 단어를 뭐라고 부르든 내게는 마찬가지다.

다행히도 책 판매인이 책을 팔고 싶어 하지 않는지 그렇지 않은지를 고객이 확인하기는 대단히 어렵다. 만약 내가 괴물 같은 사람에게 책을 팔고 싶지 않을 때 그는 자기가 겪는 불편한 상황이 서점에서 흔히 일어나는 일상적인 일들이 아님을 증명할 방법이 없다. 질 나쁜 행동을 한 사람은 사고 싶은 책이 무엇이든 "그 책은 분실됐어요." 혹은 "앞서 예약하신 분이 있어요. 죄송합니다. 제 실수예요." 같은 말을 듣게 되거나, 아프리카라고 표시된 서가에서 먼 데로 안내되면서 "아프리카에 관한 책은 없습니다" 같은 단호한 말을 듣는 정도로 끝나기 쉽다. 한마디로, 책 판매인의 행동은 책을 팔고 싶을 때와 그 반대일 때를 거의 구별할 수 없다.

이제 우리의 침입자에게로 돌아가 보자.

늘 그랬듯이 제임스가 죽음의 천사처럼 날아와 나를 구해주
었다. 이때까지 제임스가 어떤 이유로든 책을 팔지 않으려 한 적
은 한 번도 없었다. 그를 당황하게 만드는 요청 같은 건 없었고,
어떤 식으로든 반드시 관련성을 지닌 책을 찾아내어 고객 손에
들려주었던 제임스였다. 그러나 이날은 그도 그럴 생각이 없어
보였다. 업계의 장인이라 할 만한 노련함으로 순식간에, 아주 조
용하게 그는 고객을 양 한 마리를 몰 듯이 돌려세워 문밖으로 내
보냈다. 내 보기에 문제의 말썽꾼은 무슨 일이 일어났는지 감조
차 잡지 못했으리라.

이렇게 한 가지는 증명된 셈이다. 우리는 모두 누구에게 책
을 팔지를 선택하는 자신만의 선이 있으며, 그럴 때 우리가 하는
선택이 우리가 속한 세상의 모습을 만들어 간다. 희귀 서적 거래
는 별개의 세상에 존재하는 것처럼 보이지만 그렇지 않다. 우리
는 수천 가닥의 보이지 않는 끈으로 세상과 연결되어 있으며, 불
온한 책이 온당한 곳으로 가는지 신경 써서 확인할 때마다, 혹은
혐오주의자를 서점에서 배제할 때마다 옳은 방향으로 한 발씩 내
딛고 있다고 믿는다.

39

책 수집가가 배우자라면

그녀가 도시를 가로질러 늘어선 고급 부티크의 가방을 여러 개 들고서 서점으로 들어온 때는 폐점하기 십 분 전이었다. 그녀는 엄청나게 큰 챙모자 아래로 얼굴을 반쯤 가린 채, 서둘러 문 안으로 들어서서는 누가 도와주러 가기도 전에 힘들게 들고 있던 짐들을 바닥에 내팽개치듯 내려놓았다. 그녀에게서 극한에 몰려 있는 사람의 분위기가 풍겼기 때문에 나 역시 도움을 주겠다고 말하기가 꺼려졌다.[+]

"선물을 사야 해요"라고 그녀는 으르렁거리듯 말했다. 그녀의 눈은 똑바로 마주 봤다가는 돌로 만들어 버리겠다는 엄포를

[+] 게다가 바깥에 스핀들맨이 잠복해 있는 상황이었으므로 또다시 그의 농간에 놀아나 돈을 빼앗겨서는 안 된다는 불안감도 있었다.

놓는 것처럼 보였다. 그녀는 계속해서 분노로 흐려진 눈을 크게 뜨고서 나를 응시했는데, 그게 이 상황에서 그녀가 할 수 있는 최선이라고 외치는 웅변처럼 느껴졌다. 나는 머뭇대며 폐점 시간이라고 웅얼거렸지만, 그녀는 아랑곳없이 모피 외투를 벗어서 데이브 더 아울의 먼지 낀 유리 덮개 위에 턱하니 걸쳐 놓았다.

얼른 문을 닫고 집에 가고 싶은 마음에, 나는 드물게도 솔선수범하는 태도를 보이고 말았다. 그녀에게 어떤 종류의 책을 찾는지 물어보는 실수를 저지르고 만 것이다. "글쎄요, 그 사람이 책 수집가라서요." 그녀가 다소 딱딱하게 대답했다. 그녀는 시대를 초월한 책의 바다를 눈살을 찌푸리며 둘러보더니 자신의 질문이 모호하다는 점은 무시하고 다른 사람에게 문제를 떠넘기겠다는 의지를 굳히는 듯했다. "그 사람에게 책을 선물해야 해요"라고 그녀는 되풀이했다. "좋은 책 말이에요, 아시죠?"

아니, 나는 몰랐다. 종종 희귀 서적을 보러오는 이들 중에 이런 사람들이 있다. 누군가 희귀 서적을 수집한다는 걸 알고서는 아주 씩씩하게 책을 찾으러 오는 것이다. 그러나 서점에 와서야 자기들이 그 수집가에 대해 아무것도 새겨듣지 않았다는 사실을 깨닫는다. 책을 사서 선물한다는 행위는 상점으로 달려가 장식 비누 한 상자 혹은 위스키 한 병을 집어 드는 일과는 다르다. 그저 어둠 속에서 대충 골라 원하는 걸 얻을 수는 없다. 최선의 시나리오에 따르면 잘 고른 책 한 권으로 그 사람과 얼마나 친밀한지, 그의 관심사, 정치관 등을 비롯해 내면의 자아까지도 잘 이해하는 사람이라는 걸 보여줄 수 있다. 반대로 최악의 경우 그 사람에 대해 전혀 관심이 없다는 진실을 드러내는 결과를 낳기도 한다.

"남편은 아주 성실한 수집가예요." 그녀는 천장에서 해답이 떨어지기를 기다리는 듯 여전히 사방을 두리번거리면서 고집스럽게 말했다. "책을 아주 진지하게 대하죠. 그러니까 좋은 책을 가져다주고 싶어요." 나는 고개를 끄덕거릴 수밖에 없었다. "그런데 왜 그분이 어떤 책을 수집하는지 모르실까요?"라는, 그 상황에서 유일하게 합리적인 질문을 할 수는 없었기 때문이다. 사람들은 어떤 종류의 책을 사야 하는지 확실하지 않을 때 '멋진' 책이나 '좋은' 책을 요청한다. 책 판매인이 수정구를 들여다보고는 마법처럼 알맞은 정답을 내놓을지 모른다고 기대한다.

운이 좋으면 한 북 딜러가 작은 기적을 만들어 내기도 한다. 비결은 이 가련하고 오갈 데 없는 고객에게 매장 여기저기를 안내하면서 고객의 눈에 뭔가를 발견했을 때 반짝하고 섬광이 지나가는 걸 포착할 때까지 기다리는 것이다. 책을 알아보고 나면 곧 안도의 표정이 스친다. 누구도 기념일에 잘못된 선물을 들고 이런저런 일로 고생하는 배우자 앞에 나타나고 싶지는 않기 때문이다.

보통 책 수집가나 그 외 무언가에 집착하는 사람들을 유령이 나오는 성에 혼자 살며 결코 다른 생명을 품는 일이란 없는 고독한 존재라고 생각하기 쉽다. 그러나 책 수집가의 삶도 다른 이들과 똑같이 가족을 중심으로 돌아간다. 예외 없이, 그들이 선택한 배우자들 역시 천 가지쯤 되는 질문을 준비하고서 서점으로 향하며, 구명조끼도 없이 책의 세계라고 하는 차가운 물속에 뛰어든다. 사랑하면 그렇게 된다. 그들이 고르는 선물의 성공률은 대개 어떤 유형의 책 수집가와 결혼했느냐에 달려 있다. 드라큘라 유형과 결혼하면 선물 고르기는 그야말로 난제가 된다. 선택 영역이 워낙 좁아서, 기껏 사 간 책이 남편의 장서에는 맞지 않거나 이미 가지고 있는 책일 가능성이 높기 때문이다. 이런 경우 수집가의 컬렉션이 방대할수록 명절이나 생일이 다가오면 가족들의 근심도 깊어진다. 스마우그 유형의 수집가에게 선물할 책을 고르는 건 상대적으로 쉽다. 이들은 폭넓은 분야의 책들을 두루 수집하기 때문이다. 따라서 운 좋은 가족 구성원은 스마우그의 관심 분야와 애매하게 관련된 책을 선택하고 최선의 결과를 기대하는 위험을 감수해 볼 만도 하다.

이렇게 글로 써놓으면 복잡해 보일 수 있겠지만, 만약 당신이 서적 수집가라면 이런 부분도 고려해야 자신의 취미를 낭비나 골칫거리로 여기는 사람을 선택해 인생을 함께하기로 하는 선택을 피할 수 있다.

우리 서점에 대략 3개월에 한 번 정도 모습을 보이는 신사가 있는데, 양털 점퍼를 입은 모습이 흡사 들쥐처럼 보이는 양반이다. 만약 들쥐가 70년을 살고 올림픽 체조 선수 정도의 민첩성을 가졌다면 말이다. 매번 그는 헐렁한 후드를 뒤집어쓰고서, 비어있어서 다소 덜컥거리는 작은 여행 가방을 끌고 온다. 매장을 슬쩍슬쩍 돌아다니며 원예(그의 취미다) 관련 책을 찾아내어 시간을 들여 꼼꼼히 여행 가방을 딱 맞게 채울 수 있을 만큼의 책을 고른다. 책을 사 갈 때마다 그는 책이라는 사실을 숨길 수 있는 형태로 위장해야 한다고 열정적으로 설명하곤 한다. 나는 그에게 신문지를 내주거나 비닐로 포장해서 내용물이 보이지 않게 해주는데, 사실은 어떻게 해도 책이라는 걸 알아차릴 수 있는 형태의 꾸러미밖에 안 된다. 그는 우쭐대며 책들을 가방 안에 깔끔하게 집어넣고는 아내가 알면 큰일 난다면서 짓궂게 웃어 보이곤 한다. 그는 매번 현금으로 값을 치른다. 흔적을 남기고 싶지 않다는 것이다. 이 부부의 톰과 제리 게임이 얼마나 엎치락뒤치락하며 이루어지는지 알 만하다고 생각했다.

이 이야기에서 가장 칙칙한 부분은 일주일에 몇 번씩 비슷한 사례가 발생한다는 점이다. 책 수집가 세상의 절반은 자신의 파트너와 지리멸렬한 게릴라전을 이어가는 사람들로 채워져 있는 것 같다. 수습 기간 후반에 한 고객의 집으로 찾아가 3층 높이로 쌓인 책을 검토한 적이 있었다(게다가 방 하나는 책으로 꽉 차 있어서 빈 데를 찾아 폴짝폴짝 건너뛰기로 접근해야 했다). 책 주인은 아내가 종용해서 어쩔 수 없이 책을 처분하기로 했다고 했다. 산더미 같은 책을 힘겹게 뒤져가며 우선 서른 권 정도를 골라 샀는데, 그는 이후 입을 꾹 다물더니 아예 연락을 끊어버렸다. 우리가 서른 권의 책을 가지고 그 집을 나설 때 그의 얼굴에 나타난 고통스러운 표정을 보고 짐작했던 일이었다.

간단히 말하면, 문제는 책 수집이 취미 정도를 훨씬 넘어서는 일이라는 데 있다. 무엇보다 책을 보관할 공간이 어마어마하게 필요하기 때문이며, 이 말은 생활 공간을 공유하는 사람이 아주 이해심이 많아야 한다는 뜻이다. 가장 이상적인 상황은 함께 사는 사람도 공모자인 경우다. 이 경우, 어차피 두 사람의 남은 인생은 믿을 수 없을 정도로 계속해서 밀고 들어오는 오락거리를 위해 공간을 확보하는 데 몽땅 쓰일 것이며, 이런 삶은 2절지의 거대한 책에 발이 걸려 넘어지면서 계단 아래로 추락하는 일이 생길 때까지는 끝나지 않을 것이다.

내가 조언하는 유일한 현실적 해결책은 평범한 책 수집가라면 은둔자로 살기를 선택하라는 것이다. 누구에게도 이러쿵저러쿵 소리를 듣지 않는 가장 확실한 방법이다. 하지만 아쉽게도, 책 수집가의 삶은 많은 면에서 로맨스의 방해를 받게 되어 있다. 서점이 낯선 사람에게 낭만적으로 접근하기에 좋은 장소라는 생각으로 시대정신이 감염된 탓일까. 이 감염증에 대해서는 로맨틱 코미디가 단단히 책임져야 할 것이다.

커다란 챙모자의 여인에 대해 말하자면, 우리는 결국 좋은 선물을 찾아 드리는 데 성공했다. 무작위로 이런저런 책과 저자들을 그녀 앞에 던져 보는 가장 확실한 방법이 동원되었으며, 마침내 그녀의 구미를 만족시킬 수 있을 만큼 충분한 양의 금박으로 장식된 장정이 그녀의 눈에 띄었다. 내 생각에 남편이 좋아하지 않았을 것 같긴 한데, 적어도 아내의 눈이 즐겁기는 한 것 같아 만족한다.

40

∽∾∽

온갖 사연의 편지들

소서런에는 늘 달갑지 않은 편지가 온다. 수신인을 잘못 설정한 비즈니스 메일(오래전에 일을 그만둔 직원들 이름으로 오는 것들)도 많고, 이미 넘치는 재고를 더 쟁이도록 돈을 쓰라고 부추기는 우편물이 끊이지 않는다. 후자는 다른 서점에서 보내는 카탈로그들이다. 수습 직원 때 바깥세상의 공포에 맞서는 첫 번째 단계로 이 편지들을 올바른 곳까지 전달하는 게 나의 책임이었던 시기가 있었다. 지역 우체부들은 우리가 크고 다루기 힘든 소포들을 적절한 수준 이상으로 떠넘기고 있다는 사실에 짜증이 났는지, 수취인을 찾을 수 없는 편지들을 우리 우편함에 넣어 버릇했다. 그중에는 서점과 관련된 내용들도 더러 있어서, 편지라면 질색하는 해당 직원들에게 전달되었다. 그러고도 남는 편지들은 진짜 주인을 찾아가는 암울한 시도를 해보느라 거리를 헤매기도 했다. 물론 그 암울한 시도를 하느라 편지를 들고 이리저리 먼 길을 돈 건 나였다.

편지 중에는 손으로 쓴 것들이 일정 비율로 포함되어 있다. 연령대가 높은 고객 중에는 이메일을 보내셔도 된다고 설득하기 어려운 분들이 있고, 컴퓨터가 없는 경우도 적지 않다. 심지어 지금까지 주판으로 셈하는 방식에 매달리는 분들도 있다. 어쨌든 손편지의 참신함은 결코 빛이 바래지 않는다. 열어보기 전에는 불편한 요구사항이 담겨 있는지, 불만을 제기하고 있는지를 전혀 알 수 없기 때문이다. 가장 마음이 가는 건 왁스로 봉해진 편지들로, 나는 이것들을 먼저 열어보곤 한다.

운 좋으면, 열어본 편지가 소중한 소통의 매개가 되기도 한다. 손으로 쓴 감사 편지들일 경우다. 나는 지금껏 받은 감사 편지를 모아 놓은 작은 파일을 가지고 있다. 특별히 기분이 좋지 않은 날 열어보곤 한다. 다른 업장에서도 월급 받고 할 일을 했다는 이유로 감사 편지를 더러 받는지는 모르겠지만 희귀 서적 판매점에서는 그리 드문 일이 아닌 것 같다. 한 고객은 배송 비용이 터무니없이 많이 나왔을 때조차 책을 보내줘서 고맙다는 편지를 보내왔다. 또 우리가 새로 나온 카탈로그를 보내자, 축하한다는 편지를 보낸 고객도 있다. 그 고객은 다소 부담스러울 수 있는 마케팅 수단을 우리의 문학적 노력으로 빚어낸 성과처럼 느끼게 해주었다. 또 책과는 아무 상관 없이 날씨 이야기를 쓴 편지도 있고, 좋은 곳으로 휴가를 갔다며 안부 인사를 보내온 편지도 있다.

지금껏 받은 좋은 편지들 가운데 특별히 더 마음이 가는 편지는 어느 정체 모를 낯선 사람에게서 온 것들이다. 소설 『멋진 징조들Good Omens』(영국 작가 테리 프래쳇과 닐 게이먼이 공저한 소설로 1990년 출간, 국내에도 출간되어 있다-옮긴이)에 나오는 서점 주인인 천사 아지라파엘로 가장한 편지의 주인은 세부적인 부분까지 주의를 기울여 편지지를 제작할 뿐 아니라 천사가 보냈을 법한 선물까지 넉넉히 동봉한다.[✦] 편견을 가져서는 안 되겠지만 이런 편지를 받으면 그동안 발신자가 어느 위치에 있었든 상관없이 곧바로 '주요 관심 인물' 자리로 올릴 수밖에 없다. 소서런 직원들 대부분은 활기찬 양봉가(아주 사소하게라도 관련되기만 하면 꿀벌에 관한 책조차도 대단히 감사히 받아들이는 드라큘라 유형의 어느 고객에게 붙인 별명)부터 은둔 수녀원장(그리스 서해의 섬 코르푸에 살지만, 누군가 책을 가로챌 일이 걱정되어 알바니아 국경 근처의 본토 어딘가에서 작은 편지를 부치는 어느 고객에게 붙인 별명)에 이르기까지 소중히

✦　내가 제일 좋아하는 것은 맞춤형 장서표 세트인데, 'estne volumen in toga an solum tibi libet me videre'라는 라틴어가 새겨져 있다. 대충 '주머니 안에 책이 있나요, 아니면 단지 나를 봐서 기쁜 건가요?'라는 의미다.

관계를 이어가는 자신만의 펜팔 친구가 있다.

　　나로 말하자면, 늘 사회적으로 복잡한 관계에 얽히지 않겠다고 다짐하며 지냈고 몇 년 동안 그럭저럭 잘해 나가고 있었다. 그런데 우리가 장차 '감금된 교수'라고 부르게 될 사람이 크리스에게 보낸 편지가 도착한 순간 다짐이 깨졌다(단순히 소서런이라고만 적힌 우편물은 일단 매니저 크리스에게 먼저 전달된다. 리더의 부담 중 하나다). 편지에는 구하고 싶어 하는 학술서 목록이 적혀 있었다. 자기가 현재 집을 벗어날 수 없어서 도움을 청한다는 내용이었다. 사실 그건 목록이라기보다 그의 학술서 서재를 바닥부터 천장까지 통째로 재건하겠다는 계획서였다. 그의 요청은 이론상 꽤 큰 수익을 얻을 비즈니스였지만, 그 일을 맡는 사람에게는 벽에다 수없이 머리를 찧게 될 미래가 보장되는 일이었다. 편지는 크리스의 책상에 한두 주 정도 얹혀 있다가 내게 건네졌다. 담당자로 지정된 것이다. 그 뒤로도 여섯 달 동안 그 편지는 내 책상에 고이 얹혀 있었다. 그러다 마침내 편지 주인에게서 약간 주저하는 듯하면서도 아주 기분 좋은 목소리의 전화가 걸려 왔다. 그는 터무니없는 지연에 화를 내기는커녕 서점의 사정을 충분히 이해해 주었다. 죄책감에 사로잡힌 나는 그다음 주 내내 고객의 책을 찾아 사방팔방 뛰어다녔다. 그 후 그는 감사의 편지를 보내왔는데, 마치 순전히 자기가 소홀해서 발송이 늦어진 것처럼 써서 나를 당황하게 만들었다. 이후 이런 사이클이 끊임없이 이어졌다. 나는 뼈대만 앙상하게 남은 책임이란 걸 꾸역꾸역 (그리고 극단적으로 느리게) 수행했고 그는 필요한 수준을 훨씬 넘어서는 감사를 보내왔다.

흥미롭고 감사하게도, 소서런 온라인 서점이 느릿하고 신중한 진화를 시작한 이래로 기존에는 자신의 의견을 가슴에만 담아두었을 고객들의 좋은 리뷰가 넘쳐나고 있다. 지난 몇 년 동안 한 방울씩 물 흐르듯 이어진 선의의 의견이 우리가 존재한다는 것을 기억하는 사람들의 큰 물결로 변했다. 이메일이나 리뷰, 소셜미디어를 통해 많은 이들이 자신에게 알맞은 책을 찾도록 도움받은 기억들을 공유하고 있다. 이런 메시지들이 오가는 것을 보면 흐뭇한 기분이 된다.

물론 동전에는 뒷면이 있듯이 불만의 글을 올리는 사람들도 있다. 나는 불만 사연도 베스트를 뽑아서 파일로 만들어 갖고 있다. 좋은 사연과 마찬가지로 암울한 순간에 보기 위해서인데, 여기서는 일종의 비뚤어진 즐거움을 느끼곤 한다.[+] 불만 사연을 보내는 사람들은 주로 두 가지 파로 나뉜다. 첫째는 너무 맞는 말이

[+]   내가 가장 좋아하는 문장은 '난 소서런이 싫어'다.

지만 우리가 문제 삼지 않거나 완전히 우리의 능력을 벗어나 있어서 어떻게 할 수 없는 내용들이다. 이를테면 '서점이 지나치게 조용해요' 같은 글이 여기에 속한다. "네, 고객님. 서점을 정확하게 묘사하셨어요." 그러나 최신 카탈로그를 제때 받지 못했다거나 물건이 제대로 도착하지 않아서 화가 난 사람들의 퉁명스러운 메시지들도 있다.[+] 나는 여기에 대해서는 실패하지 않는 오래된 전략을 구사하는 편이다. 그것들에 '중요'나 조치가 필요한 사항이라고 표시해 내 책상 위 눈에 띄는 곳에 둔다. 천천히 김이 빠지도록 둔 채 몇 주 정도가 지나면 그것들을 치워 버릴 시점이 온다. 고객 측에서 답변을 받으리라고 기대한 때로부터 오래 지나 그분들도 그냥 잊고 넘어갔으리라 판단되는 시점이다. 그렇다면 나는 굳이 잠근 책장을 다시 열고 싶지 않다.

[+]   점점 더, 현대의 고객들은 소포가 우리 손에서 벗어나 매장을 떠난 뒤에도 우리가 일종의 정신력 같은 걸 발휘해 배송 과정을 통제해야 한다고 생각하는 듯하다. 폭풍우, 우체부의 비행, 타이어 펑크 및 온갖 물류 문제들까지 우리를 비난한다. 이제 나는 이런 비난을 정중하게 맞받아치는 데 선수가 되어 있다. '정말 그렇군요. 하지만 고객님의 집 주소가 활화산 바닥으로 기재되어 있다는 사실과 관련해 궁극적으로 저희 서점의 책임은 없습니다'라고 하는 식이다.

41

참을 수 없는 인간들

고객 한 명이 내 관심을 끌려 하고 있다. 활짝 미소를 띤 채 나를 바라보더니 십 분 정도 주변을 알짱거린다. 내 쪽에서 먼저 말을 걸어주기를 바라는 게 빤히 보인다. 나는 아무런 관심도 없는데 혼자서 나를 상대로 이상한 파워 게임을 벌이고 있다. 마침 장 수를 세던 책의 6백 페이지째를 넘기고 있던 참이라, 잠깐만 집중을 놓쳐도 처음부터 다시 시작해야 해서 나는 더욱이 그를 무시했다. 그는 계속 주변에서 어슬렁거렸다. 나를 주시한 채로. 결국 그는 불쑥 등 뒤에서 나타나 짜증 섞인 목소리로 말을 걸었다. "아시겠지만, 정말로 도움이 필요해서요. 중요한 질문이 있어요." 페이지를 놓쳤다. 나는 한숨을 쉬며 책을 내려놓았다.

그는 반대편의 책장으로 나를 끌고 가더니 잠깐 머릿속으로 정리를 해야겠다는 듯이 두 손을 쫙 펴 보였다. 나는 그냥 서 있었다. 성가시다는 느낌을 표정으로 드러내면서. 그는 생각에 잠긴 듯한 자세를 해 보이며 물었다. "말이죠, 이 책장을 좀 '설명'해주실 수 있나요?"

2년 동안 책 거래 일을 하고 나면 이제 다른 데서는 일자리를 못 구하는 신세가 되므로 평생 서점에 남게 된다는 말이 있다. 일리가 있는 말이다. 수십 년간 소서런도 수많은 전도양양한 젊은이들을 맞이하고 떠나보냈다. 이들 중 아주 똑똑한 사람들은 책 거래 일이 자신과 안 맞는다는 걸 알아차렸지만,[+] 그들조차도 어떻게 해서든 2년을 채우고 나면 다른 업계에서 일자리를 얻을 가능성은 지극히 희박해진다. 그냥 자연히 그렇게 된다. 그러나 나는 일이 그렇게 되는 이유를 면밀히 분석해 좀 더 발전된 이론을 확립했다. 즉, 모든 책 판매인은 결국 내가 '스냅'이라고 부르는 순간을 겪게 된다.

나는 몇 년 동안 나름대로 잘해나가고 있었는데, 결국 그 순간이 오고 말았다. 서점에 취업할 때 누구도 업무의 많은 부분이 책과는 전혀 상관없다는 이야기를 미리 해주지 않는다. 책보다는 다채로운 인격들을 떼로 상대하는 일이 업무의 대부분이라는 사

[+] 소서런에서 일 년 반 일하고 나서 도자기를 배우겠다고 전기도, 깨끗한 물도 없는 아일랜드의 먼 마을로 떠난 로이신을 종종 떠올린다.

실을 사전에 알려주는 사람은 없다. 물론 힌트가 있었을 수는 있
겠지만 일자리를 구하러 간 자리에서 그런 심연까지 미리 읽어낼
수 있는 이는 통찰력이 대단한 자들뿐이다. 나머지 우리들은 책
과 관련된 일로 시간을 보낼 거라 믿어 의심치 않다가 금요일 저
녁 6시 5분에 누군가가 다가와 자신의 우표 수집에 관해 신나게
이야기하기 시작할 때가 되어서야 그 믿음이 엄청나게 잘못됐다
는 걸 깨닫게 된다. 때로는 몇 시간씩 시간을 빼앗기기도 하는데,
그럴 때 우리는 눈치 좀 채라는 의미의 한숨을 쉬고 눈에 띄게 시
계를 흘긋거리며 초조한 시간을 보낸다.

그러는 동안에도 의미 없는 문의 전화는 끊임없이 걸려 온
다. 크립티드들도 질세라 갈라진 혀를 날름거리며 고약한 질문들
을 던진다. 와중에 우리는 복잡한 책들을 분석해 카탈로그를 만
드는 작업도 해야 하고, 수백 페이지짜리 책의 장 수도 세야 하는
데 (중요한 것은) 이중 어떤 일도 실수하면 안 된다. 하나라도 실수
했다간 끊임없이 걸려 오는 전화 중 한 통이 분노한 고객이 영수
증을 흔들며 거는 전화가 될 것이므로.

책 판매원으로 고용되면 처음에는 대개 고객에게 좋은 인상
을 주려 노력하게 된다. 텔레비전에서 본 듯한 신뢰할 만한 서비
스를 모범적으로 실천하느라 모든 고객에게 깍듯이 인사하면서
애써 미소를 지어 보인다. 고객은 늘 옳기 때문이다. "네, 물론이

죠. 제가 다시 한번 확인해 보겠습니다, 선생님." 그러다가 어느 순간 압박감이 느껴지면서 스냅이 온다.

이 순간이 어떻게 해서 오게 됐는지 이해하려면 레베카 이야기를 좀 더 할 필요가 있다.

이 세상에 레베카보다 더 열심히 일하는 책 판매인은 없다. 내가 보기에 그녀는 고대의 전설적 영웅들이 지녔던 지칠 줄 모르는 정신의 소유자다. 우리가 더 생각하기 싫은 물품들을 넣어두는 '예비 캐비닛'을 파헤치는 그녀의 모습은 아우게이아스의 외양간 청소하는 헤라클레스를 떠올리게 했다. 다만 이 경우 우리가 불가능한 일을 그녀에게 떠안긴 게 아니라 그녀가 '자청해서 일을 맡은 것'이 다를 뿐이다.

더구나 그 과정에서 그녀는 불평 한마디 하지 않았다. 나 같은 경우 하루의 급한 사무를 모두 처리하고 나면, 내 책상으로 물러나 앉아 전에 붙잡고 있던 수수께끼나 미스터리나 풀면서 한참이고 풀어져 있는 편이었다. 그러나 레베카는 급한 일을 다 끝내면 오랫동안 방치돼 있던 찬장으로 달려가 안에 든 내용물의 목록들을 죄다 파악하거나 오래된 도서 기록을 모두 뒤져 쓸모없는 책들을 빼내 버리곤 했다. 그녀는 땅을 박차고 달리는 스타일이었고, 나는 비척비척 걷는 쪽에 더 가까웠다. 결국 나는 우리가 오래 함께 일하기 위해 그녀에게 속도를 좀 줄여달라고 부탁하기까지 했다.✚ 다만 지금까지도 그녀가 내 말을 이해했으리라고는 생각되지 않는다.

요약하면, 레베카는 내가 그동안 보아온 고서적 판매인들과는 완전히 다르다. 우리가 함께 일할 자격이 나에게 있나 싶을 정도로 완벽하게 환상적인 일벌이라고 할 수 있다.

이제 다시 스냅 이야기로 넘어가자. 느슨하게 흘러가는 서점의 아침 시간, 우리가 '고압적 신사'라고 부르는 사람이 문을 열고 들어왔다. 그가 팡파르나 레드 카펫으로 환영받기를 기대하는 듯한 행진 스타일의 걸음걸이를 연출하면서 들어서자 나는 곧바로 최선을 다해 그를 피하기로 마음먹었다. 그는 빠른 걸음으로 매장을 둘러보며 간간이 발로 책장을 툭툭 건드리기도 했는데, 그게 꼭 트러플를 찾느라 땅을 파는 돼지의 몸짓 같았다. 그의 눈이 레베카에게로 가 멎었다.

그녀는 그날도 웬만하면 안 파헤치면 좋을, 딱히 고맙다는 말을 들을 것 같지 않은 일을 하느라 분주했다. 물론 그녀의 수고

✚   이렇게 보니 숲의 나무들이 쓰러지는 이유에 관한 선문답 같이 느껴지기는 한
다('If a tree falls in a forest and no one Is around to hear It, does It make a
sound?'라는, 사람이 인식하지 않는 대상을 존재한다고 할 수 있는지를 묻는 철학적 물
음에서 가져온 밀인 듯하다-옮긴이). 내가 나쁜 직원인가, 레베카가 좋은 직원인가? 혹
시 둘 다인가?

로 우리 모두의 삶이 한결 수월해질 것은 분명했지만 말이다. 이 신사분의 눈빛이 간혹 서점에서 일하는 여자 직원을 대할 때 남자들이 보이는 눈빛으로 변했다. '오호, 나와의 대화를 회피할 수도 없고 나한테 친절할 수밖에 없는 상대를 찾았어'라는 약탈자의 속내가 빤히 들여다보였다. 나는 정말이지 다른 사람들의 일에 끼어드는 성미가 아니다. 본인 스스로 대처할 수 있을 만한 상황이 대부분이기 때문이다. 그래서 그날도 꾹 참고 뒤로 물러나 남자를 무시하려고 애썼다. 그는 레베카를 붙들고 그간 자기가 이루어낸 업적에 대해 길고 종잡을 수 없는 독백을 늘어놓고 있었다. 레베카는 직업 정신을 발휘하여 정중한 표정으로 그의 이야기를 경청했다. 다시 업무로 돌아가고 싶어 근질근질한 손을 참고 있는 게 느껴졌다.

　남자 고객이 매장에 나타나 레베카에게 점심 식사를 하러 가자고 하거나 밀폐된 공간에서 그녀와 단둘이 있을 수 있는 방법을 찾는 등 부적절한 접근을 한 것은 이번이 처음이 아니었다. 물론 나는 그녀가 최선이라고 생각하는 방식으로 그런 상황에 대처하는 것을 존중해 마지않는다. 그러나 새로운 일자리라는 장소가 사람을 얼마나 감정적으로 취약하게 만드는지도 너무 잘 알고 있었다. 신입 시절에는 본인이 불편해도 참고 소동을 만들지 않고 싶어 하는 본능이 강하게 작용할 수밖에 없다.

그렇게 한 시간 정도가 흘렀고, 그는 서서히 공격적으로 변해 갔다. 그러다 그가 여자의 뇌가 남자보다 작으며 그 때문에 탐구 능력이 떨어진다는 설명을 늘어놓기 시작할 때, 뭔가가 딱 하고 울렸다. 스냅이 온 것이다. 터무니없는 요구를 일삼는 철저히 비합리적인 사람들에게 수년간 쌓인 분노와 좌절감이 폭발하면서 참으려는 의지도 꺼져 버린 바로 그 순간. 바로 이 지점에서 나는 다른 어느 사업장에서도 고용할 수 없는 사람으로 변해버렸다. 그 순간 나는 사람을 선의로 대하는 이들을 함부로 짓밟는 사람들에게도 예의를 갖추려는 의지를 잃었기 때문이다. 독자 여러분, 나는 생각지도 못한 행위를 했다. 그를 막아선 것이다.

이쯤에서 영국의 관행에 대해 한마디 짚고 넘어가겠다. 영국인은 고객 앞을 막아서지 않는다. 기차에서 사람들에게 말을 걸지 않으며, 군중이 모이면 자동으로 줄을 서는 일을 관습적으로 지킨다. 누군가의 나쁜 행위를 지적하거나 일일이 대응하는 상황을 피하기 위한 일종의 예의다. 따라서 우리는 공개적으로 고객의 잘못을 지적하거나 속마음을 내보이지 않는다. 그런 행동은 감옥에만 안 갈 뿐 상대의 얼굴을 가격하는 짓이나 마찬가지라고 배웠다. 그러니 나는 어떤 식으로든 폭력을 선택한 것이다.

사람들은 흔히 지옥에도 없을 분노('Hell hath no fury like a woman scorned'라는 속담에서 나온 말로, 지옥에서도 볼 수 없을 만큼 가장 무서운 (여자의) 분노라는 의미로 쓴다-옮긴이)라는 말들을 한다. 남자들이 자신이 여자를 대하는 방식으로 누군가로부터 대우받을 때의 반응이다. '고압적 신사'도 그렇게 폭발했다. 그는 만화 속 등장인물처럼 몸 전체가 아래에서부터 위쪽으로 올라가며 빨갛게 변했다. 진실이다. 지금도 맹세하라면 할 수 있다. 그날 그의 머리는 실제로도 몇 인치 부풀어 올랐을 것이다.

　　나는 우리가 업무를 계속할 수 있게 해달라고 요청했고, 그의 분노는 걷잡을 수 없이 높아져 매니저에게 항의하겠다고 위협하기에 이르렀다. 이런 식으로 사업을 해서는 안 된다고 그가 분개했다. 자기는 대화를 하고 싶었을 뿐이었다며 소리쳤다. "당신들, 다른 고객들한테도 다 이렇게 합니까?" 등등. 그는 기진맥진해질 때까지 무력한 고함을 질러댔고, 그가 수그러들 때쯤 나는 이미 원래의 업무로 돌아가 있었다. 그는 외상 후 스트레스 장애를 겪은 표정으로 주위를 둘러보더니 조용한 매장 바닥을 가로질러 밖으로 나갔다. 그의 등 뒤로 문이 탁하고 닫혔다.

　　레베카의 스냅은 그로부터 몇 년 후에 왔다. 어느 날 오후, 한 책 판매인이 다섯 번째 전화에서 매번 똑같은 질문을 했을 때였다. 그리고 게오르크는, 내 생각에는 태어날 때부터 스냅과 함께하지 않았을까 싶다.

5부

현대 초판본의 세계

현대 서적 판매 시대의 도래,
시간의 흐름과 유감스러운 불가피성에 관한
어느 고서점 직원의 소박한 고찰들

21세기에 접어들면서 희귀 서적 거래는 크나큰 도전에 직면했다. 무엇보다 수많은 사람들이 계속해서 새로운 책을 세상에 내놓는데, 수십 년 정도는 모른 척 지낸다고 해도 결국 그쪽으로 관심을 돌릴 수밖에 없다. 현대 초판본이라는 부문은 그렇게 해서 생겼다. 현대 초판본은 모든 종류의 인기 소설, 20세기의 걸작 그리고 어떤 익숙한 편안함을 주기에는 너무 최신인 책들을 전반적으로 다룬다.

존 밀턴의 장식적인 흉상은 찌무룩한 표정이 특징이다.
그나마 표정이 좋은 편인 셰익스피어(추정)의 흉상과 쌍으로 판매한다(협상 불가).

42

일인용 옷장 밖으로

퀴어 커뮤니티에서는 '옷장에서 나오는 일 *coming out of the closet*'은 평생 계속된다는 말이 있다(살아가면서 커밍아웃할 일이 계속 생긴다는 말. 여기서 옷장은 골방의 의미에 더 가깝다–옮긴이). 여분의 찬장을 종종 책을 보관하는 데 쓴다는 것 외에는 고서점이라는 장소도 별반 다르지 않다.

내가 동료들을 믿지 않는다는 뜻은 아니다. 그러나 이해하시겠지만, 퀴어 문학을 애호하는 괴짜인 척하며 이 세계에서 오래 살아남으려면 그들이 어떻게 반응할지 확신할 수 있을 때까지는 정체성을 숨기는 법을 익힐 수밖에 없다. 게다가 자신을 내보여도 좋을지 결정할 때 주의해야 할 위험 신호들이 있는데, 그중 어떤 장소가 1800년대의 미학에 잠식돼 있다고 하면 그곳에서 일하는 사람들의 마인드도 같은 시절에 머무는 게 아닌지 걱정될 수밖에 없다.

　나의 경우 지금처럼 대화 중에 자연스럽게 게이라는 사실을 이야기할 수 있기까지 일 년이 걸렸다. 여기까지 오는 아주 간단한 방법이 있다. 몇 달 정도 자신의 반려를 지칭할 때 성별이 드러나는 표현을 의심스러울 만큼 사용하지 않고 있다가 어느 날 대화 속에 쾅 하고 폭탄을 던지듯 동성 반려라는 의미의 호칭을 집어넣는 것이다.[+] 그런 다음에는 사람들이 그 의미를 깨닫고 어떻게 반응하는가를 기다리면 된다. 단, 주변 사람들 모두의 표정에서 감출 수 없이 움찔하고 마는 실망의 기색을 탐색하는 동안 등을 벽에 단단히 기대고 있는 게 좋다.

　놀랍게도, 폭탄은 아무 소리도 없이 바닥으로 내려앉았다(나는 현대의 동성애자들이 폭탄을 떨어뜨릴 때마다 그 끝은 재앙이라는 믿음을 마음 한구석에 품고 있다고 생각한다). 놀라울 정도로 안전하고 불쾌한 기색이 없는 반응이라서 수류탄을 몇 개 더 던져 확인해 보았을 정도였다. 뭘 그렇게까지 하느냐는 생각이 들 수 있겠지만, 내가 그전에 이미 이론적으로는 진보적이며 미래지향적인 조직 몇 군데에서 일한 경험이 있다는 것을 이해해 주셨으면 한다.

[+]　이제 나는 결혼했기 때문에 간단히 '남편'이라는 단어를 슬쩍 언급하기만 하면 된다. 이것만으로도 대화의 장애가 많이 해소된다.

그 모든 데서 일정 수준의 짜증스러운 제도적 편견으로 반응했다
는 것도. "그래서, 당신은 '여자' 쪽인 거예요?"부터 몇 주 내내 내
머리 뒤꼭지에 눈빛으로 단검을 박아 넣는 싸늘함까지. 그래서
소서런처럼 시간이 멈춘 곳에서 오히려 아무도 신경 쓰지 않는다
는 반응이 당시에는 도무지 이해되지 않았다.

반복된 (또한 훨씬 노골적인) 테스트를 거친 후에도 더 수확할
비극적인 드라마가 없다는 게 분명해졌다. 얼마 후부터 제임스
는 내가 연습용으로 기록하는 매일의 도서 재고 목록에 퀴어 작
가들과 퀴어 문학을 더 많이 소개하기 시작했다. 그걸 눈치챈 건
어쩌다 내가 오스카 와일드의 작품들이나 이셔우드*Christopher
Isherwood*(1904~1986, 영국 작가. 『베를린이여 안녕』, 『싱글맨』 등의
작품을 남겼다-옮긴이)의 소규모 작품들을 누락시키기라도 하면
제임스가 장정이 어떻고 연관성이 어떻고 하는 모호한 이유를 대
면서 내 관심을 다시 그 책들로 돌려놓곤 했기 때문이다. 굳이 원
치 않는 대화가 유발될 정도로 많은 분량의 책들은 아니었고, 그
저 내가 환영받는다는 느낌을 받기에는 충분할 정도였다. 잊지
못할 친절이었다.

점점 자신감과 함께 능력도 자라나면서, 내가 처음에는 소서
런을 잘못 이해했으며 여기에 나 혼자 있는 게 아님을 깨닫게 되
었다. 도서 거래업계에 나 같은 사람은 꽤 있었는데 그들은 나보

다 더 조용히 제 할 일을 하고 있을 뿐이었다. 점차 나는 특정 집단, 특정 연령대의 책 수집가들이 찾아와 게이 문학을 요청하는 게 아님을 이해하기 시작했다. 그들은 내가 자신을 설명하는 데 사용하는 것 같은 언어도 쓰지 않으며, 현대의 퀴어 관련 책에서 흔히 퀴어들을 지칭하는 용어를 쓰지도 않는다. 퀴어 문학 수집가들이 책 판매인에게 기대하는 일은 자기들이 어떤 작가에 대해 질문하는지 주의 깊게 살폈다가 힌트가 주어지면 알아차리는 것뿐이다. 그렇다고 내가 대놓고 반기는 기색을 감추게 된 것은 아니지만, 적어도 그들이 원하는 작품을 찾아줄 수는 있으니까 둘 다 호혜적인 관계인 셈이다.

하나 더, 나는 매년 게이 프라이드*Gay Pride*(성 소수자 축제-옮긴이)를 휴무로 정해두고 있다. 이 부분에 대해서는 타협의 여지가 없으며, 지금까지 이 문제로 나와 논쟁하겠다고 나선 사람도 없다. 자신이 진정 어떤 사람인지 공개하는 일이 두렵지 않다면 거짓말일 것이다. 그러나 일단 첫 번째 던전 탐험을 실패하거나 미지의 위협에 쫓겨 깊은 숲으로 달아나다 보면, 다른 사람들이 받아들여 줄지보다 횃불을 챙겨왔는지를 더 걱정해야 한다는 걸 깨닫게 된다.

43

보건 안전 검사관의 방문

대격변이 있고서 몇 년 후, 그때의 불편했던 기억조차 희미해져 가고 있었지만, 작업자들이 남겨 놓은 위험 요소들이 잊을 만하면 나타나서 직원들을 괴롭히고 있었다. 도처에 깔린 죽음의 위협을 피해 가면서 일상을 살아가기가 더는 힘들다고 느낄 때쯤 우리는 전화기를 집어 들었다. 크리스가 매니저로서 단단히 마음먹고 이 장소가 여전히 서점을 하기에 적합한지 전문가를 데려와 알아보기로 했다. 계단 위에는 너무 많은 전선이 매달려 있고 책들이 아슬아슬하게 놓여 있어서 지나다닐 때마다 불안했는데, 크리스도 파상풍으로 직원을 잃고 감옥에 가고 싶지는 않았나 보다. 고객을 공포의 소굴로 몰아넣고 있다는 걸 알면서 "어서 오세요, 영업 중입니다"라고 말하면 과연 진심이라고 할 수 있을까?

　아무튼 계획이 세워졌다. 조용히 전화 한 통을 걸었고, 어느 화창한 화요일 오후, 해가 창문에 붙은 인쇄물을 비스듬하게 기울어 보이게 하기 시작할 무렵에 자신감 가득한 보건 안전 검사관이 문 앞에 모습을 드러냈다. 그는 공포 영화의 도입부에서 아직은 평온한 세상을 둘러보는 등장인물처럼 보였다. 마치 세상 모든 끔찍한 일은 다 겪어봤다고 자만하는 듯한 표정이었다(이 가련한 검사관이 서점 문지방을 넘기 전에 소서런이 한 번이라도 보건 안전 검사를 받은 적이 있었다면 또 모르겠지만, 진실은 밝혀지지 않았다).+ 그가 서점 안으로 발을 들여놓는 순간, 마치 동물적인 본능이 아직 그럴 수 있을 때 도망가라고 외치는 소리를 들은 것처럼 그의 얼굴에 아주 잠깐 의혹의 그림자가 지나갔다.

그는 서류 가방을 방패처럼 휘두르며 잠깐 멈춰 서서 주위를 둘러보았다. 그러고는 안쪽으로 들어와 계단 꼭대기 근처에 심사숙고해서 배열해 둔 상자들을 죽 지나 크리스에게 가서 자신을 소개했다. 대화가 이어졌고, 검사관은 일단 주변을 둘러보고 매장에서의 일상에 대한 간단한 설문지를 작성하러 왔다고 설명했다.

+   지하실 어딘가, 상자들로 반쯤 막힌 곳에 돌돌 말린 채 심하게 색이 바랜 포스터가 하나 있다. '마시오'라고 큰 글자로 적혀 있는데 나머지 부분이 잘려 나가 우리더러 뭘 하지 말라는 건지 이제는 알 수 없다.

이어 그는 매장 안을 걸어 다니며, 눈으로 보고 있지만 이해가 되지 않는 사물들에 대해 마지못한 듯 질문을 던졌다. 그 모습이 마치 에서*Maurits Cornelis Escher*(1898~1972, 네덜란드의 판화가. 기하학을 응용하여 일상 속 비일상, 현실 속에서 비현실적 작품을 만들기로 유명하다–옮긴이)의 그림 속에 갇힌 남자를 연상케 했다. "저 사다리들은 흥미로운 장식품이로군요." 그는 기분 나쁜 물건이라는 듯 손가락으로 가리키며 말했다. 문제의 사다리들은 이전 매장에서부터 있던 것으로, 건물보다 더 오래됐다. 정확히 일차원 평면이라고 할 만한 그것들은 언제 부서질지 몰라서 책 판매인들이 후다닥 올라갔다 내려올 수 있도록 항상 책장에 기대 놓고 있었다. 속도와 민첩성이 결정적인 요소로, 꼭대기까지 오르는 가장 좋은 방법은 도움닫기를 하는 것이다.

또한 언제든 부서질 수 있으므로 삐걱거리는 소리를 듣고 상태를 파악하는 법을 배워놔야 한다. 나는 개인적으로 유리 책장과 부딪혀 죽을 뻔한 뒤로 사다리를 사용하지 않기로 했다. 문제의 책장 유리가 절대 반지가 만들어진 불길에서 제련되어 절대로 파괴되지 않는다는 비밀 덕분에 겨우 목숨을 건졌다. 우리는 검사관에게 사다리들이 절대적으로 필요하다고 설명했다. 그것들 없이는 선반 꼭대기에 손이 닿지 않아 불안정하게 꽂혀 있던 책들이 제멋대로 날아와 치명적인 속도로 매장 바닥에 수직 낙하할

수도 있다고.[+]

　그는 천천히 그리고 마지못해 매장 곳곳에 도사린 위험 요소들 사이를 지나다녔다. 크리스는 성실하게 대답했다. "네, 그 못은 원래부터 거기 있던 게 맞아요.", "아니요, 그 입구가 어디로 통하는지는 몰라요. 그렇지만 내내 거기서 아무것도 나타나지 않았으니, 앞으로도 그렇지 않을까요?" 넓게 틈이 벌어져 삐걱거리는 층계를 올라가야 손이 닿는 계단 조명을 검사하고 난 후 검사관은 방침을 바꾸었다. 화재 안전 점검! 그는 이것을 구명보트나 되는 듯이 꽉 붙잡았다. 불에 쉽게 타는 귀중한 물품들이 가득한 화약고 같은 서점이라면 화재 안전 대비는 든든하게 되어 있지 않을까 하고 믿는 눈치였다.

　마침내 우리는 계단 근처 나선형으로 진열된 책 뒤에 숨겨진 소화기를 찾아냈다. 누가 봐도 진열된 책을 무너뜨리고 어둠 속

[+]　거대하고 화려한 사진집 『아프로디시아스*Aphrodisias*』(유네스코 세계문화유산으로 지정된 튀르키예의 문화유적 아프로디시아스를 촬영한 사진집-옮긴이)가 선반 꼭대기에 놓여 있었던 적이 있었다. 『아프로디시아스』는 튀르키예의 사진작가 아흐메트 에르투그*Ahmet Ertuğ*의 작품으로, 아흐메트는 한때 거실을 우아한 골동품으로 장식하는 붐이 일었을 때 매우 인기 있는 작가였다. 어느 늦은 오후, 운명의 장난인지 이 거대한 책이 앞으로 넘어져 나무로 된 감옥을 깨고 혜성처럼 땅에 처박혔다. 바로 한 발 거리에 사람이 서 있었는데 아슬아슬하게 피해서 떨어졌다. 살펴보니 『아프로니시아스』는 널썽했지만, 바닥은 그렇지 않았다.

으로 곤두박질칠 위험을 감수하지 않고서는 손이 닿지 않을 장소에 안전하게 보관되어 있었다. 승리의 순간이었다. 일 분마다 기대치가 낮아지고 있었기 때문에 마침내 소화기를 찾아 보여주었을 때 그는 거의 안도하는 표정이 되었다. 당연히 교체는 해야 했다. 게다가 전기로 인한 화재에 대비해 두 종류의 소화기를 갖춰놔야 한다고 했다. 모르긴 해도 당시의 구매 담당자는 이것 하나로도 충분하다고 생각했을 게 틀림없다. 먼지도 어마어마하게 쌓여 있어서 그 자체로도 위험 요소가 될 만했다. 검사관이 좀 더 가까이서 보려고 했을 때는 숨을 좀 헐떡거릴 정도였으니.

매장 안으로 들어가면 갈수록 그의 표정은 절망적으로 변해 갔다. 거기에는 단 하나 있는 화재 비상구가 늘어선 상자들 때문에 화재 장애물로 변한 채 떡하니 자리 잡고 있었다. '기타 지하 저장고(완벽하게 안전하거나, 거기에 사람이 산다는 사실이 이해되지 않거나 둘 중 하나인 곳)'에 대한 설명을 듣더니 그는 얼굴색이 납빛으로 변해서 좀 앉아야겠다고 말했다. 우리는 의자를 가져다주면서 오래 앉을 수는 없다고 말해 주었다. 장식용에 가까워서 의자 바닥이나 등받이가 뚫려 바닥으로 엉덩방아를 찧으며 내려앉을 우려가 있다고.[+] 이때쯤 게오르크는 죽은 나비 천 마리로 만든 듯한 저녁 식사 접시를 들고 왔다 갔다 하고 있었다. 가련한 남자는 더 참지 못하고 지하로 달아나듯 내려갔다. 양동이가 사방에 놓여 있고, 물이 전기 설비 쪽으로 새고 있는 곳으로.

내 생각에, 하루 대부분의 시간을 사람들이 올바른 동작으로 상자를 들어 올리는지[++] 체크리스트로 기록하며 확인하는 사람에게 이 서점은 주인공들이 차례차례 치명적인 덫에 걸려 죽임을 당하는 공포 영화나 마찬가지였다. 거기에 지하실 안에서 설명할 수 없는 이유로 바스락거리는 소리가 보태졌다. 자주는 아니지만 가끔 있는 일이다(나는 눈에 안 보이는 크립티드의 짓이라고 생각한다). 검사관은 밝은 햇빛 속으로 달려 나가더니 돌아오지 않았다.

그의 용감한 시도를 기리기 위해 지하층에 새로운 보건 안전 포스터를 게시했지만, 그걸 제대로 알아본 사람은 없어 보였다. 결국 새 소화기를 들여와 위급할 때 손이 닿을 수 있는 어딘가에 비치해 두었다. 책이 모두 화염에 휩싸일 수 있다고 생각하니 그렇게라도 하지 않을 수 없었다. 소화기 놓을 데를 찾다가 오랜만에 매장을 찬찬히 살펴보았다. 내가 언젠가부터 물 새는 지붕이나 툭하면 고장 나는 시계, 엉뚱한 데 쌓여 있는 상자 등을 두고 불평을 읊조리지 않는다는 데 생각이 미쳤다. 언제부터였는지 모

[+]   한때 위층에 있던 여러 의자 중 하나다. 쓸 수 있는 게 없어서 대격변 때 모두 폐기하고 감상적인 차원에서 하나 남겨둔 것이다. 누군가 거기 앉으려고 하면 바로 달려가 그들이 민망한 자세로 고꾸라지기 진에 경고해 주는 게 우리 사이의 불문율이다.
[++]   당연히 우리 이야기가 아니다.

르겠지만 한때 불편했던 것들이 배경 속으로 희미하게 녹아 들어
가 오히려 그것들이 사라지면 더 초조해지는 시점이라는 게 찾아
왔다.

44

<del>∞∞∞</del>

다시 돌아온 스핀들맨

스핀들맨이 돌아와 나를 곤경에 빠뜨렸다. 이번에는 내가 필요로 하는 책을 들고 나타난 것이다. 그도 그걸 아는지 한쪽 구석에서 외투 아래로 뭔가를 바스락거리며 킬킬 웃었다. 그는 이미 내게 결투 도전장을 내민 상태였다. 자기가 가져온 책을 얼마에 살 거냐고 물어왔다. 이게 왜 교활한가 하면 적정한 값을 책정할 책임을 내게 떠맡겨 버린 셈이어서 여차하면 내가 무능하다는 증거를 내보일 (또한 앞으로도 그럴 수 있다는 증거가 될) 위험 상황이 발생한 것이다. 나를 시험하고 있었다. 나는 컴퓨터 쪽으로 다가갔다. 그의 눈이 불유쾌하게 깜박거렸다. 내가 헛다리를 짚을지 어떨지를 조용히 평가하고 있었다.

인터넷은 책 거래업계에 있는 사람들 누구에게나 양극화된 주제다. 누구에게 물어보는가에 따라 인터넷이 모든 걸 망쳤다는 대답 아니면 모든 걸 살렸다는 대답으로 갈린다. 솔직히 말하면 답은 둘 사이 중간쯤 어딘가에 있을 것이다. 우리가 인터넷을 업무용으로 사용하는 데 유독 불만이 많은 사람은 의외로 고객들이다. 소서런이 현대 세계의 경쟁에서 살아남기 위해 인터넷을 도입할 수밖에 없다고 해도 싫은 건 싫은 거라고들 한다. 아마 고객들은 우리가 여전히 책과 깃펜으로만 모든 일을 처리 중이라고 믿고 싶어 할 텐데. 사실 책 판매인들은 절충안이라고 할까, 일종의 하이브리드 작업 방법을 개발해 놓은 상태다. 희귀 서적 업계가 인터넷을 수용하는 데 왜 그렇게까지 오랜 시간이 걸렸는가를 주제로 책 한 권을 채울 수도 있겠지만, 수많은 이유를 제하고도 소서런은 이 게임에 늦게 참여한 게 맞다.

내 생각에 책 판매인들이 인터넷을 받아들이도록 벼랑 끝으로 내몰린 진짜 이유는 온라인이라고 하는 즉각적인 커뮤니케이션 방식이 시장을 바꿔 버렸기 때문이다. 눈 깜짝할 새에 책 가격을 경쟁업체와 비교해주는 인터넷의 능력은 책 거래업계를 산산조각으로 파괴하는 수준까지 몰아갔다. 그건 지금도 마찬가지지만 책의 가격을 책정하는 엄정하고도 신속한 규칙이 없기 때문이다. 판매인들은 책을 사 올 때보다 팔 때 값을 더 받으려 노력할 수밖에 없다. 그래야 사업이 유지되기 때문이다. 그렇더라도 가격을 대폭 높이면 고객을 잃게 된다. 가격을 낮추면 금방 팔릴 테지만(이 경우 대개는 이문을 더 남기겠다고 콧수염을 배배 꼬면서 달려드는 다른 딜러들이 사 간다), 가격을 높이면 계절이 바뀌어 해를 넘기고 몇 해가 수십 년이 될 때까지 책을 껴안고 있어야 할 수도 있다. 따라서 책 판매인은 1파운드에서 무한대에 이르는 모든 가격을 마주할 때마다 지난 수년간 보아왔던 비슷한 사례에 비추어 값을 책정하고, 팔리기를 기다리는 수밖에 없다(너무 빨리는 말고).

수집가와 딜러들이 책을 살 때 가격 할인을 요청하는 건 드문 일이 아니다. 사실, 정평 난 수집가들이 첫 번째로 하는 질문도 이것이다. 물론 우리는 영국인이므로 이런 이야기조차 완곡한 표현으로 에두른다. 그렇게 해서 '최선의 가격'으로 제공해 달라는 말이 탄생한다. "백주대낮 강도도 아니고 말이 되는 가격이야? 감옥에나 가라지. 넉넉히 깎아주기나 해"라는 말을 우회적으로 하는 것이다. 책 판매인이라면 이런 끊임없는 요청을 가능한 유연하게 다룰 수 있어야 한다. 누구의 기분도 상하지 않게 하면서 돈을 벌어야 하니까.

적절한 가격을 흥정하는 일은 북 딜러의 경력에서 핵심이다. 또한 소서런 같은 책 판매인들의 연합에 속해 있으면 긴장은 더 커진다. 예를 들어 동료가 담당하는 부문의 책을 팔게 될 경우가 그런 때다. 책 판매인으로서는 가능한 온갖 인센티브를 제공해서라도 팔고 싶은 유혹에 끌리지만, 다음 날 해당 부문 담당 동료에게 왜 선반에서 가장 비싼 책을 3분의 1 가격으로 할인 판매해도 괜찮을 거라고 생각했는지 설명해야 하기 때문에 유혹을 물리치는 경우가 많다(혹은 모두가 잊어버릴 때까지 숨어다니면 된다. 나는 이 생존 방법을 선호하지만, 각자의 선택이다).

사람들은 대개 흥정을 시도하며, 일부는 흥정을 거래의 재미라고 여기기도 한다. 대개의 다른 상점들과 달리(이를테면 마트 같은 데서 고객이 고기 한 조각의 값을 두고 계산원과 실랑이를 벌이는 일은 잘 없다) 사람들은 책값에 대해서는 유독 논쟁을 벌일 자격이 있다고 생각하는 듯하다. 책값 흥정은 그 자체가 하나의 퍼포먼스다. 책 판매인은 고객이 자기를 뜨거운 석탄 더미로 끌고 가려는 것처럼 굴며, 고객은 책 판매인이 뱀 기름을 팔려고 덤비는 것처럼 군다. 우리 고객 중에도 매번 이렇게 전 과정을 다 거치는 걸 당연시하는 이들이 많다. 언제나 정해진 할인만 제공해 주는 걸 뻔히 알면서도 그냥 그렇게 군다. 나는 이 팬터마임이 고객들에게 중요하다는 걸 알고 있다. 직원들도 마찬가지라서 누구도 개의치 않는다. 그런데 이런 퍼포먼스가 통하지 않을 때가 있다. 예를 들어 책 한 권을 5년 내내 해마다 보러 오면서 장기전을 펼치는 고객을 상대할 때다. "작년에 이 책을 봤을 때는"이라고 시작하면 그야말로 난감해진다.

나는 계산대 너머의 스핀들맨 쪽으로 다시 책을 밀었다. 어느 나른한 토요일 오후에 제임스가 귀띔해 준 방법을 쓰고 있었다. 온 책상에 널려 있는 책들을 가리켜 보이며 지금 너무 정신없이 바쁘다고 말하는 것이다(스핀들맨은 이 작업들이 그렇게까지 긴급하지 않다는 걸 알 필요가 없다). 그러니 스핀들맨이 책을 거래하고 싶으면 자기 쪽에서 가격을 제시하고 몇 가지 수치를 내놓아야 했다. 그러지 않으면 내가 무슨 수로 시간을 들여 그를 돕겠는가? 마치 룸펠슈틸츠킨이 자기 이름을 들었을 때처럼 스핀들맨은 있는 힘껏 발을 쾅쾅 굴렀는데, 그 기세에 바닥이 뚫려 곧장 지옥으로 떨어질 것만 같았다. 이윽고 그는 어두운 표정을 지어 보이며 미리 준비해 온 가격 목록을 내밀었다. 웬만해서는 내놓고 싶지 않았을 게 분명했다.

드디어 이겼다. 기분이 묘했다. 벌써 몇 년 동안 스핀들맨과 이렇게 저렇게 스파링을 벌여 왔는데 마침내 그를 이기고 나니 인생 곡선의 정점을 찍은 듯한 기분이 들었다. 다른 책 판매인들은 모두 외근 중이어서 모처럼의 승리를 함께 나눌 사람은 없었지만, 그건 그것대로 나에게 서점을 맡겨도 된다는 신뢰를 얻었다는 증거가 되었다. 정말 묘한 기분이었다. 이튿날 내 손에 서점 열쇠가 쥐어졌다. 이제는 필요할 때 수시로 서점을 오갈 수 있게 됐다.

45

더 연결된 세상으로

"웹사이트에서 박을 봤어요"라고 양 끝이 위로 올라간 콧수염을 단 남자가 눈썹을 쫑긋 세운 채 계산대 위로 몸을 기대오며 내게 말했다. 그는 커다란 우산을 창처럼 들고 있었는데 언제라도 빙그르르 돌려 돌진하는 멧돼지를 찌를 수 있을 것 같았다.

나는 눈을 깜박였다. "박이라고요?"

"그래요." 그가 손을 참을성 없이 흔들며 못 박듯이 말했다. "박이오. 빅토리아 여왕의 얼굴이 조각된 것 말입니다. 그걸 보고 싶은데요."

나는 깜짝 놀라서 누가 듣고 있지나 않은지 주위를 둘러보았다. 다행히 그렇지는 않았다. 나는 어쩔 수 없이 찬장 어딘가에 숨겨둔 박살 난 박을 떠올릴 수밖에 없었다. 지금까지 박을 깨뜨린 죄책감을 막아주는 유일한 방어막은 그처럼 무시무시한 물건을 사 갈 사람은 어차피 아무도 없으리라는 자신감에 차서 매일 진언을 읊조리는 것이었는데, 그 환상이 눈앞에서 무참하게 깨지고 있었다.

나는 씩씩하게 찬장을 열어 바스락거리는 소리를 내가며 분주한 손놀림으로 박을 찾는 시늉을 해 보였다. 실제로는 내 손으로 묻어버린 장소를 알기에 그것이 들어 있는 어두운 상자를 비켜 가면서. 그리하여 고객의 시간을 최대한 낭비하지 않는 선에서 사기 행각이 들키지 않을 정도로 충분히 시간을 끈 후, 나는 고객의 시선을 책 선반으로 돌려놓을 수 있었고, 그는 과일 비슷한 무언가에 대해 자기가 물어봤다는 사실조차 까맣게 잊어버렸다.

친구들, 이것이 '더 연결된' 세상의 진정한 위험이다. 박을 살해한 후 나는 그것들을 전자 시스템에서 지운다는 걸 잊어버리는 치명적인 실수를 저지르고 말았다. 처음 서점에 왔을 때 같았으면 이 사건은 영원히 드러나지 않을 수 있었다. 웹사이트는 보조적인 역할에 지나지 않을 때여서 마음만 먹으면 누구든 아무것도 찾지 못하게 할 수 있었고 내 비밀은 무덤까지 나와 함께 들어갈 터였다. 그러나 세월이 흐르고 양날의 검이라고 할 소셜미디어에 대한 의존이 커지면서 결국 그게 나를 무너뜨렸다.

소셜미디어는 누구나 잘 다루고 싶어 하는 기술 중 하나다. 그 일이 수천 명의 정서적 이방인들을 일주일 내내 하루 24시간씩 관리하는 고된 작업이라는 걸 깨닫기 전까지만. 젊은 오만함으로, 그리고 20년 이상의 경력자들 사이에서 제 몫을 하지 못할까봐 걱정되어 나는 소셜미디어 계정 하나를 맡아 쓸모를 증명해보이려 했다. 그때까지는 누구에게도 해가 되지 않는 조용한 품위를 유지하고 있었지만, 결국 젊은 어리석음이 나를 집어삼켰다.

불행한 지점은 내가 그 일을 아주 잘한다는 것이다. 고서적 판매인들은 대개 소셜미디어에 대해 건전한 의심과 어느 정도 조롱하는 마음을 지니고 있어서, 책 사진을 올리는 것도 호의적이지 않은 마을 정령에게 공물을 바치듯이 한 달에 한 번꼴로 마지못해서 한다. 현대의 야만적인 방식에 의존해야 한다는 분노가 유머라고는 없이 그들의 텍스트 한마디 한마디에 새겨져 있다. 어떨 때는 그들의 부루퉁한 투덜거림이 모니터를 뚫고 들리는 느낌이 들 정도다.[+]

내 생각에 해법은 간단했다(또한 지금도 마찬가지다). 소셜미디어는 고양이와 같아서 좋아하는 척하면 그걸 알아차려서 할퀸다. 그리고 자기가 뭘 하는지 모르는 것처럼 보일 게 두려워서 소셜

[+]   인터넷에서 자기들이 뭘 하고 있는지 모르는 책 판매인들의 우스꽝스러운 행동들을 보면 항상 즐겁다. 언젠가 경쟁 서점 한 곳에서 우리에게 심술을 부리느라 구글에 별 두 개짜리 리뷰를 단 적이 있다. 아마 익명으로 올라갈 거라고 여긴 모양인데, 버젓이 자기 이름으로 등록돼 있으며, 지금도 그대로 있다.

미디어를 두려워한다면 중요한 걸 놓치게 된다. 소셜미디어의 플랫폼은 자기가 뭘 하는지 모른다는 걸 인정하기 위해 필사적으로 노력하는 수천 명의 사람이 모여, 전문성이라는 건 오랜 실수와 실패로 얻어지는 최종 결과물이라는 사실을 밝혀내는 곳이다. 물론 현실에서도 그렇듯이 별난 사람, 성격이 좋지 않은 사람도 있다. 그러나 솔직하게 실수를 털어놓고 비아냥이 섞인 유머를 구사하며 진지한 열정을 보여주면, 조합이 다소 이상하기는 하지만 의미 있는 온라인상의 유대를 형성할 수 있다. 더구나 이 조합은 서점에서 일하며 시간을 보내는 사람에게는 친숙한 것들이다.

이 접근법이 업계 동료들에게 언제나 잘 통하는 것은 아니어서, 내 익살이 거북하다고 도서 협회에 사사건건 불만을 제기하는 적수가 한 명 생기기도 했다. 다소 정신 사나워진 도서 협회에서는 매번 우리 둘에게 학교 놀이터 다툼은 자기들 관할이 아니라는 답변만 되풀이한다. 여러모로 이 책 판매인은 내게 가장 오래된 사랑스러운 통신 상대지만, 아마 그는 영원히 모를 것이다.[+]

그렇기는 해도 일반적인 반응은 압도적이었다. 세간에 더 많이 노출되면서 웹사이트 트래픽이 증가하고 사람들이 오래된 기

[+]   당신, 거기 있어요? 이 글을 읽는다면 알기를 바라요. 당신은 유머라고는 없으며, 당신의 항의 편지는 내게 삶의 감로주 역할을 한다는 걸요.

록을 찾아내고 우리가 잊고 있던 물품을 사는 결과로 이어졌다. 최근에는 거의 매일, 일부 신뢰할 수 없는 인터넷 탐색자가 우리도 5년 전 본 게 마지막인 물품을 사려고 시도했다는 경고 알람이 울린다. 우리의 존재를 깡그리 잊었던 옛 고객들이 균류가 균사체에서 뻗어 나오듯이 다시금 나타나고, 원치 않는 물건을 팔겠다는 사람들이 물밀듯 밀려온다.

　물론 새롭게 유입되는 혼돈이 실제 매출에 도움이 되기보다는 더 많은 일거리를 만들 뿐이라는 의견도 많다. 그러나 판도라의 상자는 이미 열렸고 최선을 바라는 것 외에는 할 수 있는 일이 없다. 나는 우리가 살고 있는 이상한 세상에서 희귀 서적 판매는 숫자 게임이라는 실험적인 견해를 가지고 있다. 제임스가 항상 하는 말이 있다. 만약 누군가 이 세상에서 가장 이상한 책을 가지고 있다고 할 때, 그걸 오랫동안 가지고 있기만 하면 그 책을 원하는 누군가가 반드시 나타난다. 즉 모든 책에는 주인이 있다는 뜻이다. 내게 이 말은 더 많은 책을 더 많은 이들에게 보여주면 되겠다는 논리적 확장을 불러일으켰다. 예를 들어 우리 서점에 회화 서적이 한 권 있었는데, 심지어 앤드루가 입사하기도 전부터 있던 책으로 수십 년은 족히 되었다. 이 책을 정확히 언제 들여왔는지 기록하는 일도 중단했을 정도로 오래됐다. 그런데 이 책을 소셜미디어에 게시하자 한 시간도 채 안 되어 구매자가 나타났다.

　이것이 희귀 도서 판매업에 장기적으로 어떤 영향을 끼칠지 현재로서는 알 수 없다. 그러나 나는 부대 비용이 상승하고 불확실성이 증대되는 상황에서 우리가 제일 잘하는 괴팍한 일을 계속할 수 있도록 도와주는 새로운 청중을 만날 수 있다는 희망으로 받아들인다. 물론 이 사람들이 한꺼번에 몰려오는 건 사양이다. 팔 만한 깨진 박이 그리 많지는 않으므로.

46

---∞∞∞---

런던 서점 냄새 투어

한 여성이 잃어버린 공주 아나스타샤*Anastasia*(볼세비키 혁명으로 러시아 황제 일가가 처형될 때 함께 처형되었는지 확실치 않아 생존설이 돈 러시아 공주-옮긴이)를 찾았다는 발표를 앞둔 황녀 같은 기세로 서점에 들이닥쳤다.

그녀의 뒤로 한 소년이 따라 들어왔는데, 내가 어릴 적에 옷 가게로 이리저리 끌려다닐 때 지었던 것과 똑같은 체념한 표정을 짓고 있었다. 그녀는 멈춰 서서 크게 호흡했다. 누가 봐도 자신의 경험을 매 순간 즐기는 모습이었다. 그런 뒤 자신이 데려온 아이 도 같은 행동을 하는지 확인했는데, 아이는 그렇지 않았다. 아이 의 눈이 구석에 놓인 의자에 꽂혀 있었기 때문이다. 그 의자가 죽 음의 덫이라는 걸 알 리 없는 아이는 서서히 그쪽으로 다가가고 있었다. 그때 그녀가 아이를 재촉해 매장 안쪽으로 더 깊숙이 들어오더니 내 눈을 딱 쳐다보면서, 바쁜 척해 보이려다가 실패한 나에게 행진해 오기 시작했다.

그녀는 내가 바리케이드를 치듯 밀어놓은 책더미를 흘긋 보면서, 자기가 불합리한 요청을 하리라는 걸 알고 있는 사람들이 지어 보이는 것 같은 비웃는 표정으로 나를 바라보았다.

"나는 뭘 사러 온 게 아니에요"라고 그녀가 말했다. 나 혼자서도 충분히 시간을 낭비할 수 있는데, 굳이 그녀 쪽에서 소중한 시간을 낭비할 준비를 해줘서 그 정직함에 감사하기라도 해야 할 판이었다. "다만 당신이 좀 이상하다고 생각할 수도 있는 요청이 있어요." 이 말을 하면서 그녀는 또 아까의 그 표정을 지었다. 나는 이따금 하는 생각을 또 해 보기 시작했다. 이 낯선 사람이 매장 바닥에서 칼을 꺼내 들고 생선 내장을 따듯이 휘두르면 나의 장례식은 어떤 모습일까, 하는 것이다.

나는 무력한 미소를 지어 보였고, 그녀는 그걸 계속해도 되겠다는 신호로 받아들였다. 물론 정확한 해석이었다. "손자를 데려왔어요. 런던의 냄새 투어인 셈이에요." 그녀가 냄새 투어가 뭔지 설명하는 동안 멈췄어야 했는데! 그녀에 따르면 냄새 투어는 뇌가 후각 신호를 해석하고 저장하는 방식이 시각이나 청각 신호와 달리 장기적이라는 사실에 바탕을 두고 있다고 한다. 그녀가 손자들을 데리고 런던의 다양한 장소를 다니면서 강력한 '냄새

프로필'을 쌓아가는 이유는 손자가 성장했을 때 우연히 같은 냄새를 맡게 되면 세상을 떠난 할머니를 기억하지 않을까 해서라는 것이다. 막상 감성적인 사연을 듣고 보니 냉담했던 마음이 조금은 녹는 기분이었다. 그래서 그녀가 냄새를 맡을 오래된 책 한 권을 부탁했을 때, 마지못해 하기는 했기만 알맞은 책 한 권을 가져다주었다.[+]

21세기에 들어서면서 돈으로는 환산되지 않는 목적을 가지고 서점 방문을 하는 사람들이 많이 늘었다. 책을 냄새와 소리, 촉감으로 숭배하는 대상물로서 여기는 경향 때문이다. 매장으로 들어와 냄새가 너무 좋아서 그냥 잠시 머물고 싶다거나 책 옆에 있고 싶어서 왔다고 고백하는 사람들이 거의 매일 있다. 개중에는 좀 만져보고 싶어서 그런데 찬장을 열어 주실 수 있느냐는 사람들도 있다. 책과 함께 있고 싶고, 책 앞에서 편안함을 느끼는 건 인간의 본성과 통한다는 생각이 든다.

그 어느 때보다 북 투어가 성황이다. 대규모 그룹이 이 서점에서 저 서점으로 돌아다니며 그야말로 관광을 즐긴다. 진지한

[+] 그들이 제대로 된 경험을 하고 싶어 하는 것 같아서 무거운 가죽으로 장정된 먼지투성이의 라틴어 『일리아스』를 찾아냈다. 내가 또 필요할 때는 쇼맨십을 마다하지 않는 성격이라서.

업무를 하고 있는 사람들에게는 성가신 일이 될 수 있다. 그러나 그들이 서점의 문지방을 넘어 침묵 속으로 들어서서는, 내가 처음 소서런에 발을 들여놓았을 때 느꼈던 것과 닮은 경외의 표정을 짓는 걸 보면 마음이 좀 누그러진다. 아무렴, 이해되고말고.

47

세상 모든 책들의 가치

"이게 어떤 책인지 좀 알아봐 주세요"라며 거만한 태도의 숙녀분이 흐릿해서 아무 도움이 안 되는 사진이 찍힌 휴대폰을 내 얼굴 앞으로 쓱 들이민다. 적어도 책의 형태처럼 보이기는 했다. 그러나 나를 포함해 대다수가 그렇듯이 그 숙녀분도 훌륭한 사진가의 자질이라고 할 빛과 원근 감각을 타고나지는 못해서, 찍어 온 사진이 아스팔트에 분필로 그린 그림보다도 못한 수준이었다. 이런 요청에 늘 응답하던 방식대로, 나는 가지고 있는 다른 사진들을 이메일로 보내주시면 무얼 할 수 있을지 확인해 보겠다고 답했다. 내가 이메일 이야기를 입 밖에 낸 순간 그녀의 얼굴은 애써 혐오를 자제하는 듯한 표정으로 돌변했다. 연습하지 않고서는 그럴 수 없을 정도로 순식간에 이루어진 변화였다.

"이메일을 보내고 싶지 않아요." 그녀는 내 눈앞에다 휴대폰을 흔들어 보이며 말했다. "웹사이트를 이용하고 싶지 않습니다. 진짜 사람하고 이야기하고 싶은 거라고요." 그녀가 대화하고 싶은 '진짜' 사람 앞에서 그녀는 꽤 무례한 태도를 보이고 있었다. 나는 (가능한 만큼의 정중한 어조로) 요청하시는 질문에 대답을 얻고 싶으시면 사진들을 보내주셔야 하며, 그러지 않으면 오징어가 먹물을 뱉듯 어쨌든 잉크를 마련해서 직접 인쇄를 하셔야 하는데, 그게 싫으면 전자적으로 하실 수밖에 없다고 설명했다. 내 설명이 채 끝나기도 전에 그녀의 등 뒤로 문이 탁하고 닫혔고, 라이벌 서점으로 찾아가겠다며 소리 지르는 음성이 울려 퍼졌다.[+]

책 판매인들은 상황에 따라 사람들이 필요로 하는 존재로 자신을 규정하는 나쁜 습관이 있다. 누군가가 토사물을 치워달라고 하면 우리는 일개 소매점 직원이 된다. 그런데 구토를 한 바로 그 사람이 다음 날 와서 라틴어를 할 줄 아는 사람을 찾으면 갑자기 우리는 언어 전문가가 된다. 이랬다저랬다 하는 것이다. 모두 그런 건 아니지만 일부 사람들은 소매점 직원을 대하는 태도와 전문가라고 생각되는 사람들을 대하는 태도가 다르다. 그리고 서점에 와서는 이 둘 사이에서 어떤 태도를 보여야 할지 모르겠다는

[+] 가장 효과적인 협박이라고 할 수는 없다. 차라리 가시 않고 버티면서 문제를 일으켜 나를 곤란하게 하는 편이 더 나은 결과로 이어졌을 것이다.

듯 혼란스러워하곤 한다. 자신들이 우리에게 계속해서 거만하게 구는 게 맞는지, 아니면 우리가 그들에게 오만하게 대하기 시작하는 게 맞는 건지.

내 생각에는 접근성의 문제인 것 같다. 능력 있는 전문가들은 낯선 사람들과의 접촉은 문제만 일으킨다는 올바른 가정하에 대학의 지하실이나 마법사의 탑 꼭대기 방에 꽁꽁 틀어박힌다. 반면 고서점은 미리 약속을 잡을 필요 없고, 비용을 지불할 필요도 없이 곧장 전문가에게 접근할 수 있다고 느끼는 경계선상의 장소 중 하나다.

서점에서 책의 가치를 평가하는 건 엄청난 시간이 드는 일인데, 우리의 존재가 더 많은 사람에게 노출되면서 솔직히 말하면 사람들의 태도가 점점 더 나빠지고 있다. 언젠가부터 이메일 수신함이 '소서런 제위께, 여러분의 시간을 좀 훔쳐도 될까요?'로 시작하는 메일로 가득 차더니 이제는 제목에 '값?'이라는 단어 하나만 달랑 적혀 있고 내용도 없이 어두침침한 사진들만 잔뜩 첨부해 보낸 메일이 한가득 들어 있다.

몇 년 사이, 이메일 수신함에 어떤 식으로든 관여해 보려고 하던 나의 의지도 뚝 떨어졌다. 그들이 이메일로 보낸 책들에 서점 측은 관심이 없다는 사실을 정중하게 알려주려 노력한 결과가 좋기는커녕 해악만 가져온다는 걸 깨달아서다. 책의 가치를 평가

하고 나면 반드시 열린 토론이 벌어졌으며, 책 주인은 매번 분노했고,[+] 나만 저녁 늦게까지 사과의 메일을 쓰고 있기 마련이었다.

　우리에게 책의 가치를 평가해 달라고 요구하는 사람들에게는 안 된 말이지만, 대개의 서점에서는 아예 그런 일을 하지 않는다. 책을 구매할 때, 이 책을 사서 고객에게 판다면 얼마를 받을 수 있을지 실질적인 가늠을 해 본 다음 팔러 온 사람에게 적정한 값을 부르는 게 일의 전부다. 어떤 경우에도 책을 보고 나서 "이 책의 가치는 정확히 얼마입니다." 따위의 말은 하지 않는다. 왜냐하면 가장 믿을 만한 고객이라고 해도 실제로 책을 산다는 보장은 없기 때문이다. 게다가 그 전날 책값에 대한 최선의 평가를 해 놓아도 다음날 완전히 뒤집힐 수 있다. 길 아래 서점에 똑같은 책이 한 권 더 나온다든가 하는 사건이 생길 수 있기 때문이다(실제로 이런 일이 있었다).

　따라서 누군가 책을 가져와 평가해 달라고 하면, 할 수 있는 최선을 다하는 편이 가장 간단하다. 스스로 생각하기에 합리적이고 공정한 값을 알려주고, 고객이 기분 좋게 서점을 나설 수 있게 안내하는 것이다. 그게 뭐 해로울 일일까? 그 사람들도 행복하고

[+] '별것 아니라고요? 우리 할머니가 수십 년에 걸쳐 이 큰박쥐에 관한 소설을 모으셨다고요! 다시 평가하세요' 등등.

나도 평화와 고요를 누릴 텐데. 그러나 이는 책을 투자 대상으로 홍보하는 유감스러운 관행이 나타나지 않을 때의 이야기다. 책 판매인이 왜 이런 데 빠져드는지는 뻔하다. 쉽게 팔 수 있기 때문이다. 책은 예술 작품과 비슷하며 같은 방식으로 가치를 지닌다. 따라서 일부 수집가는 책을 일종의 투자로 생각하려 든다. 팔아서 '자금을 회수'할 준비가 될 때까지 돈을 '효과적으로' 저장하는 역할을 하는 대상으로 본다. 게다가 시간이 지날수록 꾸준히 책의 가치가 오르기를 기대하는 사람들도 있다. 내가 보기에는 희귀 서적 판매인이 이런 방식으로 책을 판다면 거의 삼류 범죄 소설에서나 가능한 지나친 설정이라고밖에 할 수 없다. 그렇다 보니 자기가 사랑해 마지않는 작가가 유행에서 벗어나거나, 가죽 장정이 더는 대중의 취향과 맞지 않는다고 생각해 분노하게 되면 이 모든 흐름들을 '눈살을 찌푸리는 관행'이라고 이름 붙이는 것이다(물론 이렇게 구는 책 판매인들이 찾아보면 있기는 하다. 자기들은 그래도 괜찮으리라고 생각한다).

사람들이 혼란스러워하는 부분은 모든 책 판매인이 책을 사들이는 일을 하며, 그러기 위해 값을 부른다는 것이다. 그러나 값을 책정하는 일과 책의 가치를 평가하는 일은 같지 않다. 책을 사기 위해 값을 매기는 건 판매인이 위험을 안고 하는 일이다. 실제로 사들인 책을 판매하기 전까지는 그 책으로 돈을 벌 수 있는지 알 수 없다. 소서런의 서가에 삼십 년 넘게 안 팔리고 있는(지금까지도) 책들이 있다는 게 그 방증이다. 따라서 어느 책 판매인의 의견에 기대어 자신의 전 재산이 얼마라는 식으로 값을 매긴 뒤 확고한 검증을 받은 양 여기는 사람들은 어떤 의미로는 용감하다고밖에 할 수 없다(마치 우리가 깃펜을 흔들며 "당신이 가진 초기 이탈리아 소설의 방대한 컬렉션은 시간의 시험을 견디고 더 값비싸질 겁니다. 황금이 딱 그렇잖아요?"라고 말해 주기라도 한 듯이, 우리더러 와서 책들을 보고 사인해 달라는 요청이 빈번한 것도 사실이다).

생각해 보면 희귀 서적처럼 허약하고 변화무쌍한 존재들 위에 구축된 산업이 수 세기는 고사하고 수십 년만 이어진다 해도 참 신비로운 일이다. 희귀 서적 산업은 '카드로 세워진 복잡한 집' 같다. 각자가 카드 한 장씩을 붙들고 자리를 지키고 있지만 언제 무너질지 몰라 눈을 떼지 못한다. 그만큼 위태롭다. 그러나 일반적인 경제의 원칙에 따르지 않고 전적으로 우리 모두 믿고 '싶어하는' 사실에 의해서만 유지된다는 점에서 멋진 '집단적 꿈'이라고 할 수 있다. 우리는 손에 쥔 책이 가치 있다는 걸 뼛속 깊이 아는 사람들이다. 동시에 충분히 노력한다면 언젠가 다른 사람들도 믿을 날이 올 것이라고 마음으로 기도하는 사람들이다.

48

고서점의 마감 세일

나는 탁자 아래에 몸이 끼어서 옴짝달싹 못 하고 있다. 아마 오래
앉아 있는 생활 습관과 더불어 걸어서 일 분 거리에 샌드위치 가
게가 다섯 군데나 있기 때문일 것이다. 확실히 예전에는 아무 문
제 없이 들락날락했던 걸로 기억하는데, 아무튼 갇혀 있는 김에
상자 몇 개를 뒤져보기로 했다. 우선 탁자 다리 네 개가 눈에 들
어왔다. 상판은 보이지 않았다. 아기가 신을 법한 양말 한 짝이 나
왔는데 뭔가에 씹힌 자국이 있었다. 축축한 넝마 하나만 들어 있
는 공구 상자와 '가정용'이라고 적힌 쇠지레도 나왔다.

　그리고 마침내, 거기서 탈출하기 직전에 파란색 시집을 한
세트 발견했다. 저렴하게 제작된 빅토리아 시대의 책이었다. 제
임스가 지나가다가 시집 세트를 보더니 그 해적판 테니슨*Alfred,
Lord Tennyson*(1809~92, 영국 왕실이 명예를 내리는 계관 시인이었

다—옮긴이) 시집들을 원래 있던 데 도로 갖다 놓으라고 했다. 우리가 남은 사본을 모두 가지고 있다는 사실을 누군가 안다면 희귀 서적이라고 하기 어렵지 않겠느냐는 뜻이었다.

현대 사회를 살아가려면 주변을 잘 살필 필요가 있다. 수년에 걸쳐 소서린에 누구도 실제로 판매하는 방법을 모르는 꽤 많은 재고가 쌓여 있다는 사실을 깨닫기 시작했다. 더는 함께 일하지 않는 이전 직원들이 수집한 책들이 전 부문에 걸쳐 먼지를 뒤집어쓴 채 공간을 차지하고 있어서 더는 다른 책을 꽂기가 힘들 정도였다. 필요하지 않은 책은 솎아내어 묶음 판매를 하는 게 어떻겠느냐는 완곡한 암시가 파워스들에게서 흘러나왔다. 그분들, 아마 우리가 책을 빠르게 팔아서 원가 정도는 회수할 수 있으리라고 착각한 것 같았다.

우리는 부담스러운 잉여 물품들을 팔러 나섰다. 처음 나온 기발한 아이디어는 막 일을 시작한 신규 판매인들에게 책을 세트로 넘겨주는 것이었다. 그리하여 귀중한 미술 관련 책을 잔뜩 해외로 보냈는데, 이후로 상대에게선 연락이 끊겼다. 해마다 회계 부서에서는 그때의 컬렉션이 어떻게 됐는지 아느냐고 물어오는데, 나는 그 남자가 책을 가지고 달아난 것 같으며 다시 볼 일은 없지 않겠느냐고 답해주곤 한다. 아마 그 남자는 '보류'나 뭐 그런 키워드로 표시되어 있을 것이다.

두 번째 아이디어는 봄맞이 세일이었다. 그러나 안내 표지 몇 개를 아무도 들여다볼 수 없도록 책장 안에 끼워 넣은 것 외에는 전혀 광고를 하지 않아서 그다지 성공적이지는 못했다. 실은 누구라도 세일 이야기를 꺼내면 제임스가 너무 붉으락푸르락한 표정으로 화를 내서 행사 자체를 거의 홍보하지 않았다고 봐야 한다.[+] 세일이 3개월간 계속되는 동안 단 한 건의 판매가 이루어졌는데, 내 생각에 그건 순전히 우연이었다. 상자들로 가려져 있는데도 누군가 안을 들여다보려는 과감한 시도를 하는 바람에 일이 성사된 것이다.

이런 방법들이 실패하고 시간이 자꾸 흐르자, 우리는 책을 옮길 다른 방법을 찾기 시작했다. 책은 꺼내면 꺼낼수록 더 많이 나왔다. 어느새 나는 의심스러울 정도로 현대적이며 믿을 수 없을 만큼 내용이 풍부한 책의 산더미 위에 앉아 있었다. 이 책들은 스테인드글라스에서 시골집의 전원생활에 이르기까지, 논쟁의 여지는 있겠지만 틈새를 꽤 잘 공략하는 주제를 다루고 있었다. 원래대로라면 소서런에서는 이 책들을 십 년 또는 이십 년 두고 보면서 더 희귀해지기만을 기다렸을 텐데, 파워스 측에서 이성의

[+] 스테이플러와 종이 스크랩을 가장 훌륭하고도 확실하게 재활용하는 제임스는 뭔가를 처분한다는 개념 자체가 말도 안 된다며 분개했다.

힘으로 판단을 내려준 바람에 경매로 넘어갔다.

　레베카는 목록을 만들 기회를 얻게 되어 기뻐하는 눈치였다. 그녀는 재빨리 노트패드를 꺼내 정리에 들어갔고, 게오르크가 먼저 책 몇 권을 챙겨 넣었다(그는 그렇다고 해서 자신이 책을 수집하는 것은 아니라고 주장한다). 왜 그런지 몰라도 당시 경매 회사는 우리가 연락하면 반드시 책을 받아주라는 협박이라도 받은 것 같았다. 그렇지 않고서야 지불 불능 상태가 될 때까지 계속해서 우리 책을 접수하는 게 가능한가 싶어서다. 아무튼 그때쯤 우리는 소서런의 전화를 계속 받아서는 안 된다는 것을 알 만한 다른 경매 회사로 옮겼고, 정말로 이 회사는 얼마 후부터 전화를 받지 않았다. 그러나 우리는 계속해서 책을 보냈고, 상자가 돌아오지 않는 걸로 봐서 우리가 이긴 것으로 생각하기로 했다.

　사람들은 우리가 책을 버릴 수도 있다고 하면 아주 이상하게 반응한다. 그래서 희귀 서적 판매인의 일은 줄타기하듯 조심스럽다. 우리가 하는 거래라는 게 기본적으로 어떤 책들이 다른 책들보다 더 중요하다는 사실에 바탕을 두고 있으며, 어떤 책에 가격표를 붙이고 어떤 책을 무시할 것인지 매일 결정을 내리는 일인데도 말이다. 게다가 런던의 냄새 투어를 기획하는 사람들은 우리가 아무도 돈을 내고 가져가지 않을 책을 재활용한다고 하면, 마치 소서런이 그동안 문화 파괴 행위를 일삼았던 걸 고백했다는 식으로 치부해 버린다. 그렇지만 통렬히 비난하는 그들 중 돈을 내고 그 책을 가져가겠다고 하는 사람은 없다.

이것이 희귀 서적 판매인의 운명이 아닌가 싶다. 책을 사들이고, 팔고, 오갈 데 없는 책들을 돌보는 것. 그러는 동안 책은 소녀에서 어머니로, 노파로 변해 간다. 세월이 흐르면 어떤 책들은 친숙한 얼굴이 되며, 심지어 해마다 재고를 파악할 때마다 만나는 오랜 친구가 된다. 금방 팔릴 거라 여겨 사들였던(착각이었다) 『황금 당나귀 *The Golden Ass*』(고대 로마의 작가 아풀레이우스의 전기 소설. 원본이 완전하게 보전된 유일한 라틴어 소설로 알려져 있다-옮긴이)를 만지작거리다 보면 그 뒤쪽에는 무슨 까닭인지 마음이 약해진 순간에 스핀들맨에게서 산 쥐에 관한 책도 보인다. 어쩌면 처음부터 팔릴 가망이 없다는 걸 알고도 산 책이었을 것이다. 그 외에도 눈에 들어오는 각각의 책들은 구입 당시에는 좋은 (혹은 나쁜) 이유로 사들였던 책들이다.

책장을 따라가다 보면 저택, 던전, 지하 저장고, 철도역 등의 기억을 되살려 주는 이상한 달력을 보는 느낌이 든다. 그러다 내가 산 기억이 없는 책이 꽂혀 있는 것 같아서 한번 살펴보려고 열쇠 꾸러미로 유리 책장을 열기 시작한다. 어느새 제임스가 다가와 그렇게 거칠게 열면 안 된다고 꾸짖는다. "부드럽게, 부드러운 손놀림으로" 해야 한다고 주의를 준다. 나도 충분히 열 수 있지만

제임스에게 조언을 구한 지도 좀 되었다는 데 생각이 미친다. 그
가 여전히 나를 오래전 서점의 문지방을 넘어 들어온 소년으로
보고 있다는 걸 알고 있다. 그가 돕고 싶어 하니 그에게 도와달라
고 한다. 아이고, 누군가가 요란하고 짜증스럽게 서점 창문을 두
드리는 걸 보니 바로 앞에 떡하니 써 놓은 개점 시각 표지판을 읽
지 못한 게 분명하다. 뭘 추억해 보려 해도 시간이 나지 않는다.
추억 여행은 언젠가의 내일이나 되어야 할 수 있을 것 같다.

엔딩

영원한, 소서런의 제임스

매장 뒤편 진열대를 정리하다가 전에는 못 보던 책상 하나를 발견했다. 사실은 못 봤다기보다 탁자로 쓰고 있어서 탁자인 줄 알았다고 하는 쪽이 더 정확하다. 첩첩이 쌓인 사진집을 치우자, 서랍이 열려서 안을 들여다보았다. 파일 더미, 참고 도서, 문구류, 그리고 줄자 하나와 돋보기. 책 거래에 쓰이는 도구들이 책더미 아래에 묻힌 채 작업대 위에서 먼지를 뒤집어쓰고 있었다. 나는 정리를 마치고 나서, 지나가는 말처럼 에벌린에게 그 책상에 관해 물었다. 알고 보니 내가 들어오기 몇 년 전에 갑자기 병에 걸려 세상을 떠난 직원이 쓰던 것이었다. 책상은 끝내 치워지지 않았고 서서히 하나의 가구가 되어갔다.

몇 주 후에 책꽂이가 필요해서 다른 진열대에 덮인 식탁보를 걷어냈더니 또 하나의 책상이 모습을 드러냈다. 여기에는 이전의 관리 책임자가 남긴 서류 더미가, 그가 떠날 때의 상태 그대로 고스란히 담겨 있었다. 나도 서류를 원래 있던 대로 도로 집어넣었다. 필요에 따라 누군가의 공간을 사용할 수는 있지만, 서류를 함부로 만지는 일은 뭔가 무례한 기분이 들어서다.

이러한 책 거래의 유산들은 흔히들 말하는 성스러운 유물이 아니라 그냥 '물건'이다. 아무도 다른 데로 옮기고 싶어 하지 않아 그대로 있을 뿐이다. 시간이 지나면 그게 한때 왜 중요하게 다뤄졌는지 누구도 기억하지 않는 때가 올 테고, 결국 새로운 책 판매인이 줄자가 필요할 때 서랍을 뒤지다가 자기들이 찾던 바로 그 물건을 발견하게 될 날도 올 것이다. 바로 과거로부터의 선물이다.

제임스는 몇 년 전에 세상을 떠났다. 그러나 자세히 보면 여전히 서점 여기저기에서 그를 찾을 수 있다. 그가 고치고 또 고치며 곧잘 앉아 있곤 했던 그 걸상은 지금도 아래층에서 여행 서적을 보관하는 데 쓰고 있다. 여전히 몇몇 책에는 그가 휘갈겨 쓴 메모가 남아 있다. 정작 자기 책상은 너무 어질러져 있어서 그가 책상 대용으로 쓰던 곡선형 책장에는 지금 미니어처 북이 들어 있다. 그가 쓰던 머그잔도 부엌에 그대로 있다. '제임스의 서류'라고 적힌 오래된 서류들이 뒤죽박죽으로 들어 있는 상자도 고스란히 보관되어 있다. 이제 우리에게 필요치 않은 서류들이지만 나는 매번 그것을 발견할 때마다 원래의 장소에 다시 갖다 놓는다.

이 글을 쓴 날 나는 책상을 대강 정리했다. 집에서 남편과 더 많은 시간을 보내기 위해 도시를 떠나기로 해서다. 야생의 세상에도 신기하고 멋진 책들이 있을 테니, 그것들을 찾아볼 참이다. 이따금 서점에 들러 책 몇 권을 내려놓고 천장에 등이 잘 매달려 있는지 확인해 보기는 하겠지만. 이러니까 정말 작별 인사를 하는 느낌이 든다. 마침내 내게 주어진 널찍한 새 책상은, 이제 필요하지 않아서 두고 가게 됐다.

월요일에 새로운 수습 직원이 올 예정인데, 그렇다는 건 내가 더는 수습 직원이 아니라는 의미다. 내가 언제 수습 딱지를 뗐는지는 정확히 모르겠지만 확실히 뗐던 것 같기는 하다. 누구든 쉽게 찾을 수 있도록 책 판매 도구들을 맨 위 서랍에 넣어 두었다. 내가 가져가야겠다 싶은 책 몇 권은 치워주고, 다른 이들이 쓸모 있겠다고 여길 만한 책들은 남겨두기로 한다. 나중에 누군가 열게 될 내 서랍에는 오래된 편지들, 참치 통조림, (표시가 없는) 낡은 열쇠 뭉치, 물에 젖어 못 쓰게 된 신발 한 짝, 무시무시한 두 개의 박이 부서진 잔해 같은 것들이 들어 있다.

부록

서점 게임

미니어처 책 판매 RPG

올리버 다크셔 제작

귀하는 책 판매인입니다.

매장 임대료를 내는 기한은 10일입니다.

지금 바로 책을 팔기 시작하세요.

✦ 규칙 ✦

- ✦ 점수는 3가지로 구분됩니다: 돈, 시간, 인내심
- ✦ 돈은 0점에서 시작합니다.
- ✦ 시간은 0점에서 시작합니다.
- ✦ 인내심은 10점에서 시작합니다.

✦ 서점에서의 새로운 하루 ✦

주사위를 굴려 새로운 서점 행사를 생성하는 것으로 하루를 시작하세요. 행사의 지시에 따라 점수를 조정하고, 다시 주사위를 굴려 새로운 행사를 생성하세요.

인내심이나 시간이 0점이 될 때까지 계속 주사위를 굴려 새로운 행사를 생성하세요. 인내심이 0점이 되면 기분이 나쁜 채로 서점 문을 일찍 닫습니다. 그리고 시간이 0점이 되면 폐점할 때입니다.

(새로운 날을 시작할 때마다 시간과 인내심을 10으로 다시 설정합니다. 만약 전날의 인내심이 0점이었다면 귀하의 최대 인내심은 1점 감소하며, 이는 영구적입니다.)

10일 후, 임대인이 10점에 해당하는 돈을 받으러 옵니다. 돈이 부족하면 서점을 닫고 사업을 그만둬야 합니다!

✦ 표 ✦

새로운 행사

(주사위를 굴리세요)

1 또는 2: 고객(아래 표 참조)

3 또는 4: 위기(아래 표 참조)

5 또는 6: 특별한 상황(아래 표 참조)

고객!

(주사위를 굴리세요)

1 화장실 사용하기 ··· 인내심 -1점

2 매장의 물품 절도 ··· 돈 -1점

3 매장에 없는 책 요구 ····································· 시간 -1점

4 야생동물처럼 행동하기 ·································· 시간 -1점

5 불만 제기하기 ··· 인내 -1점

6 책 구입하기 ·· 시간 +1점

위기!

(주사위를 굴리세요)

1 차가 다 떨어짐 ·· 인내심 -1점

2 프린터 고장남 ··· 시간 -2점

3 책을 찾을 수 없음 ·· 시간 -3점

4 실랑이가 벌어짐 ···································· 인내심 -3점, 돈 +1점

5 전화기가 울림 ·· 시간 -2점
6 책을 필요 이상으로 구입함 ······························ 돈 -2점

특별한 상황!

(주사위를 굴리세요)

1 조사해야 할 의문의 소리들 ····························· 시간 +2점
2 두려운 고객 상대 ··· 인내심 -1점
3 길고 행복한 침묵 ··· 인내심 +1점
4 선반의 책이 떨어짐 ······································· 돈 -1점
5 사라진 책을 찾음 ··· 돈 +1점
6 예상치 못한 청구서 ······································· 돈 -3점

✦ 선택적 규칙 ✦

✦ 돈을 2점 사용하여 마음 가는 대로 나쁜 짓을 하면 인내심을 10점으로 다시 채울 수 있습니다.
✦ 더 현실감 있게 플레이하기 위해 게임 속의 영업 기간을 한 달인 30일로 설정할 수 있으나 이 경우 임대인은 30점의 돈을 받으러 오게 됩니다.

감사의 글

이 책이 세상에 나올 수 있게 된 것은 오로지 내 에이전트인 PEW 리터러리의 존 애시가 터무니없어 보이는 멋진 상상을 해준 덕분이다. 이분이 난데없이 소서런에 찾아온 날 나는 사기꾼 아니냐는 비난으로 보답했다. 단언컨대 내가 틀렸다는 게 그때처럼 기뻤던 적은 단 한 번도 없었다. 또한 내 횡설수설에서 무언가를 발견하고 그것을 어떻게든 책으로 바꿔준 트랜스월드의 알렉스 크리스토퍼에게도 감사하고 싶다. 나는 이 두 사람에게 아무런 도움이 되지 못했다. 사실은 이들의 노력에 앞장서 훼방을 놓았다고 말하는 편이 옳을지 모른다.

소서런의 관리 책임자인 크리스 손더스 씨께 특별한 감사를 표한다. 이 책의 아이디어를 재미있게 받아들여 주고, 쓸데없는 일을 끌고 왔다며 나를 내동댕이치지 않아주었다. 이분의 끊임없는 지지와 간간이 남겨준 메모가 얼마나 귀중했는지 아마 본인은 모를 것이다. 오랫동안 내 익살을 관대하게 웃어넘겨준 소서런의 동료들에게도 큰 빚을 졌다. 이 프로젝트도 마찬가지로 너그러이 봐주시길.

기묘한 골동품 서점

1판 1쇄 발행 2024년 7월 11일
1판 2쇄 발행 2024년 8월 20일

지은이 올리버 다크서
옮긴이 박은영

발행인 양원석   **편집장** 차선화
책임편집 차지혜   **디자인** 최승원, 김미선
영업마케팅 윤우성, 박소정, 이현주, 정다은, 백승원

펴낸 곳 ㈜알에이치코리아
주소 서울시 금천구 가산디지털2로 53, 20층 (가산동, 한라시그마밸리)
편집문의 02-6443-8862   **도서문의** 02-6443-8800
홈페이지 http://rhk.co.kr
등록 2004년 1월 15일 제2-3726호

ISBN 978-89-255-7482-0 (03840)